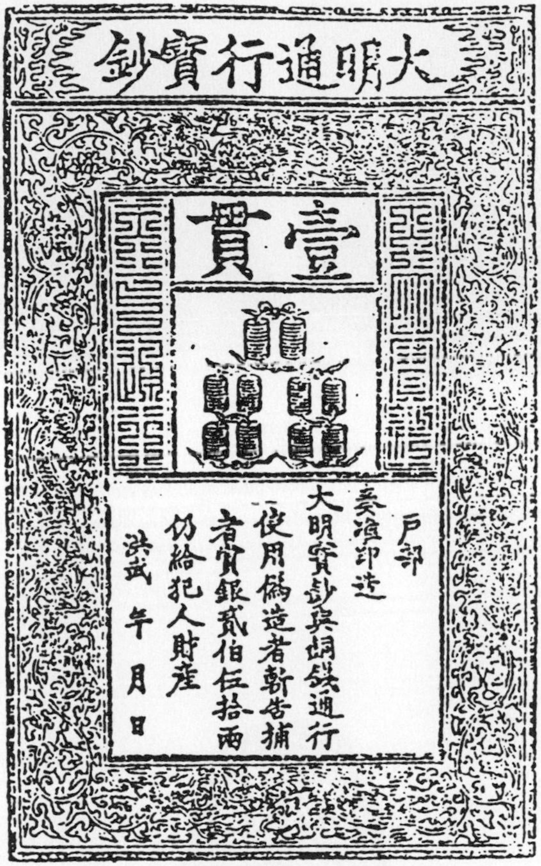

§明朝洪武初期制訂鈔法，印製紙鈔，稱為「大明寶鈔」。北京城裡有條寶鈔胡同，應當是當時印刷、兌換紙鈔的地方。但是鈔法實行不到百年，紙鈔跌得一文不值，因此明代中後期，白銀變成主要貨幣，紙鈔退出金融舞台，銅錢也只用於小額交易。《金瓶梅》所反映的正是這一時期的貨幣情況。

§ 䯼髻是明代婦女用來罩髮髻的網帽，上尖下闊，狀如山丘。使用時先將頭髮堆盤於頭頂，外用䯼髻籠罩固定，䯼髻外面再插戴各種首飾。䯼髻又因材質分別出貴賤等級。上方左圖為無錫明曹氏墓出土的銀絲䯼髻；上方右圖為義烏明金氏墓出土的䯼髻。

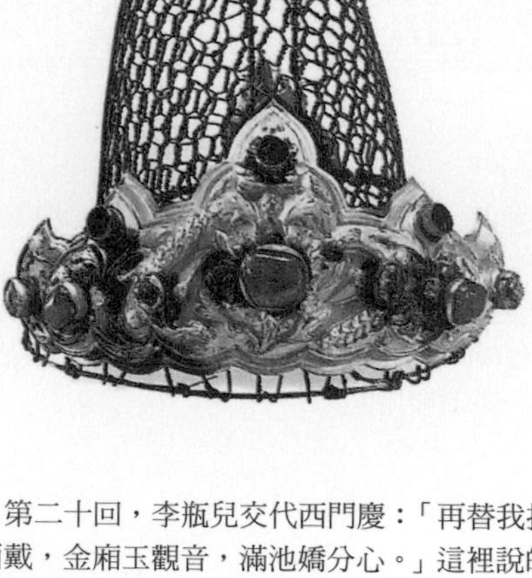

§《金瓶梅》第二十回，李瓶兒交代西門慶：「再替我打一件，照依他大娘，正面戴，金廂玉觀音，滿池嬌分心。」這裡說的「分心」是一種髮箍，戴於䯼髻的根部，上面刻著圖案。上圖為上海盧灣區李惠利中學明墓出土的明銀鎏金雙鳳牡丹分心。

§圖為《明憲宗元宵行樂圖》的局部，圖中的宮妃頭上便戴著鬏髻，
下方的裙子寬鬆，整個人呈「金字塔型」。

§《金瓶梅》第五十九回描寫了妓女鄭愛月的房間：「兩旁掛四軸美人，按春夏秋冬：惜花春起早，愛月夜眠遲，掬水月在手，弄花香滿衣……」其中提到的仕女畫是當時畫作的流行題材。圖為上海博物館藏明代佚名畫家《掬水月在手》。

§《金瓶梅》第十五回，西門家眾妻妾到李瓶兒新買的房中看燈。「李嬌兒是沉香色遍地金比甲，孟玉樓是綠遍地金比甲，潘金蓮是大紅遍地金比甲。……」比甲在明代是婦女衣著不可或缺之物，類似馬甲、坎肩，一般穿在大袖衫、襖之外，下著裙。圖為《燕寢怡情》圖冊中的一幅，圖中女子所著即為比甲。

§圖為《燕寢怡情》圖冊中的一幅，圖中男女均為明代衣飾打扮。

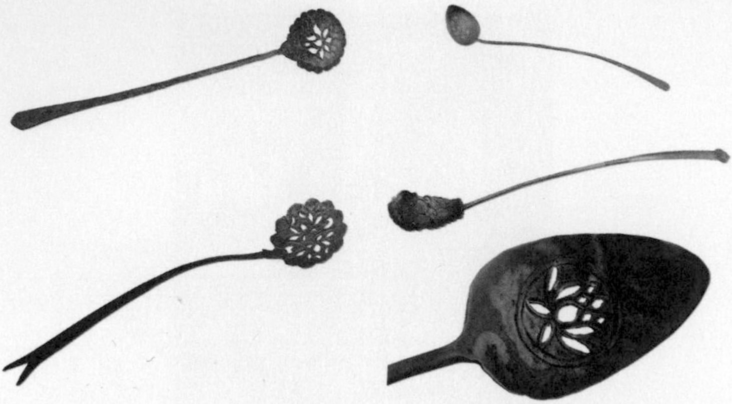

§《金瓶梅》中有很多奉茶待客的場景，如第十二回「雪綻般茶盞，杏葉茶匙兒，鹽筍芝麻木樨泡茶……」、第三十五回「銀鑲竹絲茶鍾，金杏葉茶匙……」。圖為一些出土茶匙，可見當時生活用品相當精緻。

§《金瓶梅》第十六回「銀廂鍾几盛著南酒」、第四十七回「吃酒的各樣菜蔬出來，小金把鍾兒……」。上圖左為金高腳菊花鍾（衢州博物館藏），此種有高足者稱為高腳鍾或把鍾，常用於飲酒。《金瓶梅》第七回「只見小丫鬟拿了三盞蜜餞金橙子泡茶，銀鑲雕漆茶鍾……」茶鍾是書中常見的奉茶器具，上圖右為銀鑲木鍾（常州博物館藏）。

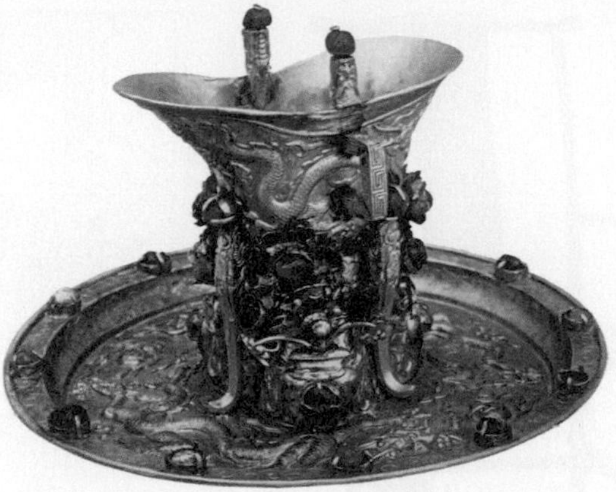

§《金瓶梅》第五十五回，西門慶送禮給蔡太師，「玉杯、犀杯各十對，赤金攢花爵杯八隻」。爵杯在當時常被用來做賀壽禮物，圖為北京定陵出土的明代金鑲寶爵杯盤一副。

§提盒是古代常見的生活用具，明崇禎本《金瓶梅詞話》插圖中多有繪。上圖為上海博物館藏明代提盒。

§上圖左為黃花梨四出頭官帽椅，官帽椅是比較典型的明代家具，在明崇禎本《金瓶梅詞話》插圖中可見（上圖右）。

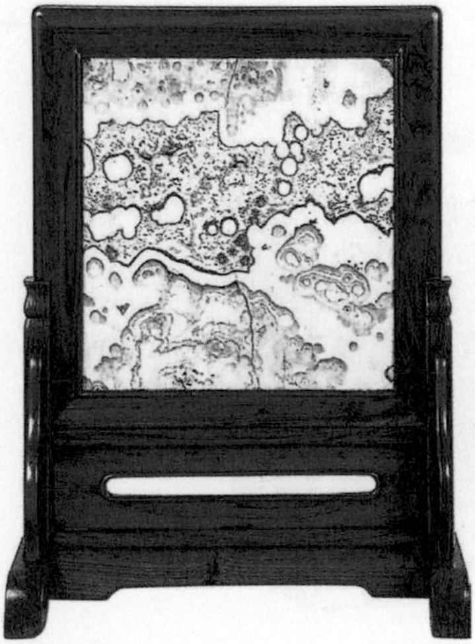

§上圖左為上海博物館藏明代桌屏，此類桌屏在明崇禎本《金瓶梅詞話》插圖中可見（上圖右）。

從西門慶讀懂有錢人

看金瓶梅中的經濟百態

侯會——著

前言

《金瓶梅》——一部晚明社會「食貨志」

還在讀小學的時候，家裡書少，經常翻看的，是一冊姊姊的語文課本。那是她讀書的那所中學自編的教材，所選篇目跟一般統編教材不同。例如選朱自清的散文，一般教材大多是《背影》、《荷塘月色》，這本教材卻額外選了一篇《加爾東尼市場》。

朱自清先生在一九三〇年代旅歐期間，曾在英國住了七個月，加爾東尼市場是倫敦的一家舊貨市場。朱先生以他那一貫的親切筆調娓娓道來，講述他在市場中閑逛、購物的樂趣。說到舊書及一些有趣的小玩藝兒，還捎帶提到價格。像一套《莎士比亞全集》，「只花了九便士，才合五六毛錢」；「一個銅獅子鎮紙……要價三先令（二元餘），還了一先令，沒買成」。最後提到一冊「大大的厚厚的」賀年卡樣本，「問價錢才四便士，合兩毛多」；「回國來讓太太小姐孩子們瞧瞧，都愛不釋手；讓她們猜價兒，至少說四元錢。我忍不住要想，逛那麼一趟加爾東尼，也算值得了」。

如今想來，朱自清散文親切如口出的文字風格，正是他的平民思想、平民情感的自然流露。文學固然以談理想、抒壯懷為高，然而沒有「饑者歌其食、勞者歌其事」的天籟之音，沒有細數柴米油鹽的生活之味，文學也便失去了多樣性，甚至失去了生活的基礎和生命力。

這篇《加爾東尼市場》至少讓我們知道，朱自清這位大文學家的內心，不僅為父親的背影感動過，不只被荷塘的美色陶醉過，也不單因社會的不公而感憤激動過，其也有對平凡生活樂趣的尋求，甚至不乏因舊貨「撿漏」而引發的小小欣悅與滿足。我們並未因此減少對朱先生的尊敬，反而覺得他的一顆心與市井小民息息相同，與我們貼得更近。

一位西方學者總結說：「一部西方小說史，就是一部不斷淡化英雄的歷史。」此話不僅對小說而言，也可以理解為對整個文學發展歷程的總括：那應是一個脫離聖雄豪傑的神話傳奇、不斷向平民生活靠攏的過程。朱自清先生的文字，已經讓我們體會到了這一點。

其實中國的傳統文學又何嘗不是如此。明代「四大奇書」中，《西遊記》說佛論道，離世俗生活甚遠，可以存而不論。《三國演義》講說帝王將相的豐功偉略，讓下層讀者須仰視才見，不免脖子發酸。至《水滸傳》講說民間英雄豪傑的傳奇，已經向市井讀者大大跨近了一步，不過打虎的武松，拔楊的魯智深，到底還是身邊難覓的超人。至世情小說《金瓶梅》，則開創長篇小說專寫市井人物的先河，讀者在書中常常能發現左鄰右舍的影子，卻很難再見割據的雄主、超凡的英雄。作者視點放得愈低，文學進步的腳步就愈大。這可能就是學者把《金瓶梅》推為「白話小說里程碑」、甚至是「真正的小說」的重要原因吧。

詳細討論《金瓶梅》思想、藝術、文學史地位等等，不是這本小書所能勝任的。不妨就讓我們選擇一個小話題，談談《金瓶梅》中的柴錢米價，了解一下古代底層百姓的日常生活，以我們平日打工賺錢、養家糊口的平常心，來體諒古人、觀照人生，也不失為尋求閱讀之樂的一種角度和嘗試。

四月裡的一天，在山東清河縣富商西門慶家中，「五娘」潘金蓮鬥牌贏了三錢銀子。她又攛掇有錢的「六娘」李瓶兒添出七錢銀子，讓僕人興兒買來一隻燒鴨、兩隻雞、一錢銀子下飯（佐餐菜肴）、一罎子金華酒、一瓶白酒，另有一錢銀子的果餡涼糕。興兒的妻子把這桌價值一兩銀子的酒席整頓好，眾妻妾在花園卷棚下開懷暢飲，大快朵頤；又拿了酒菜，到假山亭子內下棋投壺、賞花觀景，度過了悠閑快活的一天。這是明代小說《金瓶梅》第五十二回中的一個場景。

這一篇看似瑣碎的飲食帳，讓每天難離「柴米油鹽」的讀者嗅到濃濃的生活氣息，被真實的生活細節所吸引，不知不覺融入小說人物的生活中。這正是《金瓶梅》的魅力所在。

的確，《金瓶梅》是一部讓人嘖嘖稱奇的小說，它在明萬曆年間問世後，吸引了眾多名人學者的關注，卻又遭遇了毀譽不一的尷尬局面。大文豪袁宏道說：「伏枕略觀，雲霞滿紙，勝於枚生《七發》多矣。」（《袁中郎全集》）文學家謝肇淛也盛稱：「（書中人物）不徒肖其貌，且並其神傳之；信稗官之上乘，爐錘之妙手也。」（《小草窗文集．金瓶梅跋》）清代小說評論家張竹坡乾脆把《金瓶梅》譽為天下「第一奇書」，放在「四大奇書」之首（另三部是《三國志通俗演義》、《水滸傳》、《西遊記》）。

但批評的聲音也不絕於耳。明人沈德符認為此書不宜流傳，一旦刻版印行，則「家傳戶到，壞人心術」，刻印者也將「以刀錐博泥犁（因貪圖小利而下地獄）」（《萬曆野獲編》）。清人袁照則直接批評：「鄙穢百端，不堪入目。」（《袁石公遺事錄》）連初版的序作者「東吳弄珠客」也不得不承認：「《金瓶梅》，穢書也。」

說它是「穢書」，主要因為書中有一些十分露骨的性事描寫，這讓「非禮勿視，非禮勿聽」的士大夫們難以接受，也遭到民間世俗輿論的普遍抵制。既然如此，這樣一部「穢書」又是如何出爐的呢？學者分析說，一是受十六世紀人欲橫流的淫靡社會風氣的薰染，二是被當時追求個性解放、掙脫禮教束縛的進步文化思潮所激發，三是受商業化娛樂機制的推動。對此，學者們撰有專文專著，作了洋洋灑灑的論述，本書不擬多談。筆者要說的是，其實書中的色情文字東鱗西爪、篇幅有限，加總起來不過一兩萬字，且與小說情節油水相隔，結合並不緊密。因此悉數刪除後，並不影響情節的連貫及閱讀的順暢。今天一些嚴肅的出版者，也正是如此處理的。

當人們的目光緊盯著《金瓶梅》中的「情色」主題時，卻往往忽略了書中另一個更重要的主題——「金錢」。小說的男主角西門慶是個商人，小說家所處的時代，又是商品經濟迅速崛起的明代後期，因此金錢成為小說中的重要話題，也便不足為怪。

我們今天所能讀到的所有中國傳統小說中，沒有哪一部像《金瓶梅》這樣，以全副精力關注著市井百姓的經濟生活。書中經濟資訊之多，堪稱中國小說之最，在世界小說苑中，恐怕也是首屈一指。作者在書中千百次提到物價、工價，不但西門慶做一筆買賣、置一所宅院、收一筆賄賂、送一份厚禮等「大事」，記述得價值詳明；就是書中人物沽酒、裁衣、剃頭、磨鏡、買汗巾、秤瓜子，乃至賞賜廚役、打發轎夫等細事，也都筆筆敘及、言必稱價，銀兩的計算甚至細緻到幾錢幾分。

我們前面所舉潘金蓮請客的文字，只是書中一個極平常的例子。而從這個角度看，《金瓶梅》不僅是一部文學名著，同時又可視為一部小說體的百姓「食貨志」了。

「食貨志」原指史書中的一種文章體例，是記述某一朝代財經狀況的專題文章。在「二十四史」中，最早列《食貨志》的是班固的《漢書》。而自班固首開體例，後世的官修正史也多列有《食貨志》專章。

「食貨」的「食」指的是糧食，「貨」則指布帛、財物等。食、貨是老百姓賴以生存的生活物質基礎，也是國民經濟的要素。一個國家，一個政權，其主要的任務就是解決老百姓的吃穿問題。搞好經濟，處理好「食貨」問題，讓老百姓吃飽穿暖，也就成了最大的國家政治。明代陽明心學有個命題：「百姓日用即道。」（《王心齋先生遺集．語錄》）什麼是「道」？什麼是治國執政的方針大略？那不是什麼玄而又玄的東西，說到底，就是讓百姓有吃有穿、和諧安定，這就是最大的治國之「道」了。

鑒古知今，是史學研究的出發點，也是文學研究的重要目的之一。史書《食貨志》是從大處著眼，記述一朝一代經濟發展及財經政策，重在評述帝王將相在經濟活動中的得失。至於百姓的生活細節、經濟活動，史書卻無暇涉及，也不屑一顧。要了解百姓的柴米油鹽、生活細事，就來讀讀《金瓶梅》這類的小說吧。

小說也是歷史，是生動細膩的百姓生活史，記錄著老百姓的吃飯穿衣、婚喪嫁娶、喜怒哀樂等種種活動和情態。尤其像《金瓶梅》這類「世情小說」，鏡頭對準市井底層，寫讀者身邊的普通人、尋常事，關注他們的衣食住行、生活瑣事。因此，作為涉及經濟金融資訊最多的作品，《金瓶梅》便成為人們了解封建社會底層百姓生存狀態的生動讀本。這也是本書的寫作初衷。

不過有一件事不能不事先釐清，即《金瓶梅》所反映的時代斷限問題。《金瓶梅》所講述的故事，發生在北宋政和、宣和年間，也就是西元十二世紀初的十五、六年裡。不過小說作者蘭陵笑笑生是明代人，大約活動於嘉靖（一五二二年至一五六六年）、萬曆（一五七三年至一六一九年）年間。小說借古諷今之意甚明，書中人物、故事的取材及諷刺指向，自然應是明代嘉、萬時期的人物時事。具體而言，《金瓶梅》今存的最早版本是帶有「東吳弄珠客」萬曆四十五年（一六一七年）序的《金瓶梅詞話》；則小說所反映的，應即十六世紀末、十七世紀初這一段歷史時期的社會狀況及經濟資訊。

在以下的章節裡，我們將一同關注《金瓶梅》中一些有意思的話題。例如，作為彼時的市井百姓，他們的經濟生活與今天有何不同？他們使用何種貨幣？當時的物價水準如何？各階層人士的日常花費、衣食住行又是怎樣？尤其像西門慶那樣的商人，整天跟金錢打交道，他的金錢觀念如何？他的錢是怎麼賺的？又是怎麼花的？在那樣一個人文環境中，人的思想性格的形成，也一定程度受到經濟因素的影響。對於書中出現的眾多人物形象，我們也將試著從「食貨」的角度來推求他們的性格成因、人性善惡。

就讓我們戴上「食貨」的眼鏡，一同走進《金瓶梅》吧。

目錄

第三部
「窮」金蓮與「富」瓶兒的生死糾葛

第四部
商人之家的堂上妻妾

第五部
透過錢眼看奴才

第六部

門裡門外眾生相

第一部

西門慶一家的「幸福生活」

白銀一兩價幾何？

說到《金瓶梅》中的食貨經濟，就不能不先弄清十六、十七世紀中國人所使用的貨幣。古人使用何種貨幣？人們從明清小說以及後世的戲曲、影視中得來的印象，似乎有兩種：銅錢與白銀。

銅錢早在先秦時期已經流通，有布錢、刀幣、圜錢等不同形制。其中圜錢為圓形銅板，中間有孔，孔始而圓，繼而方，因此人們又稱銅錢為「孔方兄」。後來的「秦半兩」、「漢五銖」，以及歷朝歷代所鑄造的銅錢，大都是這種樣式。

明代人承前朝之制，依然使用銅錢。銅錢的貨幣單位是「文」和「貫」：一個銅錢為一文，一千文為一貫。古代小說中形容用繩子穿起來的一貫銅錢，常說「青蛇也似一貫銅錢」，十分形象。但銅錢價值低，分量重，攜帶不便。因此到了明代中葉以後，銅錢用量減少，人們在商貿活動中主要使用白銀。

白銀屬於貴金屬。常見的貴金屬有黃金、白銀兩種，但黃金很少直接在市面上流通，一般總要換成銀子使用。中國是世界上使用白銀最多的國家。從明代中葉始，一來因中國以瓷器、絲綢為主的對外貿易保持著很大順差；二來因美洲銀礦採用先進的採掘提煉技術，產量激增，於是大量美洲白銀直接或間接（透過歐洲）流入中國。再加上日本及其他地區白銀的流入，在幾個世紀裡，中國成為「吸引全世界白銀的唧筒（抽水機）」（費爾南・布羅代爾，《十五世紀至十八世紀的物質文明、經濟和資本主義》）。據外國學者分析，在一八〇〇年以前的兩個半世紀裡，中國從世界各地獲得六萬噸白銀，約佔世界白銀總量的一半（貢德・弗蘭克，《白銀資本——重視經濟全球化中的東方》）。這使得中國明清兩代以白銀為通行貨幣，成為可能。這種情況一直延續到民國前期，直至一九三五年國民政府發行「法幣」，白銀才正式宣告退出金融舞臺。

我們在《金瓶梅》中最常看到的貨幣，正是白銀。前述潘金蓮請客，用的便是白銀。此外，小說中也有用銅錢的紀錄。如第四回鄆哥四處尋找西門慶，是要「撰（賺）得三五十錢養活老爹」，這裡的「三五十錢」，指的應是銅錢。又第五回武大被西門慶踢傷後，潘金蓮拿了銅錢托王婆去買藥。第十回，薛嫂向西門慶介紹孟玉樓前夫開布店時買賣興旺，「一日不算銀子，銅錢也賣兩大簸羅」。

那麼明代人除了使用白銀和銅錢，還有沒有其他形式的貨幣？有，那就是紙幣。仍是《金瓶梅》第五回，鄆哥因與王婆廝鬧吃了虧，跑去向武大揭發王婆撮合潘金蓮、西門慶通姦等事，並自告奮勇要幫武大捉姦。武大感激說：「既是如此，卻是虧了兄弟，我有數十貫錢，我把與你去。你可明日早早來紫石巷口等我。」武大說到做到，當時就給了鄆哥「幾貫錢並幾個炊餅」。

然而，武大身上怎麼會帶著「數十貫」銅錢呢？按明初制定的銅錢、白銀換算比率，一兩白銀等同於一貫銅錢，「數十貫錢」相當於數十兩白銀，賣炊餅的武大顯然沒有這樣的財力。即便是財主西門慶，出門時身邊也只帶「三五兩銀子」（第三回）。更何況一貫銅錢重六、七斤，數十貫銅錢，假定是二十貫吧，重一百二、三十斤，武大還要挑著炊餅擔，又怎麼扛得動？由此可知，武大懷裡揣的應當是紙幣，而且是貶了值的紙幣。

對中國貨幣史知識有點了解的人都知道，中國是世界上最早使用紙幣的國家。從西周時就有類似紙幣的貨幣，用布製成，稱為「里布」。東周民間曾使用「牛皮幣」和「傅別」，後者相當於期票。漢武帝時發行過「白鹿皮幣」，以鹿皮為幣材。唐朝的紙幣叫「飛錢」，宋代的紙幣稱「交子」、「會子」。到了元朝，就幾乎完全使用紙鈔了。元代的紙鈔號稱「寶鈔」，用特殊的紙張印刷，單位仿照銅錢，有「貫」有「文」，面值分為十文、二十文、三十文、一貫、二貫等。後來又發行一種「銀鈔」，單位和白銀一樣，也按「兩」、「錢」、「分」、「毫」、「厘」等標誌面額。（郭彥崗，《中國歷代貨幣》）我們讀元代文獻，說到多少貫、多少文，或是幾錠、幾兩、幾錢，指的大都是紙鈔。

明朝開國時，統治者考慮元代後期紙鈔貶值，導致經濟崩潰、政權垮臺，想恢復使用銅錢。可老百姓（尤其是商人）不樂意，理由是銅錢不便攜帶，還是紙鈔好用。因而明朝洪武初期就制定鈔法，印製紙鈔叫「大明寶鈔」。北京城裡有條寶鈔胡同，應當就是當時印製、兌換紙鈔的地方。明代政府還規定民間不准使用銅錢和金銀，只能用紙鈔。不過政府自己先破壞規矩，收稅時照收金、銀和銅錢；給官員發薪金，或跟百姓做交易，卻只給紙鈔。結果弄得紙鈔信譽一落千丈，大幅貶值。鈔法實行不到百年，紙鈔已經跌得一文不值。

由於紙鈔大幅貶值，沒人願意接受，於是百姓私下都使用白銀作為商品交換等價物。官府始而嚴厲禁止，後來則睜一眼閉一眼，最終索性放棄禁用白銀的命令。因此明代中後期，白銀變成主要貨幣，紙鈔基本退出金融舞臺，銅錢也只用於小額交易。《金瓶梅》所反映的，正是這一時期的貨幣情況。

按說《金瓶梅》的時代，紙幣早已斂形匿跡，但武大郎懷中為什麼還揣有紙鈔？這大概跟《水滸傳》有關。眾所周知，《金瓶梅》是在《水滸傳》第二十三、二十四回武松打虎及潘金蓮偷情的情節基礎上擴展編創而成。據筆者考證，《水滸傳》的主幹部分（前四十回）大約創作於明代宣德初年（參見本書附錄二），因此書中還留有使用紙鈔的痕跡。

蘭陵笑笑生在照抄《水滸傳》相關情節時，已注意到貨幣形制問題，將原故事中使用紙鈔的地方，大都改成銀兩。如《水滸傳》中武松打虎所獲賞賜為「一千貫（紙鈔）」，根據當時（宣德年間）的銀鈔比價，大致可以折合成白銀二十兩。而到《金瓶梅》中，笑笑生逕自改為「賞銀三十兩」，這些處理，都是合情合理的。但有些地方，《金瓶梅》卻又保留了《水滸傳》中的貨幣形制。像武大報答鄆哥，《水滸傳》中的對話是：「我有數貫錢，與你把去羅米。」《金瓶梅》則改為「我有數十貫錢」云云，這是否因為笑笑生覺得「數貫錢」太少，而逕自增為「數十貫錢」呢？因為在笑笑生著書的年代，紙鈔真的是一錢不值了。

繼續回到對白銀的討論。以白銀為主要貨幣，使用起來並不方便。白銀的形制有多種，其中有的鑄為固定重量的銀錠，大的有五十兩一錠的，此外也有二十五兩、十兩一錠的，更小的稱銀錁子。元代曾鑄過五十兩一錠的大銀子，稱為「元寶」，意思大概是「元朝的寶貨」吧。後來這個名稱沿用下來。在小說中，西門慶包佔妓女李桂姐，就取了一錠五十兩的大銀子到院中使用（第十二回）。後來李瓶兒轉移家財，也是將「六十錠大元寶，共計三千兩」搬到西門慶家。元寶的形狀是兩頭翹起，中間稍凹，便於纏在腰上。「腰纏萬貫」的成語，就是這麼來的。

除了鑄成固定重量的銀錠外，一般散碎銀子，用於小額貨款的支付。銀子比較軟，要用特殊的工具剪鑿，再用專門的秤（等子，也稱戥子）來稱量。小說中多次出現鑿取、秤量銀子的情景。如小說第五十回就有妓院老鴇「在燈下拿黃杆大等子秤銀子」的描述。

銀子的成色也有不同，最好的銀子稱「紋銀」，因為表面鑄有皺紋的緣故。成色差的銀子叫「低銀」或「成色銀子」，裡面摻雜了鉛等其他金屬。在小說中，就曾提到常時節在妓院中向西門慶借了一錢「成色銀子」，後來又說一錢「八成銀子」，指的就是這類成色不足的銀子（第十二回）。明朝後期大量使用白銀，連小孩子也能辨別銀子成色的高低。

銀子的價格又該怎麼計算？明代一兩白銀，合今日的通行貨幣多少？這裡有兩種演算法。一是根據當前的國際市場白銀價格計算，一是根據白銀的實際購買力來計算。

國際市場的白銀價格很不穩定。二〇〇四年，一盎司（三十一點一〇三五克）白銀的價格是五或六美元，到二〇一七年，已飆升到十六或十七美元。如按國際市場價換算，一兩銀子相當於人民幣一百三十多元（這是按明代的度量衡計算，那時一兩相當於三十六點九克）。不過今天的白銀實行大工業開採，成本較低。另一種演算法是按實際購買力來計算，價值至少還要增加三分之一。

以米價為例：明朝萬曆年間，一石米的價格浮動在七錢至一兩銀子之間。一石米重一百二十斤，而明代的「斤」比今天的「公斤」要輕（一公斤為一千克，明代的「斤」為五百九十克），所以明代一石米相當於今天七十點八公斤。今日大陸米價按一公斤人民幣三元計算，則明代一兩白銀的購買力，相當於今天人民幣兩百一十元左右，為了計算方便，就算兩百元吧。（編註：臺灣現今米價約為一公斤四十五元臺幣，而一元人民幣約為五元臺幣，因此臺灣米價為大陸米價之三倍。若以臺灣米價來換算今日購買力，需將人民幣數值乘以十五。也就是說，一兩白銀的購買力相當於今天臺幣三千元左右。但因兩岸各種物價比率不一，為方便理解，後文提及金額皆指人民幣數值。）古代的度量衡制度，一兩為十錢，一錢為十分。那麼一錢銀子相當於人民幣二十元，一分銀子相當於兩元。

請記住這個比價：明代萬曆年間一兩銀子的購買力大致相當於今天人民幣兩百元，一錢銀子合二十元，一分銀子合兩元。下面，我們就來看看《金瓶梅》時代運河一帶的物價水準，以及西門慶一家的「幸福生活」。

饜甘飫肥談飲食

以下幾節以西門慶的家庭生活為中心，看看明代萬曆年間山東運河兩岸的物價水準和庶民生活。不妨將衣、食、住、行的次序稍作調整，先來看看「食」。

「民以食為天」。深悉讀者心理的小說家對此深有領會，《金瓶梅》中吃喝飲宴的場面也就格外多。各種酒席豐儉不一，花費也各不相同。除前舉潘金蓮主持的家庭便宴外，第二十一回，西門慶眾妾約定每人出銀五錢，或多或少，共湊了三兩一錢銀子，請西門慶、吳月娘吃酒。這個價格，約合今天人民幣六百多元。

第二十三回，李瓶兒下棋輸了五錢銀子，潘金蓮張羅用三錢銀子買了一罈金華酒（合六十元），二錢銀子買了豬頭及蹄子（合四十元），讓來旺媳婦宋惠蓮燒好，潘金蓮、李瓶兒、孟玉樓等同吃，還給吳月娘留出一份，共花了一百元。

蟹肥時節，吳月娘買了三錢銀子螃蟹，請眾人吃了一日（第五十八回），約花六十元。當時物價之低廉，由此可見一斑。百多年後，曹雪芹在《紅樓夢》中也記述了一席螃蟹宴（第三十九回），按劉姥姥的估價，一斤可秤兩三個的大螃蟹，每斤值銀五分，約合今天十元；席中共用七、八十斤螃蟹，約值銀三、四兩。吳月娘請客的螃蟹肯定沒這麼多，就按一、二十斤計算吧，每斤價格才合兩三分銀子（相當於今天四至六元），只有康乾時期的一半。這是由於白銀的大量湧入，錢多物少，引發清代物價上漲的緣故。

《金瓶梅》中最豐盛的一席家宴，是第十六回西門慶出錢替結拜兄弟應伯爵過生日，在應家擺下酒席，十兄弟暢飲一日，還叫了兩個「小優兒」（小演員）彈唱助興，連同賞小優兒的錢，總共五兩四錢銀子，相當於一千一百元。

不過同西門慶招待、奉迎上司相比，這樣的酒席，又顯得「寒酸」了。第四十九回，西門慶設宴招待新任巡鹽御史蔡狀元及東平府巡按宋御史。酒席上「說不盡肴列珍饈，湯陳桃浪，酒泛金波」，「當日西門慶這席酒，也費勾千兩金銀」。臨去時，西門慶又讓手下把兩桌酒席送給宋、蔡二御史，其中包括「兩壇酒、兩牽羊……一副金臺盤、兩把銀執壺、十個銀酒杯、兩個銀折盂、一雙牙箸……」統統裝入食盒，「共有二十抬」。這個「飲食」帳裡，還包括金銀酒器，實在無法算清。

官紳財主的飲食狀況如此，底層百姓也應有口腹之欲，不過填飽肚皮是他們更迫切的願望。西門慶的女婿陳經濟，由飫鮮饜肥的財主子弟淪落為乞丐，包工頭侯林兒請他到「食葷小酒店」吃酒，是「四盤四碟，兩大坐壺時興橄欖酒……兩三碗溫麵」，連酒帶菜，共花了一錢三分半銀子（第九十六回），合今日的二十七元。底層社會的飲食消費可見一斑。

以上談的，主要是飲食的價格。其實對飲食的內容，小說家抱著更為濃厚的興趣，津津樂道。隨便舉第三十四回為例，一回書中多處涉及飲食。先是應伯爵陪著韓道國到西門慶家說事，西門慶喚畫童取茶，「不一時，銀匙雕漆茶鐘，蜜餞金橙泡茶吃了」。韓道國走後，西門慶又留應伯爵吃酒，應伯爵趁便提到：

> 我還沒謝的哥，昨日蒙哥送了那兩尾好鰣魚與我。送了一尾與家兄去，剩下一尾，對房下（妻子）說，拿刀兒劈開，送了一段與小女；餘者打成窄窄的塊兒，拿他原舊紅糟兒培著，再攪些香油，安放在一個磁罐內，留著我一早一晚吃飯兒，或遇有個人客兒來，蒸恁一碟兒上去，也不枉辜負了哥的盛情。

雖是一派阿諛之詞，卻也透出應伯爵的「美食家」素養，背後則顯露出小說家的飲食文化趣味。接著酒菜上來，「先放了四碟菜果，然後又放了四碟案鮮：紅鄧鄧的泰州鴨蛋，曲灣灣王瓜拌遼東金蝦，香噴噴油煠的燒骨，禿肥肥幹蒸的劈晒雞。第二道，又四碗嗄飯（佐餐菜肴）：一甌兒濾蒸的燒鴨，一甌兒水晶膀蹄，一甌兒白煠豬肉，一甌兒炮炒的腰子。落後才是裡外青花白地磁片，盛著一盤紅馥馥柳蒸的糟鰣魚，馨香美味，入口而化，骨刺皆香。西門慶將小金菊花杯斟荷花酒，陪伯爵吃」。

仍是這一回，書童求李瓶兒在西門慶面前替他說人情、賺外快，拿了一兩五錢銀子，「買了一壇金華酒，兩隻燒鴨，兩隻雞，一錢銀子鮮魚，一肘蹄子，二錢頂皮酥果餡餅兒，一錢銀子的搽穰卷兒」，整頓一桌酒席孝敬李瓶兒。這一席酒，西門慶也吃了些，眾人也都跟著沾光；只有看門的小廝平安沒吃到，於是平安向潘金蓮訴苦，由此加深了潘金蓮與李瓶兒的不合。這一切，全都是以飲食為媒介。

單是一回書，就有如此多的內容與飲食相關聯，全書飲饌內容豐富多彩，由此可以概見。有些時候，很普通的飯食，也被小說家的妙筆描摹得令人垂涎。那次，西門慶留應伯爵、謝希大兩人在家中吃「水麵」。小廝「用方盒拿上四個靠山小碟兒，盛著四樣小菜兒：一碟十香瓜茄，一碟五方豆豉，一碟醬油浸鮮花椒，一碟糖蒜；三碟兒蒜汁，一大碗豬肉鹵，一張銀湯匙，三雙牙箸」。三碗麵端上來，「各人自取澆鹵，傾上蒜醋」，應、謝二人「只三扒兩咽，就是一碗」（第五十二回）。從兩人的吃相中，不但看出幫閑嘴臉的可笑可鄙，也捎帶寫出西門慶家飯菜可口，飲食講究。

書中關於美食的特寫鏡頭還有不少。如第二十七回，西門慶與潘金蓮在花園納涼，丫鬟送來酒食果盒，盒上「一碗冰湃的果子」。揭開盒，「裡邊攢就的八槅細巧果菜：一槅是糟鵝胗掌，一槅是『一封書』臘肉絲，一槅是木樨銀魚鮓，一槅是劈晒雛雞脯翅兒，一槅鮮蓮子兒，一槅新核桃穰兒，一槅鮮菱角，一槅鮮荸薺；一小銀素兒葡萄酒，兩個小金蓮蓬鐘兒，兩雙牙箸兒，安放一張小涼杌兒上」。可謂美食美器、精緻細巧。

另一回上元節，西門慶帶著應伯爵、謝希大等到獅子街去放焰火，月娘派人送去四個攢盒，都是「美口糖食，細巧果品」：「也有黃烘烘金橙，紅馥馥石榴，甜磂磂橄欖，青翠翠蘋菠，香噴噴水梨；又有純蜜蓋柿、透糖大棗、酥油松餅、芝麻象眼、骨牌減煠、蜜潤絛環，也有柳葉糖、牛皮纏」。書中稱讚說：「端的世上稀奇，寰中少有。」（第四十二回）

書中還不時提到一些美味的炮製方法。如第六十一回，常時節為了答謝西門慶贊助購房銀，特意叫妻子製作了「螃蟹鮮」，用食盒裝了送來，「四十個大螃蟹，都是剔剝淨了的，裡邊釀著肉，外用椒料、姜蒜米兒、團粉裹就，香油煠、醬油醋造過，香噴噴酥脆好食」。吳大舅嘗過後誇獎說：「我空癡長了五十二歲，並不知螃蟹這般造作，委的好吃。」

小說第六十七回還提到 種點心叫「酥油泡螺兒」，那是妓女鄭愛月為西門慶「親手自家揀的」。此物入口即化，據溫秀才考評：「出於西域，非人間可有。沃肺融心，實上方之佳味。」應伯爵描述：「上頭紋溜就相螺螄兒一般，粉紅、純白兩樣兒。」此物十分稀罕，並非人人會「揀」；過去只有李瓶兒會做，如今李瓶兒已死，西門慶睹物思人，頗為傷感。

據學者考證，泡螺應是一種奶油製品。明人《市肆記》「果子」類中即列有「鮑螺」一品，大概因其外形像螺螄得名。明人張岱《陶庵夢憶》中介紹：蘇州人把乳酪與蔗糖霜和在一起，「熬之漉之漉之掇之印之，為帶骨鮑螺，天下稱為至味」。因乳酪是中原難得之物，又非人人會做，加之味道鮮美，入口消融，因此被視為餐桌上的珍品（參見蔡國梁《金瓶梅社會風俗》）。這樣的東西，也只有西門慶這樣的財主家，才能品嘗到。小說家在書中多次點染此物，應有著炫奇誇富的目的。市民讀者正是透過這些描寫，了解財主家的奢華生活，彷彿自己也「過了一把癮」。

穿綢掛緞說衣飾

《金瓶梅》是中華飲食文化的百科全書，同時又是中華服飾文化的十全大典。書中人物的衣著，尤其是女性人物的衣飾，讓人看了眼花繚亂、應接不暇。

正月初九是潘金蓮的生日，潘金蓮格外打扮一番：「上穿沉香色潞綢雁銜蘆花樣對衿襖兒，白綾豎領，妝花眉子，溜金蜂趕菊鈕扣兒；下著一尺寬海馬潮雲羊皮金沿邊挑線裙子，大紅段子白綾高底鞋，妝花膝褲，青寶石墜子，珠子箍。」孟玉樓的打扮與潘略同，「惟月娘是大紅緞子襖，青素綾披襖，沙綠綢裙，頭上帶著䯼髻，貂鼠臥兔兒」。眾妻妾濟濟一堂，服飾裁剪入時，用料講究，顏色搭配十分協調（第十四回）。

及至正月十五眾妻妾去李瓶兒新買的房子看燈。「吳月娘穿著大紅妝花通袖襖兒，嬌綠段裙，貂鼠皮襖。李嬌兒、孟玉樓、潘金蓮都是白綾襖兒，藍段裙。李嬌兒是沉香色遍地金比甲（馬甲、坎肩一類服裝），孟玉樓是綠遍地金比甲，潘金蓮是大紅遍地金比甲。頭上珠翠堆盈，鳳釵半卸，鬢後挑著許多各色燈籠兒。」登樓看燈時，潘金蓮故意「把白綾袖子摟著，顯他遍地金掏袖兒，露出那十指春蔥（春蔥即手指）來，帶著六個金馬鐙戒指兒」。如此服飾，近於「內家（指宮中）妝束」，樓下看燈人見了，疑為「公侯府位裡出來的宅眷」，「貴戚皇孫家豔妾」（第十五回）。可見當時外省富豪也很能跟上京城的服裝時尚。

書中還特別注意渲染富家女性衣飾豐富，四季有別。如上述上元節所穿為冬裝，第二十七回又寫李瓶兒、潘金蓮的夏裝打扮，「家常都是白銀條紗衫兒，密合色紗桃線穿花鳳縷金拖泥裙子。李瓶兒是大紅蕉布比甲，金蓮是銀紅比甲，都用羊皮金滾邊，妝花楣子。惟金蓮不戴冠兒，拖著一窩子杭州攢，翠雲子網兒，露著四髮，上粘著飛金，粉面額上貼著三個翠面花兒……」這裡所說的「紗」、「蕉布（蕉麻織的布）」，都是用來製作夏裝的輕薄衣料。

第五十六回又描繪眾婦人的秋裝，「月娘上穿柳綠杭絹對衿襖兒，淺藍水綢裙子，金紅鳳頭高底鞋兒；孟玉樓上穿鴉青段子襖兒，鵝黃綢裙子，桃紅素羅羊皮金滾口高底鞋兒；潘金蓮上穿著銀紅縐紗白絹裡對衿衫子，豆綠沿邊金紅心比甲兒，白杭絹畫拖裙子，粉紅花羅高底鞋兒；只有李瓶兒上穿素青杭絹大衿襖兒，月白熟絹裙子，淺藍玄羅高底鞋兒」。四季衣裝的顏色、質地、花紋圖案、所配飾物均不相同，富家女性衣飾的講究，由此可見。

小說家在服飾描寫上，用的是寫實筆法，這是世情小說又一個突出的特點。如潘金蓮嫁給西門慶前後，衣飾絕不相同。第三回潘金蓮剛出場時，還是街市上賣炊餅小販的妻子，書中透過西門慶的眼睛看她：「雲鬟疊翠，粉面生春；上穿白夏布衫兒，桃紅裙子，藍比甲。」

家境的貧寒，從衣著上已顯露出來。及至嫁到西門慶家，生活條件有了天壤之別。第三十四回，寫她從娘家歸省回來，下了轎，「上穿著丁香色南京雲綢擦（擦：指把附加物縫綴在衣服上）的五彩納紗喜相逢天圓地方補子（補子：官服上標誌品級的徽紋圖案；也指衣服上刺繡的圖案）對衿衫兒，下著白碾光絹一尺寬攀枝耍娃娃挑線拖泥裙子；胸前帶金玲瓏領兒，下邊羊皮金荷包」，已儼然是財主家的闊太太了。

王六兒是西門慶家伙計韓道國的妻子，也是西門慶的姘婦。小說幾次寫到她的衣飾裝束。頭一次是第三十七回，西門慶見她「上穿著紫綾襖兒，玄色段紅比甲；玉色裙子下邊，顯著趫趫的兩隻腳兒，穿著老鴉段子羊皮金雲頭鞋兒」；雖經刻意修飾，但色彩黯淡，首飾全無，難掩貧寒之態。後來她「刮」上西門慶，得了許多好處，第五十回再次出場時，「戴著銀絲鬏髻，金累絲釵梳、翠鈿兒、二珠環子，露著頭，穿著玉色紗比甲兒、夏布衫子，白腰挑線單拖裙子」，已經給人滿頭珠翠的印象。日後韓道國在替西門慶做生意中獲益不少，第六十一回王六兒再次出現，「頭上銀絲鬏髻，翠藍縐紗羊皮金滾邊的箍兒，周圍插碎金草蟲啄針兒；白杭絹對衿兒，玉色水緯羅比甲兒，鸚黃挑線裙子；腳上老鴉青光素段子高底鞋兒，羊皮金緝的雲頭兒；耳邊金丁香兒」，裝束入時，跟西門慶的登堂妻妾已不相上下。

與衣服相配的是鞋子，書中多處提到女人的鞋，如前文提到的「大紅段子白綾高底鞋」、「淺藍玄羅高底鞋兒」、「老鴉段子羊皮金雲頭鞋兒」、「老鴉青光素段子高底鞋兒」等。李瓶兒死後，眾妻妾替她安排壽衣裝裹，單單想不出配什麼鞋。潘金蓮建議穿那雙「大紅遍地金鸚鵡摘桃白綾高底鞋兒」，吳月娘反對說：「不好，倒沒的穿上陰司裡，好教他跳火坑？你把前日門外往他嫂子家去，穿的那雙紫羅遍地金高底鞋，也是扣的鸚鵡摘桃鞋，尋出來與他裝綁了去罷。」李瓶兒盛鞋的四個小描金箱兒裡有「約百十雙鞋」，只是找不到這一雙。最後還是丫鬟迎春從櫥子裡的「一大包」鞋中翻出來（第六十二回）。

男子的服飾裝束，書中也時有描摹。西門慶剛出場時，從潘金蓮眼中看去，「也有二十五六年紀，生得十分博浪。頭上戴著纓子帽兒，金玲瓏簪兒，金井玉欄杆圈兒；長腰身穿綠羅褶兒；腳下細結底陳橋鞋兒，清水布襪兒，腿上勒著兩扇玄色挑絲護膝兒；手裡搖著灑金川扇兒」（第二回），這要算是那個時代市井「時髦青年」的漂亮裝束了。

日後西門慶做了官，日常服飾是「戴忠靖冠，絲絨鶴氅，白綾襖子」（第四十六回），儼然官紳形象。第七十三回孟玉樓過生日，西門慶請吳大舅、應伯爵等吃酒，書中特地寫西門慶的裝束：

伯爵燈下看見西門慶白綾襖子上，罩著青段五彩飛魚蟒衣，張牙舞爪，頭角崢嶸，揚鬚鼓鬣，金碧掩映，蟠在身上，唬了一跳，問：「哥，這衣服是那裡的？」……西門慶道：「此是東京何太監送我的。我在他家吃酒，因害冷，他拿出這件衣服與我披。這是飛魚，朝廷另賜了他蟒龍玉帶。他不穿這件，就相送了。此是一個大分上（分上：人情，面子）。」伯爵方極口誇獎：「這花衣服少說也值幾個錢兒。此是哥的先兆，到明日高轉，做到都督上，愁玉帶蟒衣？何況飛魚，穿過界兒去了。」

這件「青段五彩飛魚蟒衣」，西門慶也只能私下穿穿，過過「官癮」而已。依明制，飛魚蟒服只有朝廷二品大員或錦衣衛堂官才准穿用（《明律例》）。西門慶的提刑所千戶之職是五品官，公開穿出去，是要獲罪的。

封建社會的最大特點是等級森嚴，不同階層的人有不同的穿衣標準。在以農耕經濟為本的社會，商業被視為末業，商人在「士農工商」的等級排列中奉陪末座。漢代即規定，商人不准穿綢緞衣服。歷經唐宋而至明初，朱元璋仍規定社會以農為本，以商為末。農家可以穿綢緞，商人則只能穿絹衣、布衣。農民家裡哪怕有一人經商，全家也不得穿綢紗（《明會要》）。當然，這裡說的農家，指的是地主。又有哪個下田耕作的農夫，穿得起綢緞呢？

然而不過二百年，至明嘉靖、萬曆年間，商品經濟的發展給農耕經濟以極大衝擊，商人地位迅速竄升，社會風氣發生了巨大變化。重農抑商的舊制度、舊規矩，早已被人們拋到腦後。商人西門慶早在做官之前，全家已是穿綢掛緞，極盡服飾奢華之能事，甚至服飾形制直逼「內家」。晚明之時「禮崩樂壞」，在服飾上的表現最為明顯。

奢侈之風迅速蔓延，農耕社會尚儉戒奢的教誨，已無人理會。晚明社會的風氣是笑貧不笑娼，重衣不重德。學者記述，「家無擔石之儲，恥穿布素」（龔煒，《巢林筆記》）；意謂家無隔夜糧的人，也以穿布衣為恥。西門慶十兄弟之一的常時節，窮得家裡揭不開鍋。西門慶周濟他十二兩銀子，他做的第一件事，就是上街給老婆買衣服，計買「一領青杭絹女襖，一條綠綢裙子，月白雲綢衫兒，紅綾襖子兒，白綢子裙兒，共五件」；「自家也對身買了件鵝黃綾襖子，丁香色綢直身兒。又有幾件布草衣服，共用去六兩五錢銀子」。這些衣服折合今天一千三百元。衣服拿回家，老婆認為很划算，說：「雖沒的便宜，卻直這些銀子。」（第五十六回）當時的社會風氣，便是如此。

常時節當然無法跟西門慶相比，他在西門慶家告貸時，眼見小廝們氣喘吁吁地抬著裝滿綾絹衣服的箱子走進來，這是吳月娘新添的秋衣，還只是一半。難怪常時節伸著舌頭說：「六房嫂子，就六箱了，好不費事！小戶人家，一匹布也難的……」（第五十六回）不過讓常時節寧可餓肚子也要穿綢衣的社會風尚，不正是西門慶這類富商大戶引領的嗎？

西門慶家重視服飾穿戴，一是反映了當時的社會風氣，另外也與西門慶從事的商業活動有關。他家開著緞子鋪、綢絹鋪、絨線鋪，又有標船到江南產地直接採購絲綢；有時還派人到杭州專門織造行賄送禮用的「錦繡蟒衣」及「家中穿的四季衣服」（第二十二回）。他家妻妾格外講究穿著，也是情理之中。

書中第四十回，還描述了西門慶給妻妾裁製新衣的大場面，那是跟喬大戶結兒女親家時，為眾妻妾參加宴會預備的。

西門慶衙門中回來，開了箱櫃，打開出南邊織造的夾板羅段尺頭來。使小廝叫將趙裁來……桌上鋪著氈條，取出剪尺來，先裁月娘的：一件大紅遍地錦五彩妝花通袖襖，獸朝麒麟補子段袍兒；一件玄色五彩金遍邊葫蘆樣鸞鳳穿花羅袍；一套大紅段子遍地金通袖麒麟補子襖兒，翠藍寬拖遍地金裙；一套沉香色妝花補子遍地錦羅襖兒，大紅金枝綠葉百花拖泥裙。其餘李嬌兒、孟玉樓、潘金蓮、李瓶兒四個，多裁了一件大紅五彩通袖妝花錦雞段子袍兒，兩套妝花羅段衣服。孫雪娥只是兩套，就沒與她袍兒。須臾共裁剪三十件衣服。兌了五兩銀子，與趙裁做工錢。一面叫了十來個裁縫，在家攢造。不在話下。

這次會親，連丫鬟們也都裁製了新衣，簡直就是一次服飾文化的佳節盛會。

以上說的，是書中對服飾式樣的描摹。至於服飾、衣料的價格，小說中披露不多。常時節以六兩五錢銀子購置綢衣，幾乎是書中僅有的服飾價格資訊。然而小說透露，西門慶請趙裁縫裁剪三十件衣服，裁剪工錢就付了五兩銀子，相當今天的一千元。可以推想，這些衣服的工、料總價，應是相當可觀的。

在四季服裝中，皮裘的價格最高。如第四十六回，商人李智為還債，拿一件皮襖「准折」了十六兩銀子，合三千多元。而紈絝子弟王三官兒因沒錢付嫖帳，「將皮襖當了三十兩銀子」（第六十八回）；這些典當抵押的物品價格，顯然都被大大低估了。最貴重的皮衣是李瓶兒的那一件，為貂鼠質地，價值白銀六十兩（第七十四回），合今天萬元以上。而那時一個小丫鬟的身價，低的才四、五兩銀子！

未經裁製的衣料，當時也常被當作相互饋贈的禮物。書中此類資訊頗多。如西門慶娶孟玉樓時，曾以三十兩銀子和兩匹緞子收買孟玉樓前夫的姑母；並答應事成後，再給七十兩銀子和兩匹緞子（第七回）。而西門慶給蔡京管家翟謙送禮，也是「一對南京尺頭（成匹的衣料），三十兩白金」（第三十回）。至於西門慶給蔡京送禮行賄，其中的衣料更多、更貴重，計有「漢錦二十匹，蜀錦二十匹，火浣布二十匹，西洋布二十匹，其餘花素尺頭共四十匹」（第五十五回）。這張禮單可能有所誇張，但仍不失寫實成分。

衣料與衣料又有不同，因種類花色、質地品級、出產地域及幅寬面長等因素，價值各不相同、相差甚遠。第三十五回，潘金蓮到吳大妗子家做客，沒有「拜錢」，西門慶讓她「前邊廚櫃內拿一匹紅紗來」。金蓮說：「我就去不成，也不要那囂（囂：指稀薄，質地差）紗片子！拿出去倒沒的教人笑話。」可知西門慶給她的，是不值錢的便宜貨。

而李瓶兒死後，西門慶派人買絹做孝衣，嫌五錢銀子一匹的品質不好，讓人去換六錢一匹的（第六十三回）。可知一匹素絹的價格應為五、六錢銀子，合今天百多元。另一回，西門慶求鈔關錢老爹辦事，事後「添了兩匹白鷳紵絲，兩匹京段」及五十兩銀子答謝對方。應伯爵估價說：「少說四匹尺頭值三十兩銀子……」（第六十八回）此處的「白鷳紵絲」和「京段」應是貴重衣料，每匹合銀七、八兩，相當一千五百元左右，是素絹價格的十幾倍。衣料價格高下有別，在對比中看得再清楚不過。

至於西門慶為慶賀蔡京生辰，特地到杭州織造的「蟒衣尺頭」，價格又應在紵絲、京緞之上。當時壽禮中還少兩匹玄色蕉布和大紅紗蟒衣，「一地裡拿銀子尋不出來」，還是李瓶兒從自己的私房衣料中揀出四件來，「兩件大紅紗，兩匹玄色蕉布，俱是金織邊五彩蟒衣，比杭州織來的，花樣身分更強十倍」。這樣的衣料應當是專供內廷服用，價格無法估量。

交通、起居及其他

衣食住行中的「行」，是指交通方式、車馬之資。這一點書中雖然涉及不多，但也不乏生動的例子。

第七十八回，潘金蓮之母潘姥姥來給女兒過生日，但人到門前下了轎，卻沒錢打發轎夫。向女兒要，潘金蓮也拿不出來，為此母女一番吵鬧，最終還是三娘孟玉樓看不過，拿出銀子打發了轎子，其實只需六分銀子，約合十多元，猶如今天大陸搭計程車的起步價。

西門慶出門，則很少坐轎，一般是騎馬。第三十八回，蔡京管家翟謙因感激西門慶替他尋妾，送西門慶一匹「高頭點子青馬」，值七、八十兩銀子；那是名副其實的「寶馬」了。此外，媒婆薛嫂四處說媒、大夫蔣竹山出門行醫，騎的都是驢。

出遠門的人，則須帶足盤纏。第十七回，西門慶得知京中後臺楊戩遭人彈劾，忙差家人來保、來旺到東京打探消息，給了二十兩銀子（約合四千元）做盤纏。從山東到河南，前後一個月，算是很富裕了。後來西門慶再差人進京，每人大多只給五兩銀子。

「住」是人生一件大事，花銷也最大。不同的階層，住房的需求不同。賣炊餅的武大是「湊了十數兩銀子，典得縣門前樓上下二層房屋居住。第二層是樓，兩個小小院落，甚是乾淨」（第一回）。「典」是使用權的轉移，沒有產權，可以在一定期限內住下去，不用月月交房租。不過房主有了錢，還可以贖回去。十數兩銀子，合三千元，應當是很便宜的。今天大陸大都市的鬧區，三千元也就是一間兩房的房子一個月的租金。

有產權的房子也不貴。一處「門面二間二層，大小四間」的平房，品質一般，要三十五兩銀子，相當於七千元。常時節就在西門慶的資助下買了這樣一處房子遮風避雨（第六十回）。好地段的房子要貴些。西門慶替姘婦王六兒買了獅子街繁華地段「門面二間，到底四層」的宅子（第三十九回），花了一百二十兩銀子，這要算西門慶的「外宅」了。算下來，常時的房子一坪六百元出頭，王六兒的房子一坪將近一千元。比起今天大陸大都市中一坪超過十萬元的房價，便宜得不可思議。

這裡說的是百姓之家的低門淺戶。官宦財主家的深宅大院，氣象又自不同。西門慶的同僚夏提刑，賣了一所宅子給何太監的侄子。「門面七間，到底五層」，「儀門進去是大廳，兩邊廂房鹿角頂，後邊住房花亭，周圍群房也有許多，街道又寬闊」（第七十一回）。按契上原價一千二百兩交割，合今天二十四萬。

西門慶自己的宅院跟夏家的這一所不相上下，後來又花五百兩銀子增蓋了花園。以後又乘人之危，用五百四十兩銀子買下隔壁花家的園宅（第十四回）。街對面喬家另買新宅後，西門慶又花七百兩銀子把喬家舊宅買下來（第三十一回）。其間還用二百五十兩買了城外趙寡婦家的莊子，以擴建墳園。粗略算來，西門慶的房產，總值在三千兩以上，約合今天六十多萬。考慮到清河是外省小縣，又是在物價低廉的時代，這個數字，也就十分可觀。

《金瓶梅》時代房價低廉，大概還跟當時地價不高有關。韓道國夫婦商議在自家院落蓋兩間像樣的平房，材料費也需花上三十兩（第四十八回）。可知房屋的價值，主要體現在建築材料上。另一個例子是，皇親向五因家道敗落，要拆賣祖墳的「神路明堂」；其實就是拆掉好端端的房子，專賣木料、磚瓦。講好「三間廳、六間廂房、一層群房」的建材，開價五百兩。西門慶的伙計賁四認為可以壓到三百五十兩，並說：「休說木料，光磚瓦連土，也值一二百兩銀子。」（第三十五回）其後大概是以三百兩（六萬元）成交。看來建材的價格實在不低；加減之下，土地的價格也就所剩無幾。

物價的情況，大體如此。人工的情況又如何？

傅伙計是西門慶雇來支應鋪子的掌櫃，每月工錢只有二兩（第九回）。不過他還有年底分紅。樂師李銘來西門慶家教彈唱，除了管飯，一月還有五兩銀子工錢（第二十回），但這多半得益於他的「皇親國戚」身分——他是二娘李嬌兒的兄弟。

至於家中僕人的工錢，小說中沒提，可能根本沒有。不過替主人奔走效力時，常能得些小費。如西門慶家僕人玳安押送壽禮給做了守備夫人的春梅，小費為一方手帕、三錢銀子；抬盒的小廝也每人得了一百文錢（第九十七回）。紈絝子弟王三官兒求見西門慶，給了看門的小廝平安二錢銀子，要他代為稟報（第六十九回）。小費的多寡，還取決於送禮者的身分地位。一次，地方長官、巡按宋御史破天荒送來「鮮豬一口、金酒二尊、公紙四刀、小書一部」。西門慶受寵若驚，忙賞押禮門子三兩銀子、兩方手帕；抬盒下役也每人賞銀五錢（第五十一回）。三兩銀子相當六百元，五錢銀子合一百元，小費的總數幾乎超出賀禮的價值。

醫卜一般較受人尊重，但收入有限。李瓶兒生病，吃蔣竹山的藥，送藥金五錢，病癒後又「備三兩相謝」（第十六回），這算是多的。她後來還曾請任醫官看病，不過是「封一兩銀子作藥本」（第五十二回）。西門慶生病也是「封了五錢銀子討藥吃」（第七十九回）。

「婦產科」大夫收入最高；西門慶喜得官哥，接生婆蔡老娘得銀五兩，西門慶還許她「洗三朝」時再給一匹緞子（第三十回）。不過吳月娘生孝哥時，西門慶已死，月娘只給了三兩銀子。蔡老娘嫌少；吳月娘答應：「待洗三來，再與你一兩就是了。」蔡老娘心有未足，又多討了一套衣服才罷（第七十九回）。還有個劉婆子，算是「小兒科」大夫，給官哥看病、行灸，每次出診費或三錢，或五錢（第五十九回），相當於六十至一百元。不過她醫術不高，官哥之死，便與她誤診誤治有關。

星卜占算的錢來得容易些。小說第五十回，卜者吳神仙到西門慶家中算卦，一番海闊天空、雲山霧沼，討得眾人喜歡，最後得賞銀五兩，相當一千元。當然，這樣的買賣，是可遇而不可求的。第四十六回，眾妻妾還讓一個「鄉里卜龜兒卦兒的老婆」占卜運命，事畢，李瓶兒掏出五分一塊銀子，吳月娘和孟玉樓則每人給了五十文錢。三人所給，價值相當。潘金蓮也曾請劉婆子和其夫劉瞎子「燒神紙」、刻柳木，企圖用魘術拘住西門慶之心，那代價是八錢銀子加兩件首飾（第十二回）。潘金蓮在爭寵上，可說是不計代價。

廚師、裁縫等手藝人的收入又在醫卜之下。吳月娘到喬大戶家吃飯，廚役獻上頭一道水晶鵝，月娘當場賞銀二錢。第二、三道菜上來，又各賞了一錢（第四十一回）。這是小費，廚役還應另有工錢。裁縫裁剪三十件衣服，得銀五兩（第四十回），平均每件的剪裁工價為一錢六、七分，合今值三十多元。

木匠打一具棺材，得工錢五兩（第六十二回）。剃頭匠小周給西門慶篦頭、按摩，又給官哥剃頭，忙了一早晨，得銀五錢（第五十二回）。磨鏡工匠磨了八面鏡子，得錢五十文（第五十八回）。按明初規定，一貫銅錢合銀一兩，依此折算，五十文相當於今天十元。而一個沒有手藝、專幹粗活的泥水匠，每日工錢只有四分，還不到十元（第九十六回）。

工價低廉，說到底還應歸因於人的價值低微。人而有價，是封建社會，尤其是帶有商業社會特徵的晚明時期的一大特點，《金瓶梅》在這方面開出了十分翔實的價目表。

幾百年來遭評者讀者貶抑唾罵的小說女主角潘金蓮，其實是個幾番被賣的女奴隸。被轉賣給財主張大戶時，她的身價只有三十兩銀，遠不及西門慶座下那匹青馬和李瓶兒身上的那件皮襖。

潘金蓮還不是身價最低的。《金瓶梅》中另一女主角龐春梅，身價只有十六兩（第八十五回）。西門慶的姘頭王六兒買的丫鬟春香，也是十六兩（第四十八回）。西門慶一次心血來潮，給四房孫雪娥買個十三歲的女孩小翠當丫頭，身價更低，只用了五兩（第六十回）；而孫雪娥自己後來被發賣也只賣了八兩（第九十六回）。李瓶兒的兒子官哥出生後，西門慶買了奶娘如意兒，用了六兩銀子（第三十回）。此外，潘金蓮屋內的粗使丫頭秋菊，身價為五兩（第八十七回）。身價十六兩的春梅，日後做了夫人，也買過兩個丫頭，一個是十二歲的女孩兒，四兩（第九十五回）；另一個叫金錢兒，十三歲，原是商人黃四家的丫頭，因黃四押在牢裡，等著錢還債，只賣了三兩五錢（第九十七回），還夠不上一桌酒席錢！

良家女子價格低微，煙花娼妓反而身價看漲。小說第四十七回，商人苗天秀娶娼妓刁七兒為妾，花了三百兩銀子。而西門慶死後，二娘李嬌兒複歸娼門，被張二官看上，也是花了三百兩銀子娶到家中（第八十回）。書中開出的這張人口價目表，把彼時人倫道德的淪喪、社會價值的顛倒，都做了量化的展現。

說到底，還是西門慶的身價最高。小說第十八回，寫西門慶因受親家陳洪牽累，被言官列入奸臣楊戩爪牙的名單中。西門慶忙派家人來保、來旺攜重金到東京上下打點。來保先以五百石白米賄賂蔡京之子蔡攸，又經蔡攸引薦，面見右相李邦彥，以「五百兩金銀」的代價，將文卷上的「西門慶」改作「賈慶」，於是滔天大禍頓時煙消雲散。

西門慶用來買命的錢，約為白銀千兩，是僅值三兩五錢的小丫頭黃金錢兒的近三百倍。又據西門慶臨終遺囑，他家的總資產約六、七萬兩，足可贖命六、七十次。封建時代，皇帝為了籠絡功臣勳戚，往往頒給一種稱作「鐵券丹書」的優待憑證。鐵券持有者被許諾「（本人）恕九死，子孫三死，或犯常刑，有司不得加責」（參見元代陶宗儀《南村輟耕錄》）。現代學者往往以此論證封建法制的不公。

財主西門慶對封建王朝無寸功可言，當然沒資格獲取免死鐵券，但他的財富卻令他享有比功臣勳戚大得多的生命空間，這也就是為什麼西門慶要拚命攫取財富的原因了。而晚明時期新興商人對封建等級制度的撼動，由此可以窺見一斑。

再多說幾句

《金瓶梅》是「世情小說」開山之作，其最富創意的特點，便是在衣食起居的細緻描摹中，體現出作者對生活的濃厚興趣和欣賞態度。跟淵源相近的《水滸傳》相比，二者對吃飯穿衣的態度截然不同。《水滸傳》中的衣食描寫多半是粗線條的，好漢在村坊酒店中多是「打兩角酒」、「切一大盤牛肉」，雖然簡略，倒也符合江湖豪傑的粗獷氣質。而《金瓶梅》的作者深知市民讀者對財主家錦衣玉食的生活既羨慕又忌妒，由此生出窺探心理。因而小說家對衣食住行等生活細節觀察入微、描摹細緻，也正是迎合市民讀者的這種閱讀期待。

小說第三十四回，李瓶兒受書童請托接受一席酒食，吃喝一足，又留了幾碟菜肴給西門慶歸來佐酒。小說作者於此敘述：「西門慶更不問這嗄飯是哪裡——可見平日家中受用、管待人家，這樣東西無日不吃。」作者的兩句特地補敘，透露的正是市民讀者的豔羨心態。

對於生活細節的寫真式描摹，並不是所有人都能欣賞的。明人張無咎便有微詞，他在《三遂平妖傳敘》中評論小說道：

> 嘗辟（譬）諸傳奇：《水滸》，《西廂》也；《三國志》，《琵琶記》也；《西遊》，則近日《牡丹亭》之類矣。他如《玉嬌梨》、《金瓶梅》，如慧婢作夫人，只會記日用帳

簿，全不曾學得處分家政，效《水滸》而窮者也。

張無咎是《水滸傳》擁護者，因此對描摹市井生活的《金瓶梅》不買帳，鄙之為「只會記日用帳簿」。其實他哪裡知道，家長裡短、柴米油鹽，正是閱讀市井小說的樂趣之一。

現代作家兼學者施蟄存於一九三五年為「中國文學珍本叢書」之《金瓶梅詞話》作跋，對比《詞話》本和「原本」的優劣說：

或曰：然則《金瓶梅詞話》好在何處？曰：好在文筆細膩，凡說話行事，一切微小關節，《詞話》比舊本均為詳盡逼真。舊本未嘗不好，只是與《詞話》一比，便覺得處處都是粗枝大葉，抵不過《詞話》之雕鏤入骨也。所有人情禮俗，方言小唱，《詞話》所載，處處都活現出一個明朝末年澆漓衰落的社會來。若再翻看舊本《金瓶梅》，便覺得有點像霧裡看花了。何也？鄙俚之處，改得文雅，拖沓之處，改得簡淨，反而把好處改掉了也。故以人情小說看《金瓶梅》，宜看此《詞話》本。

施先生這裡所說的《金瓶梅詞話》，是指最接近笑笑生原著面貌的萬曆四十五年本，只是在民國翻印本中，《詞話》出版較遲，因而反成「新本」。而所謂「舊本」，是指晚於《詞話》本的明末或清代的本子，因在民國翻印較早，故反稱為「舊本」。

而「文筆細膩」、「一切微小關節……均為詳盡逼真」，正是早期《詞話》本的優長之處；後來的明崇禎本、清「第一奇書」本（也就是施蟄存所謂「舊本」）等，將服飾、飲食等細膩描寫都當作贅癰刪去，小說因此減色不少。以第二十一回的一段描寫為例，那一回，寫西門慶開家宴，樂工李銘前來伺候，西門慶賞以酒食。以下引文中（）內的文字，是《詞話》本原有而被「第一奇書本」刪去的；〔〕內的文字，則是「第一奇書」本在刪節後為使文氣順暢而添加的：

西門慶命李銘近前，賞酒與他吃，教小玉拿（團靶勾頭雞膆）壺，滿斟（窩兒酒），傾在銀法郎桃兒鐘內。那李銘跪在地下，滿飲三杯。西門慶又〔叫〕在桌上拿了（一碟鼓蓬蓬白麵蒸餅，一碗韭菜酸筍蛤蜊湯，一盤子肥肥的大片水晶鵝，一碟香噴噴晒乾的巴子肉，一碟子柳蒸的勒鯗魚，一碟奶罐子酪酥伴的鴿子雛，）〔四碟菜，〕用盤子托著與李銘。那李銘走到下邊（，三扒兩咽，吞到肚內，舔的盤兒乾乾淨淨，）〔吃了，〕用絹兒把嘴兒抹了，走到上邊，（把身子）直豎豎的靠著槅子站立。

《詞話》本以對生活的熱愛和欣賞，細膩地描摹佳釀美味，如數家珍，讓讀者從這幾味菜肴中，想像出酒席的豐盛來。除此而外，西門慶賞賜李銘，還別有用意，是想透過李銘給李家妓院帶信，以期跟李桂姐重歸於好。作者在此細寫賞賜，正是烘染西門慶的殷勤之意。「第一奇書」本大刀一揮，將這些枝葉悉數砍去，簡潔則簡潔矣，小說特有的文字風格、言外之味，也便蕩然無存了。因此施蟄存先生對此感歎不已。

第二部

「經濟大鱷」西門慶

千萬富翁的商業收益——西門慶如何賺錢之一

西門慶是山東清河縣的商人，幾乎壟斷了這個運河城鎮的全部藥材銷售業、紡織品銷售業，此外還經營當鋪，發放高利貸，並參與官鹽買賣，獲取了商業發展的關鍵資金。

剛出場的西門慶，不過是個「破落戶財主」，全部商業資產，只是「就縣門前開著個生藥鋪」。但因他「專在縣裡管些公事，與人把攬說事過錢，交通官吏，因此滿縣人都懼怕他……排行第一，人都叫他做『西門大郎』。近來發跡有錢，人都稱他做『西門大官人』」（第二回）。他與官府的關係，對他的日後發跡至關重要。以後他又巴結朝中權奸蔡京，當上「金吾衛衣左所副千戶，山東等處提刑所理刑」（第三十回），日後又升了正千戶（第七十回）。官商合一，財勢相輔，他的買賣也愈做愈大。經過數年的經營，西門慶已是「山東第一個財主」（第五十四回）了。

小說第六十九回，媒婆文嫂向林太太誇說西門慶的財勢：

> 縣門前西門大老爹，如今見在提刑院做掌刑千戶，家中放官吏債，開四五處鋪面：段子鋪、生藥鋪、綢絹鋪、絨線鋪，外邊江湖上又走標船，揚州興販鹽引，東平府上納香蠟，伙計主管約有數十。東京蔡太師是他乾爺，朱太尉是他衛主，翟管家是他親家，巡

撫、巡按多與他相交，知府、知縣是不消說。家中田連阡陌，米爛陳倉，赤的是金，白的是銀，圓的是珠，光的是寶……端的朝朝寒食，夜夜元宵……

媒婆的嘴，本來是信口開河的。不過這篇言詞，除了「田連阡陌」等語，卻是基本屬實。至小說第七十九回，西門慶縱欲而亡，臨終前向陳經濟囑託後事，把家中資產說得最為明白：

我死後，段子鋪是五萬銀子本錢，有你喬親家爹那邊多少本利，都找與他。教傅伙計把貨賣一宗交一宗，休要開了。賁四絨線鋪，本銀六千五百兩；吳二舅綢絨鋪，是五千兩，都賣盡了貨物，收了來家……李三、黃四身上，還欠五百兩本錢、一百五十兩利錢未算，討來發送我。你只和傅伙計守著家門這兩個鋪子罷。印子鋪佔用銀二萬兩（按：《詞話》本此處原文是「段子鋪佔用銀二萬兩」，誤；因為前文已有「段子鋪是五萬銀子本錢」等語。這裡應為「印子鋪」，即當鋪），生藥鋪五千兩。韓伙計、來保松江船上四千兩。開了河，你早起身往下邊接船去。接了來家，賣了銀子交進來，你娘兒們盤纏。前邊劉學官還少我二百兩，華主簿少我五十兩，門外徐四鋪內還本利欠我三百四十兩，都有合同見在，上緊使人催去。到日後，對門並獅子街兩處房子，都賣了罷，只怕你娘兒們顧攬不過來。

根據這篇交代，西門慶死前的商業資產總值，合白銀六、七萬兩，這還不算房產。這是個相當可觀的數字，放在今天，西門慶堪稱「千萬富翁」了。這裡面生藥鋪的本錢五千兩，可能是從他父親那裡繼承來的；剩下的六萬餘兩，則是西門慶在五、六年間利用種種合法、非法手段獲取的。算下來，年均獲利一萬兩（合兩百萬元），增速驚人。

西門慶的巨額資產，是怎樣聚攏起來的？歸納起來，無非是經商獲利、做官受賄、放債取息、納妾得財等幾個方面。作為商人，商業經營仍是西門慶主要的獲利來源，只是經營手段多種多樣，有合法的，也有非法的。

「賤買貴賣」是世上一切商業經營的鐵律，西門慶最初的發跡，即是乘人之危，壓低價格，開闢廉價貨源以賺取差價。小說第十六回，西門慶去會李瓶兒，僕人玳安來報告說：「家中有三個川廣客人，在家中坐著，有許多細貨，要科兌與傅二叔，只要一百兩銀子押合同，其餘八月中旬找完銀子。大娘（指正妻吳月娘）使小的來，請爹家去，理會此事。」西門慶不肯回去，吩咐：「教把傅二叔打發他便了。」李瓶兒勸他：「買賣要緊，你不去，惹的他大娘不怪麼？」西門慶答道：

你不知賊蠻奴才行市，連貨物沒處發脫，才來上門脫與人。遲半年三個月找銀子；若快時，他就張致（本指裝腔作勢，這裡指拿架子，不肯降價）了。滿清河縣，除了我家鋪子大，發貨多，隨問多少時，不怕他不來尋我。

這就是西門慶的生意經：他不肯盡快回去處理生意，不僅是貪戀李瓶兒，更是與川廣客人打心理戰。若回去快了，顯得買賣有利可圖，客人就不肯降價了。西門慶「店大欺客」，知道唯有自家本錢足，能消化這批貨，因此不怕買賣跑掉；一定要把價錢壓到最低。

另外，這樁買賣不是現金交易，只須付一百兩銀子「押合同」，餘下的錢八月份才結算。有道是：「時間就是金錢。」壓下的貨款可以投資商業或放債取息，資金多周轉一輪，利潤自然也要翻番。因此這樣一筆送上門來的買賣，會讓西門慶足足賺上一筆。

至第三十三回，又有個湖州姓何的客商，因有急事要回家去，有五百兩銀子的絲線要脫手。幫閑應伯爵來牽線，西門慶硬把價錢壓到四百五十兩。收貨後，他利用獅子街的兩間門面房開起了絨線鋪，找了「能人」韓道國與家中僕人來保搭夥，雇人染絲發賣，「一日賣數十兩銀子」。

西門慶的經營頭腦十分靈活，做買賣並非專撿便宜。第七十七回，花大舅來介紹一筆生意：「門外客人有五百包無錫米，凍了河，緊等要賣了回家去。我想著姐夫倒好買下等價錢。」西門慶當即回答：「我平白要它做甚麼？凍河還沒人要，到開河船來了，越發價錢跌了。如今家中也沒銀子。」這樣的「便宜」貨，他是不撿的。

然而這些零星送上門來的便宜貨，並非西門慶的主要貨源。西門慶搞絲綢貿易，多半是派人到產地直接採購，自家運回銷售。以緞子鋪為例，西門慶派伙計分兩路去產地進貨。一路是僕人來保，到絲綢之鄉杭州採買，然後經南京運回；一路是伙計韓道國，到另一絲綢產地湖州就地訂貨，坐等人家織就，長途運回。因沒有中間商的盤剝，貨物成本大大降低；而坐等染織，便於監督，絲綢品質也有了保證。

緞鋪的投資，是西門慶與喬皇親各出銀五百兩，另外加上三萬鹽引。日後韓道國這一路從湖州運回十大車緞貨，「直卸到掌燈時分」（第五十九回），價值一萬兩銀子；來保從杭州運回的貨物「連行李共裝二十大車」（第六十回），應值二萬兩。這要算西門慶商業經營中獲得的最大一桶金了。

西門慶在經營管理上也很有一套，緞鋪沒開張已雇好伙計，定下合同。因是西門慶與喬大戶合資開店，規定「譬如得利十分為率，西門慶分五分，喬大戶分三分，其餘韓道國、甘出身與崔本三分均分」（第五十八回）。股東得了大頭，同時也照顧經營者的利益。

緞鋪開張的第一天，「伙計攢帳，就賣了五百餘兩銀子」（第六十回），假若按獲利百分之十計算，每位伙計這一天便有三兩多的收入，這對於他們積極經營的動力，該有多大的刺激！而最大的贏家當然是西門慶，他身不動、膀不搖，一日便有二十多兩銀子的進帳，相當於今天四、五千元。西門慶的千萬家私，就是這樣累積起來的。

行賄支鹽與偷稅獲利——西門慶如何賺錢之二

西門慶能在商業經營中獲取巨額利潤，一來因資本雄厚、巧於算計；二來也離不開違法、半違法手段的使用。

這裡不能不說說鹽引獲利的事。小說第四十八回，來保從東京回來，帶回蔡京向朝廷新奏七件事的邸報（有關朝廷所發資訊的抄本），其中第三件，是關於改革鹽政的建議，來保對此解釋說：

太師老爺新近條陳了七件事，旨意已是准行。如今老爺親家，戶部侍郎韓爺題准事例：在陝西等三邊開引種鹽；各府州郡縣，設立義倉，官糶糧米。令民間上上之戶，赴倉上米，討倉鈔，派給鹽引支鹽。舊倉鈔七分，新倉鈔三分。咱舊時和喬親家爹，高陽關上納的那三萬糧倉鈔，派三萬鹽引，戶部坐派。到好趁著蔡老爹巡鹽下場，支種了罷，倒有好些利息。

食鹽是百姓生活刻不能離的飲食調料，因主要取自海水（也有井鹽、岩鹽等），易製易得，故經營食鹽是一本萬利；歷代官府都壟斷其利，施行食鹽官賣。即如明代，就由戶部尚書直接監管鹽政，下設都轉運鹽使司和鹽課提舉司，還不時委派專門的御史巡視。來保帶回消息說「蔡老爹巡鹽下場」，即指曾受西門慶熱情款待的狀元蔡蘊被任命為兩淮巡鹽御史。

鹽政在明代與邊備關係密切，所得款項主要用於邊防武備開支。具體操作方法，是政府鼓勵富商大戶交糧納款，以換取「倉鈔」，再按倉鈔發派「鹽引」；「鹽引」是運售食鹽的許可證。無鹽引而經銷食鹽，屬於販「私鹽」，要受法律嚴懲。

但是由於鹽政的敗壞，商人納糧後，手握倉鈔，卻支不出食鹽，導致倉鈔不斷貶值，幾乎成為廢紙。這大大影響了商人納糧的積極性。書中敘述蔡、韓所奏鹽政改革一事，雖以宋代為背景，卻是對明代某一時期補救鹽政措施的影射。其中規定握有倉鈔者可派給鹽引、赴場支鹽，雖非全額支給，但畢竟有了鬆動。這給西門慶帶來可乘之機。

就在不久前，西門慶與親家喬大戶共納倉鈔三萬，按朝廷的新規定，此次可派鹽引三萬。我們很難為西門慶的三萬倉鈔估價。因為倉鈔最初一「引」值銀半兩，但由於不斷貶值，最低時降至七分，僅為原官價的百分之十二（黃仁宇，《十六世紀明代中國之財政與稅收》）。西門慶、喬大戶手中的三萬倉鈔也應是貶值後的證券，估值二、三千兩，已不算少。

那麼三萬鹽引又價值幾何？一「引」鹽的標準重量為四百斤，又因時間地域的不同而有所浮動，多的可達五百五十斤，少的只有兩百斤。至於鹽價，也隨時有所升降。據記載，嘉靖初年，南京一帶每噸食鹽零售價為白銀二十五兩至三十兩，合每斤一兩分，在當時算是很高的（黃仁宇，同上書）。西門慶所支食鹽，即使按此價格一半計算，再打折支取，也仍值白銀兩三萬兩。這從後來韓道國、來保用此款躉來價值三萬兩的綢緞貨物，也可換算出來。

幾千兩的投入，一轉手便獲利萬兩，其中關鍵，當然是因蔡御史的幫忙。明代鹽政的弊端之一，便是支鹽難。當時人記述說：「商人支鹽如登天之難……有守候數十年老死而不得支者，令兄弟妻子支之。」反之，「勢要支鹽如反掌之易」（朱廷立，《鹽政志》）。《明史》也說：「當是時，商人有自永樂中候支鹽，祖孫相代不得者。」因此，若朝中無人，手握鹽引的西門慶即便趕上鹽政改革的時代，也仍難迅速支鹽、變現。

蔡狀元跟西門慶是「老交情」。此人名蘊，號一泉，是權臣蔡京的乾兒子。經蔡京的管家翟謙介紹，曾到西門慶家打抽豐（也叫「打秋風」，即假借各種名義向人索取財物），西門慶熱情款待、慷慨資助。此次，他榮任巡鹽御史，到揚州上任途中，再次來到西門慶家，這正中西門慶下懷。西門慶不惜重金擺宴招妓，款待蔡御史，乘機提出了支鹽請求：

西門慶飲酒中間，因題起：「有一事在此，不敢干瀆。」蔡御史道：「四泉有甚事只顧分付，學生無不領命。」西門慶道：「去歲因舍親那邊，在邊上納過些糧草，坐派了有些鹽引，正派在貴治揚州支鹽。只是望乞到那裡，青目青目，早些支放，就是愛厚。」因把揭帖遞上去。蔡御史看了，上面寫著：「商人來保、崔本，舊派淮鹽三萬引，乞到日早掣。」蔡御史看了，笑道：「這個甚麼打緊！」……「我到揚州，你等徑來察院見我，我比別的商人早掣取你鹽一個月。」西門慶道：「老先生下顧，早放十日就勾了。」蔡御史把原帖就袖在袖內。一面書童旁邊斟上酒，子弟又唱。

熱門商品上市，時間是非常關鍵的。早十天、晚十天，價格大不相同。西門慶正是靠著結交官員、變相行賄等手段，早早支出食鹽，運到湖州、南京發賣，賣了個好價錢，獲利十倍。這正合「勢要支鹽如反掌之易」的歷史紀錄，是明代鹽政敗壞的一個活案例。在這個案例中，西門慶交通官吏，頗有點迫不得已。作為商人，他本身也是受害者，不得不走門路，想辦法，減低損失，實現收益。假使鹽政衙門嚴格履行職責，西門慶本來無須如此這般。不過西門慶在商業經營中偷漏國稅，卻是不折不扣的違法行為。

明代徵收商業稅的機構叫鈔關，嘉靖時全國設有七個鈔關，分別是杭州附近的北新關、蘇州附近的滸墅，此外還有揚州、淮安、臨清、河西務、九江等。小說裡就不只一次提到臨清鈔關。第五十八回，韓道國從杭州購置一萬兩銀子的緞絹貨物，直抵臨清鈔關，派手下人來向西門慶報信。西門慶馬上寫了一封信給鈔關司職官吏錢老爹，附上五十兩銀子，求他「過稅之時，青目一二」。待韓道國回來，西門慶問及此事，韓道國說：

全是錢老爹這封書，十車貨少使了許多稅錢。小人把段箱兩箱並一箱，三停只報了兩停，都當茶葉、馬牙香，櫃上稅過來了。通共十大車貨，只納了三十兩五錢鈔銀子。老爹接了報單，也沒差巡攔下來查點，就把車喝過來了。西門慶聽言，滿心歡喜，因說：「到明日，少不的重重買一分禮，謝那錢老爹。」（第五十九回）

明朝的稅制，大致為三十稅一；貨物品種不同，稅金也高低有別。西門慶價值萬兩的緞絹貨物，至少應納稅三百兩；而經西門慶一番暗箱操作，伙計採取了謊報品種、瞞報數量等非法手段，結果只納稅「三十兩五錢鈔銀子」。加上行賄的五十兩及事後對鈔關官吏的重謝，西門慶的花銷不過白銀百兩。國家的稅金損失，卻達到百分之九十。

小說第六十回，來保的南京貨物也到鈔關，派人來取「車稅銀兩」。西門慶又寫了私人書信給鈔關的謝主事，同時送上百兩銀子、「羊酒金段禮物」，請求「此貨過稅，還望青目一二」。依前例，這回的二十大車貨物，至少漏稅四五百兩。在這裡，國家吃了大虧，稅官得了小利，獲利最大的，自然是西門慶。

借官生財與放債取息——西門慶如何賺錢之三

西門慶是商人兼官吏，借助手中權勢及官場關係索賄受賄，是其收入來源之一。其實早在做提刑官之前，「結交官吏」、「說事過錢」已是西門慶駕輕就熟的獲利手段。小說第二十五回，揚州鹽商王四峰因事入獄，得知西門慶神通廣大，向他求助，許以白銀兩千兩。西門慶派人到京城向蔡京說人情，王四峰因此獲釋。扣除跑關係的使費，西門慶至少獲利一千兩，相當於二十萬。做官之後，權力在握，不必假手他人即可決人生死，得錢也就更容易了。這裡可舉苗青一案為例。

揚州廣陵城的苗天秀員外載著一船貨物，帶著僕人苗青、安童外出經商，途中苗青勾結船家，害死主人，將船上財貨據為己有，拿到臨清發賣。事發後，苗青遭官府緝拿，急忙托人走西門慶的門路，以賣貨所得贓銀一千兩行賄。西門慶又將贓銀的一半分給同僚夏提刑。兩人狼狽為奸，開脫了苗青的罪行。西門慶的同僚、手下乃至親朋、奴僕、姘頭等，也都因此案獲利（第四十七回）。於是西門慶的巨額財富中，又增加了一個不大不小的數目。

西門慶另一得錢途徑是放高利貸，書中也有典型事例。

商人李三、黃四承攬了朝廷的香蠟生意，因缺少本錢，來向西門慶借貸。說好借銀一千五百兩，「每月五分行利」。這相當於百分之六十的年息，屬於重利盤剝。按《大明律》規定：「凡私放錢債及典當財物，每月取利並不得過三分，年月雖多，不過一本一利。違者笞四十，以餘利計贓，重者坐贓論，罪止杖一百。」不過條文歸條文，民間借貸的實際利率，普遍高於律條規定的三分。如明代嘉靖時人楊繼盛就曾在《遺書》中提到「放債一年，銀一兩得利六錢」，剛好印證了小說中的描寫。

李三、黃四本來從別處也能借到月息五分的錢款，但考慮到西門慶是衙門中人，除了借錢，還可以依仗他的勢力，因而選擇西門慶。小說中說西門慶「放官吏債」，指的應當是這個。西門慶對此也有清醒的認識，曾囑咐中人應伯爵：「只不教他打著我的旗兒，在外邊東誆西騙！」（第三十八回）後來李、黃果真借西門慶的官勢得了好處。第六十七回，黃四的妻弟因毆傷人命，連同岳父都被雷兵備羈押在獄。黃四藉口來還債，先兌付一千兩本金，又借機向西門慶哭訴求助，另奉上白銀兩封、一百石的白米帖兒一張。西門慶推讓一番，還是收了。然而西門慶與雷兵備不熟，便又轉托鈔關錢老爹說情。雷兵備把面子賣給錢老爹、西門慶，只判黃四的舅子賠十兩燒埋銀子了事。事後黃四又備酒席禮物感謝西門慶。

至於那筆高利貸，李三、黃四在兩個月後還了本金一千兩、利息一百五十兩（按月息五分計算，這剛好是兩個月的利息）；因無現銀，利息是用四個金鐲子頂替（第四十三回）。四個金鐲子重三十兩，抵銀一百五十兩，金銀比價是按一比五計算的。

明初規定，一兩黃金抵四兩白銀（《明史．食貨志》），其後白銀供應量增加，金銀之比達到一比六乃至一比七。西門慶得了金鐲子，十分興奮，捧給官哥玩耍，結果引發金鐲失竊的風波。西門慶豈是沒見過金子的人呢，何以如此興奮？大概按一比五換算，西門慶又揀了個大便宜吧？

這以後，經李、黃再三懇求，舊帳未清，又續借了一千兩。陸續還了一部分，本利還欠六百五十兩，到西門慶臨死也未還清。後經追討，只還了二百兩，又抹去五十兩，剩下的四百兩，也便不了了之。西門慶臨死前，還提到劉學官、華主簿、徐掌櫃的欠款，或二百，或三百。借官勢放高利貸，的確是西門慶的財路之一。

其實西門慶開的解當鋪（又作解庫、印子鋪），盈利也十分了得。第二十回，西門慶因娶李瓶兒，又連得了兩三筆橫財，資金豐盈，於是「又打開門面二間，兌出二千兩銀子來，委付伙計賁四開解當鋪」。由女婿陳經濟掌管鑰匙，賁四寫帳目，秤發貨物，傅伙計兼管生藥鋪、解當鋪，「看銀色，做買賣」。在李瓶兒臥室的二樓打上架子，「擱解當庫衣服首飾，古董書畫，玩好之物。一日也嘗當許多銀子出門」。

小說第四十五回，白皇親家拿來一座「大螺鈿大理石屏風」，兩架「銅鑼銅鼓連鐺兒」，要當三十兩銀子。西門慶和應伯爵一同來看貨：

原來是三尺闊、五尺高、可桌放的螺鈿描金大理石屏風，端的是一樣黑白分明。伯爵觀了一回，悄與西門慶道：「哥，你仔細瞧，恰相好似蹲著個鎮宅獅子一般。」兩架銅鑼銅鼓，都是彩畫生妝雕刻雲頭，十分齊整。在傍一力攛掇，說道：「哥該當下他的。休說兩架銅鼓，只一架屏風，五十兩銀子還沒處尋去。」西門慶道：「不知他明日贖不贖？」伯爵道：「沒的說，贖甚麼？下坡車兒營生。及到三年過來，七八本利相等。」西門慶道：「也罷，教你姐夫（指陳經濟）前邊鋪子裡兑三十兩與他罷。」剛打發去了，西門慶把屏風拂抹乾淨，安在大廳正面，左右看視，金碧彩霞交輝……於是廳內抬出大鼓來，穿廊下邊一架，安放銅鑼銅鼓，吹打起來，端的聲震雲霄，韻驚魚鳥。

典當是一種以實物做抵押的借貸形式，借貸數額，取決於抵押物的價值。一般當鋪對抵押物的估價，都遠遠低於實際價格。借款是要付息的，依書中所敘，若無錢付息，三年以後「本利相等」。算下來，此種抵押借款的利率相當於月息三分，比月息五分的「官吏債」要低些。這是因為告貸者有典當物押在放債人手中的緣故。如到期不能償還本利，則抵押物便成「死當」，歸屬權也將易主。白家雖貴為皇親，此時已是「下坡車兒營生」，靠典當度日，三年後也肯定無力贖回。因此西門慶實際是用極低的價格，買斷這幾件貴族之家的奢侈品。這也反映了明代後期商人地位的上升及社會結構的變化。

西門慶家所用家居生活物品，有不少是贖不回去的典當物。如第五十八回潘金蓮的「大四方穿衣鏡」，便是「鋪子裡人家當的」。第四十六回下雪時李嬌兒穿的皮襖，也是王招宣府典當的。

西門慶臨終時吩咐把鋪子都關掉，只留「家門這兩個鋪子」，即解當鋪和生藥鋪。西門慶死後，傅伙計勉力支撐著解當鋪。一次僕人平安見財起意，偷了人家典當的兩件首飾：一副金頭面，一柄鍍金鉤子。人家拿了本利來贖，當鋪卻交不出原物。直至驚動官府，才把這兩件首飾追回。兩件首飾價值七、八十兩銀子，典當時只估了三十兩的價格。由此可見典當鋪盤剝驚人，這成為西門慶發家致富的重要財源之一。

財色雙得的「納妾工程」——西門慶如何賺錢之四

小說第二十九回，「吳神仙」給西門慶看相，說他「一生多得妻財」，真是一語中的。納妾得財，確實是西門慶的致富手段之一。

別以為西門慶是好色之徒，以貌取人便是他娶妻納妾的唯一標準；作為商人，他一眼盯著女人的臉龐，一眼盯著女人的錢袋。最典型的例子，是娶三娘孟玉樓、六娘李瓶兒。

孟玉樓是布商楊某的遺孀，丈夫給她留下「一份好錢」：貴重的「南京拔步床」就有兩張，裝得滿滿的衣箱有四五只，金銀首飾不用說，手中的現銀就有上千兩，此外還有三二百筒細布……折合白銀幾千兩，相當於今天幾十萬元。這對於事業發展初期、手頭銀根正緊的西門慶，是個巨大的誘惑。因此，從媒人那裡得知孟玉樓的財力，還沒見到人，西門慶已是滿口答應。為了把這筆財產弄到手，西門慶很費了一番心思，收買了玉樓前夫的姑母，掃清了玉樓再嫁的障礙，終於如願以償。搬嫁妝時，西門慶生怕人手不夠，不但派出家中的僕人小廝，還從守備府借來一、二十個軍卒，連搶帶奪把楊家的財產搬進西門慶的宅門。那場面，更像是明火執仗的白日打劫（第七回）！

六娘李瓶兒是西門慶眾妻妾中的「富婆」。她原是大名府梁中書的妾，後來偷帶一百顆西洋大珠、二兩重一對鴉青寶石，嫁給了花太監的侄子花子虛。花太監死後，太監的大筆遺產也都留給這對夫妻。花子虛與西門慶是鄰居，又是朋友。可西門慶才不管「朋友妻、不可欺」的那套市井倫理；他看上了李瓶兒，兩人瞞著花子虛暗中勾搭。

後來花子虛因打家產官司被關到監獄裡，李瓶兒藉口請西門慶說人情、尋門路，拿了六十錠大元寶共三千兩銀子，裝在兩架食盒裡，由四個小廝抬回西門慶家。李瓶兒另有四只描金箱櫃，裡面裝的「蟒衣玉帶、帽頂條環（指帽子、腰帶上的飾物）、提繫條脫（提繫：鬏髻，這裡泛指首飾；條脫：手釧、手鐲之類），值錢珍寶、玩好之物」，都偷運到西門慶家（第十四回）。日後花子虛輸了官司，變賣住宅還債，西門慶花了五百四十兩買下，用的就是花子虛的錢。

然而李瓶兒的錢財還遠不只這些。花子虛死後，李瓶兒決定嫁給西門慶，還曾資助西門慶修房子、建花園，說：「奴這床後茶葉箱內，還藏著四十斤沉香，二百斤白蠟，兩罐子水銀，八十斤胡椒。你明日都搬出來，替我賣了銀子，湊著你蓋房子使。」（第十六回）這些香料、水銀等物共賣了三百八十兩銀子，李瓶兒留下一百八十兩，其餘都交給西門慶。到後來李瓶兒正式入門時，西門慶又「雇了五六付扛，整抬運四五日……都堆在新蓋的玩花樓上」（第十九回）。李瓶兒的到來，大大增強了西門慶的經濟實力，這也是西門慶偏愛李瓶兒的原因之一吧。

第六十四回，李瓶兒死了，西門慶痛哭流涕，不惜花費重金、厚斂厚葬。傅伙計與僕人玳安因此事有一番對話：

傅伙計閑中因話題話，問起玳安，說道：「你六娘沒了，這等樣棺槨，祭祀念經發送，也勾他了。」玳安道：「一來他是福好，只是不長壽。俺爹饒使了這些錢，還使不著俺爹的哩。俺六娘嫁俺爹，瞞不過你老人家是知道，該帶了多少帶頭來？別人不知道，我知道：把銀子休說，只光金珠玩好，玉帶、絛環、鬏髻，值錢寶石，還不知有多少。為甚俺爹心裡疼？不是疼人，是疼錢。」

玳安說西門慶「不是疼人，是疼錢」，不一定正確；西門慶對李瓶兒還是有感情的。況且李瓶兒過世，並沒有把錢帶走，因此談不上「疼錢」。但玳安的話又代表了很多人對西門慶的看法：這個商人既好色又好財，他娶妻納妾的原則與策略，是「財色兩得」。

李瓶兒帶著嫁妝進門，給這個商人的事業注入了雄厚的資本。此前西門慶開著個生藥鋪，本錢有限。李瓶兒入門不久，西門慶便又開設了解當鋪，插手金融業。以後又涉足紡織品買賣，陸續開了絨線鋪，綢絹鋪，緞子鋪，成為紡織品經銷商。而所有這些買賣的原始資本，都應打著「李」氏、「花」氏（還有「孟氏」、「楊氏」）的印記。

此外，西門慶對親戚家的財產，也是來者不拒。小說第十七回，西門慶的女兒大姐同女婿陳經濟突然來到，帶來許多箱籠細軟，還有親家公陳洪的一封書信及五百兩銀子。原來陳家的後臺楊戩受到彈劾，作為楊戩一黨，陳洪驚慌失措，先讓兒子把家財轉移到西門慶家，自己跑到東京去打探消息。這五百兩銀子，是讓西門慶「打點使用」的。

因禍得福，西門慶派人進京行賄，開脫了親家和自己的罪名，陳家的箱籠從此也便「寄存」下來，連同大姐夫婦也在西門慶家住下來。西門慶臨死時，並未交代這批財物，看來他早就把它們視為己有了。不過陳經濟對此一直耿耿於懷，他後來被趕出家門，曾多次提出，這些財物是楊戩「應沒官的贓物」，窩藏者是要抄家法辦的。看起來，金銀不僅會放光，有時也會咬人呢（第八十六回）。

「小氣」的西門慶——西門慶如何花錢之一

西門慶一生賺錢無數，在短短幾年間，由一個小小的藥鋪老闆，成長為山東數一數二的大財主，家中「赤的是金，白的是銀，圓的是珠，光的是寶」……如此多的金錢，西門慶又是怎樣花費、享用的呢？

頭一項開銷，是維持家庭頗為奢侈的日常生活。媒婆文嫂曾在林太太面前吹噓西門慶生活豪奢，用「朝朝寒食，夜夜元宵」來形容。確實在一般百姓看來，西門慶家天天在過節。

前面第一章，我們對西門慶家的餐桌作了介紹，這裡再舉一個小例子。臘八那天早上，西門慶約應伯爵同去尚推官家送殯（第二十二回）。行前，先喝粥：

兩個小廝放桌兒，拿粥來吃。就是四個鹹食，十樣小菜兒，四碗頓爛：一碗蹄子，一碗鴿子雛兒，一碗春不老蒸乳餅，一碗餛飩雞兒，銀廂甌兒，粳米投著各樣榛松栗子果仁梅桂白糖粥兒。西門慶陪應伯爵、陳經濟吃了，就拿小銀鐘篩金華酒，每人吃了三杯。

這一餐「臘八粥」，只不過是早點，連葷帶素，便有十幾個碟盞。日常飲食之講究奢侈，可以由此推想。

飲食如此，穿衣更講究。對西門慶家的服飾穿著，前章多有敘述。這裡再舉一例：第三十四回，西門慶「拿出兩匹尺頭來，一匹大紅紵絲，一匹鸚哥綠潞綢，教李瓶兒替官哥裁毛衣衫兒、披襖、背心兒、護頂之類」。潘金蓮生氣，背後嘮叨說：「那裡一個才尿出來多少時兒的孩子，拿整綾段尺頭裁衣裳與他穿？你家就是王十萬，使的使不的？」

在重財輕德的社會裡，衣食的豐儉，代表著一個人的面子和尊嚴。李瓶兒改嫁西門慶之前，曾一度嫁給蔣竹山，這讓西門慶十分惱火。事後西門慶質問李瓶兒：「我比蔣太醫那廝誰強？」李瓶兒答道：「他拿甚麼來比你？你是個天，他是塊磚；你在三十三天之上，他在九十九地之下。休說你仗義疏財，敲金擊玉，伶牙俐齒，穿羅著錦，行三坐五，這等為人上之人。自你每日吃用稀奇之物，他在世幾百年，還沒曾看見哩！他拿甚麼來比你……」從李瓶兒的回答可知，誰的「吃用」水準高，誰就是居於「三十三天之上」的「人上之人」；這便是當時人的價值觀及普遍認知。

除了吃穿之外，生活中的西門慶最肯在女人（尤其是妻妾之外的女人）身上花錢。他先以五十兩銀子梳攏妓女李桂姐，每月花二十兩銀子包著她（第十一回）。後來又喜歡上妓女鄭愛月，每月送三十兩給老鴇作「盤纏」（第六十八回）。西門慶還拿出上百兩銀子，為姘婦王六兒買宅子。與各種女人廝混時，一出手常常是二、三兩銀子，成套的衣服。但總的看來，西門慶在這方面的花費還是有限的；跟他日進斗金的收入相比，也只佔很少的份額。他從女人身上得的錢，遠比為她們花費的多。因此，儘管小說中一再吹噓他是個「撒漫使錢的漢子」，其實他的手緊得很。

例如對待妻妾，西門慶相當吝嗇。除了保證較高水準的日常衣食供養之外，他很少為她們花額外的錢。潘金蓮是他的「最愛」，他卻並沒有給潘金蓮特別的好處。通觀全書，只是在潘金蓮剛進門時，從廟會上買回四兩珠子，給潘金蓮穿珠子箍兒用。還有一次，因與李瓶兒爭勝，潘金蓮逼著他花六十兩銀子買了一張床。而這張床是西門慶家的「固定資產」，潘金蓮被逐時，卻沒能帶走。

西門慶的「節儉」還表現在每次出門，身邊總帶著不多的幾兩碎銀子。而且家財萬貫的西門慶，還常常鬧到手頭沒錢的地步。朋友常時節向他借三十幾兩銀子買房，他答應了，卻拿不出現銀來。他的大部分銀錢都用在擴大商業運營上。眾多的鋪面、貨物，佔用了大量資金，致使西門慶手頭拮据、現金匱乏。西門慶的理念是：金錢是要不斷地滾動增值的。他說：「（銀錢）兀那東西，是好動不喜靜的，怎肯埋沒在一處？也是天生應人用的。」（第五十六回）

學者還注意到，西門慶從不在土地上投資。書中媒婆文嫂向林太太稱說西門慶「田連阡陌」（第六十九回），顯然是誇張不實之詞。西門慶只買過一塊地，是他家墳地隔壁趙寡婦的莊園，目的是擴大他家墳園，多蓋幾間房，開闢為花園，供玩耍休閒，而非出租耕種。在西門慶這類商人看來，土地佔據大量資本，但種地成本高，收效慢，靠天吃飯，沒有保證，遠不如商業投資獲利豐、來錢快。因此，西門慶有許多頭銜：商人、官僚、惡霸、市儈，唯獨不能說他是地主。在以農耕經濟為基礎的封建社會，西門慶的經濟金融理念相當前衛。

《金瓶梅》的高明之處在於，作者常能在不經意處，畫出西門慶商人式的節儉與吝嗇來。第二十一回，眾妾攢錢擺酒，慶賀西門慶與吳月娘和好。西門慶見玳安提著一壇金華酒進來，便問：「金華酒是那裡的？」玳安回答：「是三娘與小的銀子買的。」西門慶馬上說：「阿呀，家裡見放著酒，又去買！」吩咐：「拿鑰匙，前邊廂房有雙料茉莉酒，提兩壇攙著些這酒吃。」金華酒是浙江金華地方出產的好酒，明清時人尤為推譽。清人袁枚在其《隨園食單》中描述說：「金華酒，有紹興酒之清，無其澀；有女貞之甜，無其俗。也以陳者為佳，蓋一路金華水清之故也。」西門慶因此酒價昂，故命人拿了價廉的茉莉酒摻著吃。其節儉、吝嗇之態，躍然紙上。

第二十三回，西門慶外出回家，聽玉簫說月娘在前邊和大妗子、潘姥姥等吃酒，便問：「吃的是甚麼酒？」回答「是金華酒」。西門慶又說：「還有年下你應二爹送的那一壇茉莉花酒，打開吃。」並讓玉簫馬上開壇，自己親自嘗了，送到後面去。

第三十四回，西門慶見李瓶兒桌下放著一壇金華酒，問是哪裡來的。李瓶兒說是派小廝買的，西門慶馬上說：「阿呀，前頭放著酒，你又拿銀子買！因前日買酒，我賒了丁蠻子的四十壇河清酒，丟在西廂房內，你要吃時，教小廝拿鑰匙取去。」

在吃酒問題上，西門慶兩次「阿呀」，三番叮嚀，恐怕自有他的一番道理。一來，金華酒質佳價昂，家中日常飲用，未免奢華，即便吃，也應摻著廉價酒一同吃；二來，西門慶特別重視現金的使用，家中有酒，「又拿銀子買」，實屬浪費。而他「丟在西廂房內」的「四十壇河清酒」，是向丁蠻子賒的，是先吃酒、後付錢，佔用的是丁蠻子的資金。這中間，自己的資金則可以迴圈生利。商人西門慶的經濟思考，滲透到了生活的每一個細節中。

「大方」的西門慶——西門慶如何花錢之二

在對待花錢的問題上，西門慶是個「分裂人」。有時候，他小氣得要命，為家人買金華酒等瑣事，反覆叨念、不厭其煩；還特意賒了便宜的酒，以杜絕飲酒上的奢侈浪費。但有些時刻，他又一擲千金、慷慨大方，彷彿完全變了一個人。

中國傳統文化重農輕商，商人的形象歷來不好。「唯利是圖」、「為富不仁」、「愛財如命」，成為商人洗刷不去的面上黥文。就在不久以前的宋元話本中，商人形象十個有九個是守財奴、吝嗇鬼。《古今小說・宋四公大鬧禁魂張》中刻畫的東京開質庫（當鋪）的張員外，就是彼時商人的一個標本：

這員外有件毛病，要去那：虱子背上抽筋，鷺鷥腿上割股，古佛臉上剝金，黑豆皮上刮漆，痰唾留著點燈，捋松將來炒菜。這個員外平日發下四條大願：一願衣裳不破，二願吃食不消，三願拾得物事，四願夜夢鬼交。是個一文不使的真苦人。他還地上拾得一文錢，把來磨做鏡兒，捍做磬兒，掐做鋸兒，叫聲「我兒」，做個嘴兒，放入篋兒。人見他一文不使，起他一個異名，喚做「禁魂張員外」。

一次張員外見伙計把兩文錢給了乞丐，就呵斥：「好也，主管！你做甚麼把兩文撇與他？一日兩文，千日便兩貫！」不但把錢搶回來，還把乞丐打了一頓。這就是前人眼中商人的猥瑣形象。

西門慶在吃酒問題上，還顯現著「禁魂張」的遺傳因素，但在另外場合，他卻顯露出「西門大官人」的風度與氣派來。小說第十八回，西門慶得知親家的後臺楊戩倒臺，自己的名字也上了「黑名單」，趕緊派僕人來保、來旺攜重金到東京去尋門路、找關係。

來保先尋到權臣蔡京兒子蔡攸處，獻上一張「白米五百石」的揭帖；在明代官場，那是「白銀五百兩」的隱語，相當於一張五百兩銀子的銀票。蔡攸於是「熱心」地指點來保去找專管此案的「當朝右相、資政殿大學士兼禮部尚書」李邦彥，並且主動寫了一封介紹信，還派人陪同前往。李邦彥見到人情信以及來保呈上的禮物揭帖，隨手把案卷上楊戩親黨西門慶的名字，改成「賈慶」，這兩個字的改動，代價是「五百兩金銀」。

千兩銀子（相當於二十萬元）換回一條命，在西門慶來看，是相當划算的買賣。在關鍵時刻，這個精明的商人一擲千金，是決不吝惜金錢的。此後西門慶搭上蔡京這個靠山，又先後兩次給蔡京送壽禮。第一次是在第三十回，由來保、吳典恩押送禮物，是「四座一尺高的四陽捧壽的銀人，兩把金壽字壺，兩副玉桃杯，兩套杭州織造的蟒衣。還有南京的綢緞、羊羔美酒」。蔡京的觀感是：

但見黃烘烘金壺玉盞，白晃晃減靸仙人，良工製造費工夫，巧匠鑽鑿人罕見。錦繡蟒衣，五彩奪目；南京紵段，金碧交輝。湯羊美酒，盡貼封皮；異果時新，高堆盤榼。

蔡京十分歡喜，當場就填寫了三份官誥：一份任命西門慶為「金吾衛衣左所副千戶、山東等處提刑所理刑」，一份任命押送禮物的吳典恩做清河縣驛丞，一份任命來保為山東鄆王府校尉。這是赤裸裸的「權錢交易」，一手交錢一手交貨；好在當場兌現，並無拖欠。

第二次送壽禮在第五十五回，由西門慶親自押送二十扛禮物。有一張禮單寫得分明：

大紅蟒袍一套，官綠龍袍一套，漢錦二十四，蜀錦二十四，火浣布二十四，西洋布二十四，其餘花素尺頭共四十四；獅蠻玉帶一圍，金鑲奇南香帶一圍，玉杯、犀杯各十對，赤金攢花爵杯八隻，明珠十顆。又梯己黃金二百兩。

這張禮單可能有所誇張，然而小說家這樣寫，目的是強調：西門慶不同於舊式商人，他不是靠一味儉省而發跡的。在明代商品經濟崛起的大潮中，只有敢於做「政治投資」的商人，方能前程無限。此番賀壽，蔡太師非常高興，過生日那天，特意只留西門慶一個人吃酒，這是很高的榮譽，也印證了西門慶這個外省商人在蔡太師眼中的地位。

學者指出，在封建社會內部，永遠不會自發地生成資本主義。「普天之下莫非王土，率土之濱莫非王臣。」一切社會財富，理論上都是帝王一人的。商人只不過是養在封建圍欄裡的豬羊，當其肥壯上膘之日，便是遭屠挨宰之時。西門慶富可敵國，但無論他的商鋪貨物還是豪宅珠寶，僅僅是寄存在他名下而已，只要皇帝或官吏高興，隨時可以攫取。舊時小說、戲曲中常有「破家縣令」之說：不要小看了七品芝麻官，一個縣令的權勢，足以讓治下的商家富戶傾家蕩產。西門慶後來極力與頂頭上司、東平巡按宋御史周旋，宋御史也依仗官勢，幾次「借」西門慶之宅迎送朝廷大僚，實則是猛敲西門慶的竹槓。作為富有的商人，即便有官職在身，也仍躲不過上級官員的勒索，除非你的官位足夠高，權力足夠大。

西門慶很早就懂得這個道理。做提刑官之前，他就「專在縣裡管些公事，與人把攬說事過錢，交通官吏」。他又透過親家陳洪間接投靠權臣楊戩。他知道，有了權勢的籠罩，口袋裡的錢才是安全的。楊戩的倒臺令他手足無措，卻也給了他重新選擇靠山的機會。他不惜成本地巴結上權勢更大的蔡太師。他深知，要想站得穩、賺得多，就必須把一部分利潤分給統治者。因此在預備禮物時，他揮金如土、魄力十足。西門慶一生做過多筆投資，送到蔡京府上的這一筆，是最重要的一筆。後來他仕途通達、官場得意、買賣發達、財源茂盛，都可溯源於此。

小說還生動揭示了這種交易的每一個細節。如第三十回來保等押送壽禮到蔡京府上，單是入門稟報，就很費一番周折：

> 來保教吳主管押著禮物，他穿上青衣，徑向守門官吏唱了個喏。那守門官吏問道：「你是那裡來的？」來保道：「我是山東清河縣西門員外家人，來與老爺進獻生辰禮物。」官吏罵道：「賊少死野囚軍！你那裡便與你東門員外、西門員外，俺老爺當今一人之下，萬人之上，不論三臺八位，不論公子王孫，誰敢在老爺府前這等稱呼！趁早靠後！」內中有認的來保的，便安撫來保說道：「此是新參的守門官吏，才不多幾日，他不認的你，休怪。你要稟見老爺，等我請出翟大叔來。」這來保便向袖中取出一包銀子，重一兩，遞與那人。那人道：「我到不消。你再添一份，與那兩個官吏，休和他一般見識。」來保連忙拿出三包銀子來，每人一兩，都打發了。那官吏才有些笑容兒，說道：「你既是清河縣來的，且略候候，等我領你先見翟管家。老爺才從上清寶籙宮進了香回來，書房內睡。」良久，請到翟管家出來，穿著涼鞋淨襪，青絲絹道袍。來保見了，先磕下頭去。翟管家答禮相還，說道：「前者累你。你來與老爺進生辰擔禮來了？」來保先遞上一封揭帖，腳下人捧著一對南京尺頭，三十兩白金，說道：「家主西門慶，多上覆翟爹，無物表情，這些薄禮與翟爹賞人……」翟謙道：「此禮我不當受。罷，罷，我且收下。」來保又遞上太師壽禮帖兒，看了，還付與來保，吩咐把禮抬進來，到二門裡首伺候。

本來是偷偷摸摸、見不得人的勾當，如今卻在光天化日之下公開施行。人們見慣不怪，視以為常。也正是吏治的腐敗，讓西門慶領悟了封建時代的「政治經濟學」，並從中獲取了最大利益。

層次豐富的投資——西門慶如何花錢之三

西門慶的政治投資，層次豐富，架構完善。他清楚，蔡太師權傾當朝、日理萬機，自己一個小小的地方官，不好總去打攪。每逢太師壽誕，厚厚地送上一份壽禮，給他老人家一個鮮明的印象，也就足夠了。具體辦事，蔡京大管家翟謙的作用要大得多。

來保在東京時，翟管家就給西門慶帶話，要找個十五、六歲的女孩兒做妾。後來又特地寄書催促。此事連吳月娘都明白，催西門慶說：「你替他當個事幹，他到明日也替你用的力。」（第三十六回）於是西門慶托媒人給他說了伙計韓道國的女兒韓愛姐。西門慶掏錢，陪送錦帕二方、金戒指四個、白銀二十兩，又把愛姐叫到宅中裁衣裳。韓道國親自送女兒到東京，翟管家十分滿意，回贈西門慶一匹青馬，封了五十兩禮金，還賞了韓道國二十兩盤纏。以後西門慶跟翟謙成了「親家」。

翟謙給西門慶寄書催促買妾時，還順帶介紹新科狀元、蔡京的乾兒子蔡蘊給西門慶，說是「回籍省視，道經貴處，仍望留之一飯，彼亦不敢有忘也」；實則是來「打抽豐」。西門慶心領神會，明白這是報效蔡京、結交朝廷新貴的好機會。

蔡狀元的船剛到碼頭，西門慶的酒席禮物已經送上船。第二日，蔡狀元和同船來的安進士到宅拜會，帶的禮物頗為寒酸，不過是絹帕、書籍、茶葉、杭扇等。西門慶則擺下宴席，「令小廝拿兩桌盒，三十樣，都是細巧果菜、鮮物下酒」，又叫了四個蘇州戲子唱曲侑酒。

次日蔡、安啟程，西門慶讓小廝捧出禮物，蔡狀元是「金段一端，領絹二端，合香五百，白金一百兩」；安進士是「色段一端，領絹一端，合香三百，白金三十兩」。蔡狀元所得相當於今天兩、三萬元，安進士也將近一萬元。蔡狀元當場表態：「不日旋京，倘得寸進，自當圖報。」

西門慶的投資，不久後有了回報。第四十九回，蔡狀元點了兩淮巡鹽御史，上任途中，特意到西門慶家來。應西門慶之邀，蔡御史還請來了東平府巡按宋御史，他可是地方上的最高長官。

做了御史的蔡狀元，贄見禮仍舊是「兩端湖綢，一部文集，四袋芽茶，一面端溪硯」。宋御史則只遞了個拜帖。西門慶卻大張宴席：

只見五間廳上湘簾高卷，錦屏羅列，正面擺兩張吃看桌席，高頂方糖，定勝簇盤，十分齊整……茶湯獻罷，階下簫韶盈耳，鼓樂喧闐，動起樂來。西門慶遞酒安席已畢，下邊呈獻割道。說不盡肴列珍羞，湯陳桃浪，酒泛金波。端的歌舞聲容，食前方丈。西門慶知道手下跟從人多，階下兩位轎上跟從人，每位五十瓶酒，五百點心，一百斤熟肉，都領下去。家人、吏書、門子人等，另在廂房中管待，不必用說。當日西門慶這席酒，也費勾千兩金銀。

宋御史因事先走，「西門慶早令手下，把兩張桌席，連金銀器，已都裝在食盒內，共有二十抬，叫下人夫伺候。宋御史的一張大桌席、兩壇酒、兩牽羊、兩對金絲花、兩匹段紅、一副金臺盤、兩把銀執壺、十個銀酒杯、兩個銀折盂、一雙牙箸。蔡御史的也是一般的。都遞上揭帖……比及二官推讓之次，而桌席已抬送出門矣。」名義上是送酒席，實則連金臺盤、銀執壺、銀酒杯、銀折盂、牙箸等貴重器皿也一併送上。這令宋御史沒法不對這位下屬另眼看待。

蔡御史的回報，就在酒席上敲定。西門慶向他提出提前支取食鹽的請求，他滿口答應。這天蔡御史留宿西門慶宅中，在妓女的陪伴下，度過了銷魂的一夜。不過飽讀詩書的蔡狀元「知書」卻未能「達理」：他在接受了西門慶盛情款待的同時，也便出賣了自己的權力和人格。第二天早上，蔡御史給了陪宿的妓女董嬌兒一兩銀子，「用紅紙大包封著」，顯得格外鄭重。董嬌兒嫌少，向西門慶抱怨，西門慶道：「文職的營生，他那裡有大錢與你？這個就是上上簽了。」西門慶說這句話時，嘴角上一定掛著一絲不屑。

在這場熱鬧如節日的迎送活動中，西門慶花費驚人，卻又是位大贏家。一是蔡御史邀來宋巡撫，使西門慶跟新到任的上司搭上了關係，為日後的官商勾結、官官相護，打下了穩固的基礎。宋巡撫收了西門慶的厚禮，當場承諾：「今日初來識荊，既擾盛席，又承厚貺，何以克當？徐容圖報不忘也。」後來宋巡撫又三番兩次讓西門慶替他承辦酒席，狠狠敲了他幾筆；而對西門慶的種種請求，他也是有求必應的。追根尋源，這一切還要拜蔡御史之賜。二是西門慶在此次筵席上得到蔡御史提前支鹽的允諾，這讓西門慶大大賺了一筆，為後來緞子鋪的開張，籌集了足夠的資本。三是西門慶迎接宋、蔡二御史，「門首搭照山彩棚，兩院樂人奏樂，叫海鹽戲並雜耍承應」，這一切，具有不可估量的宣傳效應。當時「哄動了東平府，抬起了清河縣，都說：『巡按老爺也認的西門大官人，來他家吃酒來了！』慌的周守備、荊都監、張團練各領本哨人馬，把住左右街口伺候。」這種宣傳效應是無形資產，同樣有著無法計算的價值。

西門慶是個精明的商人，他心裡有一把鐵算盤，算得又快又準。他早已算清楚：和後面的收益相比，前期投資只是「小錢」，是「釣餌」。吝惜釣餌的垂釣者，肯定釣不到大魚。不過西門慶的「投入—產出」公式，也並不總是以金錢來結算。例如花在妓女身上的錢，便是以滿足色欲為目的，是只出不進的。此外，西門慶對「朋友」的「大方」，顯然也不是以獲取金錢為目的。這倒引發了人們的好奇心。

西門慶有一批酒肉朋友：應伯爵、謝希大、常時節、孫寡嘴、吳典恩、花子虛……連同西門慶，號稱「十兄弟」。不過這些人大多是「窮光蛋」，整天圍在西門慶身邊，陪他吃喝玩樂（關於這批幫閑人物，後面還有專節敘說）。應伯爵、謝希大兩位更是日日登門，形影相隨。

對妻妾一毛不拔的西門慶，在這夥「兄弟」面前倒是十分大方。不但賓至如歸、吃喝不分，縱有言語冒犯，也能包容寬恕，一笑了之。對他們的經濟困窘，西門慶還常能解囊相助。例如吳典恩當上清河縣驛丞，上任需要置辦服裝、見官擺酒，西門慶借給他一百兩銀子，抹去利錢不要（第三十一回）。常時節沒有房子住，西門慶慷慨贈送白銀五十兩。應伯爵生孩子，西門慶一舉手，也是五十兩，還不要借據。

這難道不是奇怪的事嗎？莫非西門慶真的信奉「兄弟如手足，妻子如衣裳」的信條？其實仔細想想，西門慶如此舉動，也有他的道理。

一來，社會性是人類的基本屬性，每一個體，都有跟他人交往的需求與渴望。西門慶身邊聚了這樣一批「朋友」，擺席吃酒、插科打諢、嫖妓聽曲，剛好填補了他空虛的精神生活，滿足了他的社交需求，這也算是「物以類聚、人以群分」吧。這些幫閑人物的境遇，都遠在西門慶之下，他們的趨奉巴結，令西門慶得到領袖欲和自尊心的滿足。當然，代價是西門慶出手大方、一擲數金。

二來，西門慶與這些人又是相互利用。西門慶是清河縣的地頭蛇，他的根子紮在底層。「一個籬笆三個樁，一個好漢三個幫」，只有身邊聚攏起一股人氣，才能稱雄市井。這些「朋友」是他的眼線、爪牙。應伯爵就曾幾次給他介紹買賣、推薦伙計，吳典恩也曾幫他押送壽禮、賄賂官員……西門慶的賞賜，往往是對他們奔走效力的酬勞。這些人之所以依附西門慶，也是各有算盤，希望仰仗他的財勢，撈些好處。西門慶一毛不拔，誰還追著你叫「大哥」？西門慶對他們出手大方，是因為他懂得，他跟這些「朋友」的關係，其實也是一種買賣關係。

莫非是鱷魚的眼淚？——替西門慶說兩句話

評論家對西門慶的蓋棺之論，是奸商、市儈、淫棍、惡霸、貪官、惡吏之集合體，幾乎沒人反對這個結論。然而沉潛到小說的描寫之中，挨近那個活生生的形象去觀察、體會、剖析，再參以市井讀者的閱讀期待、小說作者的創作心理，我們不難看出，人們對西門慶的「定評」，並非完全公允。

作為一個古代小說人物畫廊中特立獨行、無可比擬的人物，人們最看不慣的，是他的貪淫好色。他不但家中有一妻五妾，而且跟宅中所有稍有姿色的丫鬟、僕婦都有不正當關係。他還在外面長期包佔妓女，又隨時在家中招妓宣淫。此外，凡是他看上眼的女人，不管是朋友的妻子、伙計的渾家，還是官宦人家的太太，他都無所顧忌、百計勾搭。他的欲望之強，幾乎成為病態；與女人交媾，不分時間、地點、對象……書中每每出現對男女性交場面赤裸而直露的描寫，令人厭惡作嘔。

不過讀者也不難注意到，作者對性事的描寫，帶有明顯的誇張傾向。一是誇張其頻率，每有情節空隙，便插入一段，以此當作書中的味精、胡椒粉；二是誇張其場面，作者手中好像拿著一把放大鏡，一遇做愛情節，便湊上去細作觀察，於是剛才還舉止正常的西門慶，頃刻間變成了不可理喻的淫魔色鬼。

「羞惡之心，人皆有之。」男女性事本是人之隱私，在生活中，是臥室帷幕後的隱祕行為；在文學中，則應是刪節號背後的無字之文。笑笑生卻一反常規，非但不隱諱，反而公然揭示、昭彰誇飾。這其實不妨看作小說家的一種敘事策略：對讀者人性背後的生物欲與窺視心，給予最直接的刺激、最充分的滿足。這背後，自然還有各種因素的支撐，如明代後期封建倫常的鬆弛、社會風氣的敗壞、士風從追求享樂自適到放浪形骸……此外還不能不注意書坊主人為逢迎讀者低級趣味而對小說家施加的影響。

此外，如此頻繁而張揚地描寫性事，又是小說家塑造文學人物的手段之一。在民間，人們普遍把性能力與一個男人的力量聯繫起來。傳說中黃帝「御百女」，彭祖「日御百女」，其中都含有聖雄精力超常的暗示。小說家不厭其煩地細寫西門慶與女人的激情戲，正是要以此烘托他精力過人，是個有力量的男子。人們在否定其道德與人格的同時，卻無法否認他是他那個時代的強者。

其實，把誇張的描寫適度縮減，將露骨的色情文字刪掉，如同眼下一些嚴肅排印本所做的那樣，讀者發現站在他們面前的西門慶，似乎並不那麼惹人厭惡。甚至在他的感情世界裡，人們還能看到一片真情。

僅從觀念入手，誰會相信西門慶這個十惡不赦的惡棍、淫魔還會流淚？如果有，那一定是鱷魚的眼淚吧？可是西門慶確實有過因情流淚的時刻，而且不只一次。在西門慶的妻妾中，他最喜歡李瓶兒。李瓶兒活著時，西門慶對她已是另眼看待。尤其是李瓶兒生子之後，西門慶常在她屋內歇息，這也曾引起其他妻妾尤其是潘金蓮的嫉恨。李瓶兒母子屢遭嫉害，先後死去，在一定程度上是西門慶的偏愛加劇了衝突。

西門慶幾乎不能接受李瓶兒病亡的事實。李瓶兒病重時，西門慶不只一次痛哭失聲。第六十二回，他到李瓶兒屋中探病，聽李瓶兒哭訴：「奴指望在你身邊團圓幾年，死了也是做夫妻一場。誰知到今二十七歲，先把冤家（指官哥）死了。奴又沒造化，這般不得命，拋閃了你去了。若得再和你相逢，只除非在鬼門關上罷了。」西門慶聽了「悲慟不勝」，說是要預備下棺材，「沖你沖，管情你就好了」。李瓶兒點頭說：「也罷。你休要信著人，使那憨錢，將就使十來兩銀子，買副熟料材兒……你偌多人口，往後還要過日子哩。」西門慶聽了，「如刀剜肝膽、劍挫身心相似」，哭道：「我的姐姐，你說的是那裡話？我西門慶就窮死了，也不肯虧負了你！」

李瓶兒死後，西門慶又面對李瓶兒的遺體，「口口聲聲只叫：『我的沒救的姐姐，有仁義好性兒的姐姐！你怎的閃了我去了？寧可教我西門慶死了罷！我也不久活於世了，平白活著做甚麼？』在房裡離地跳的有三尺高，大放聲號哭」。此後又「搕伏在他身上，撾臉兒那等哭，只叫：『天殺了我西門慶了！姐姐，你在我家三年光景，一日好日子沒過，都是我坑陷了你了。』」

李瓶兒死後，西門慶忙於喪事，一天水米未進。吳月娘等派小廝去請，「差些沒一腳踢殺了」。陳經濟也不敢上前。最後還是請來應伯爵，巧言勸慰，西門慶方肯進食。他向應伯爵傾訴說：

……好不睜眼的天，撇的我真好苦！寧可教我西門慶死了，眼不見就罷了。到明日，一時半霎想起來，你教我怎不心疼？平時我又沒曾虧欠了人，天何今日奪吾所愛之甚也！先是一個孩兒也沒了，今日他又長伸腳子去了，我還活在世上做甚麼？雖有錢過北斗，成何大用？

這些話，顯然都發自肺腑。

李瓶兒出殯時，演出《玉環記》。演員唱道：「今生難會，因此上寄丹青。」西門慶「忽想起李瓶兒病時模樣，不覺心中感觸起來，止不住眼中淚落，袖中不住取汗巾兒搽拭」（第六十三回）。

出殯當晚，西門慶仍到李瓶兒房中「伴靈宿歇」，見物是人非，不禁「大哭不止」；夜半「對著孤燈，半窗斜月，翻覆無寐，長吁短歎，思想佳人」。「白日間供養茶飯，西門慶在房中親看著丫鬟擺下，他便對面桌兒和他（指李瓶兒）同吃，舉起筯兒來，『你請些飯兒』，行如在之禮。丫鬟養娘都忍不住掩淚而哭」（第六十五回）。

同一回，西門慶在酒席讓優人吹奏「洛陽花，梁園月」，感歎「人去了何日來也」。又指著桌上的菜肴對應伯爵說：「應二哥，你只嗔我說。有他在，就是他經手整定。從他沒了，隨著丫鬟掇弄，你看都相甚模樣？好應口菜也沒一根我吃！」因這幾句話，還引發潘金蓮許多不滿。

做法事後，西門慶夜間夢見李瓶兒，李瓶兒囑咐他提防「那廝（當指花子虛）」，「沒事少要在外吃夜酒，往那去，早早來家，千萬牢記奴言，休要忘了」。兩人在夢中「抱頭放聲而哭」（第六十七回）。其後西門慶夜宿東京何千戶家，又夢見李瓶兒。李瓶兒再次叮囑：「我的哥哥，切記休貪夜飲，早早回家。那廝不時伺害於你。千萬勿忘奴言，是必記於心者。」西門慶驚醒，「追悼莫及，悲不自勝」（第七十一回）。

第七十二回西門慶從京城回來，家中妻妾女兒都過來參見、陪話。「西門慶又想起前番往東京回家，還有李瓶兒在，今日卻沒他了。一面走到他前邊房內，與他靈床作揖，因落了幾點眼淚。」

有關西門慶傷悼李瓶兒的記述，自小說第六十二回直至第七十二回，迤邐貫穿於十回文字之間，寫得都不牽強，給人很深印象，甚至能引起讀者的共鳴。足見西門慶對李瓶兒感情之深、悲悼之切。儘管在此期間，西門慶仍不斷與各種女人鬼混，但在作者筆下，肉欲與情感的區分，還是判然分明的。

總之，洗去塗在西門慶身上厚厚的、不自然的汙濁油彩，笑笑生筆下的西門慶，很有些天真可愛之處。小說作者也始終處於矛盾之中，他一會兒脫身而出，站在傳統的、世俗的道德立場對西門慶口誅筆伐；但多數時間裡，作者沉浸在小說創作之中，按照一個「人」的樣子去理解並塑造這一人物，甚至與這位男主人公同悲同喜。讀者也隨著作家的這支筆，進入到小說的世界，很自然地接受了這樣一個有呼吸、有熱氣的形象。這大概就是魯迅先生評價《金瓶梅》時所說的「一時並寫兩面」（魯迅《中國小說史略》）吧。如果說，《紅樓夢》的寫作打破了「好人一切皆好、壞人一切都壞」的人物塑造傳統，那麼這種創作嘗試，從《金瓶梅》就已經開始了。

《金瓶梅》的可貴之處，即在於注意到人性的複雜與矛盾：一個唯利是圖的商人，為什麼不可以有基於普遍人性的夫妻親情？況且在西門慶看來，李瓶兒對他有著不同尋常的象徵意義。李瓶兒的到來，不但給西門慶帶來金錢，也帶來了財運旺盛、官運亨通的好勢頭。李瓶兒還給西門慶生了個男性繼承人，這讓西門慶欣喜若狂。而官哥夭折及李瓶兒之死，似乎又預示著好運道的終結。玳安說西門慶「不是疼人，是疼錢」，這話並不公允，但李瓶兒確實帶走了家族振興的希望，西門慶「雖有錢過北斗，成何大用」？從這個角度看，西門慶的感傷，不難理解。

一個難下定評的人——再替西門慶說兩句話

西門慶被塑造成色魔淫棍，多少帶有寫作者刻意誇張的因素。但說西門慶是奸商，似乎是「鐵證如山」，不容抵賴。在商業經營中，他壓價收購、賤買貴賣，行賄送禮、偷稅漏稅……

不過話說回來，「賤買貴賣」本來是商業經營的鐵律，除了《鏡花緣》中的君子國，世上哪裡找得到「貴買賤賣」、甘願賠本的商人呢？西門慶在藥材、綢緞生意上盈利，主要靠經營得法，如自主採購販運、調動伙計積極性等，這些都屬於守法經營範疇。而以次充好、虛假宣傳等欺詐行為，從書中的描述中，尚無發現。

至於從事官鹽買賣，也並無嚴重違法之處。其收買蔡御史等做法，也只是為了抵銷鹽政衙門的弊政影響、謀求代理商的正當權益罷了。因此，西門慶作為「奸商」的唯一證據，只剩下行賄送禮、偷漏稅款。然而這又不是西門慶一個人應該負責的，在那個吏治敗壞、貪瀆成風、上下交相爭利的年代，恐怕這又是十分普遍的現象，可視為資本積累初期的「原罪」現象吧。

至於「貪官汙吏」這頂帽子，西門慶似乎不能推辭。他憑藉官勢，確實得了一些好處。如苗青一案，他得銀五百兩，便是為官貪瀆的鐵證。至於他曾為王四峰說情，得銀兩千兩，卻不能混為一談。因為那時他還沒有做官，只是借助蔡太師的官勢而已（第二十五回）。

不過憑藉官勢得財，並非西門慶財富的主要來源。比起同僚夏提刑，西門慶要算「廉潔」多了。西門慶看不上這位同僚，說是：「別的倒也罷了，只吃了他貪濫蹹婪的，有事不問青水皂白，得了錢在手裡，就放了，成什麼道理！我便再三扭著不肯，『你我雖是個武職官兒，掌著這刑條，還放些體面才好。』」（第三十四回）西門慶是個商人，見過大錢，做官之外，有著穩定豐厚的商業收入。因此即便受賄，也還是有所選擇。一點小錢兒，還放不到他的眼裡。處理案件時，他往往還能顧及官箴「體面」及「刑條」的嚴肅性。商人李智、黃四向他借銀，他說：「只不教他打著我的旗兒，在外邊東誆西騙。」很注意自己的官聲形象。他甚至偶爾也還能主持公道。應伯爵就曾拿西門慶與夏提刑作對比說：「哥，你是希罕這個錢的？夏大人他出身行伍，起根立地上沒有，他不撾些兒，拿甚過日？」（第三十四回）此話雖為逢迎之語，卻也道出背後原因。正因如此，後來他升官時，朝廷考察官員的照會中有「家稱殷實而在任不貪」的評語。

萬貫家財使西門慶地位驟升，他跟皇親國戚、太監公公平起平坐，御史、巡按也成了他的座上客。他的衣食住行富擬王侯，家中陳設令巡按大人也眼紅不已。不過西門慶畢竟生活在封建時代，他的頭上，時刻懸著那把達摩克利斯之劍（編註：源於古希臘傳說，意指隨時存在的危險）。人們指責西門慶勾結官府、趨奉奸臣、倚仗權勢、牟取暴利；然而人們很少提到問題的另一面，即商人要時刻準備受統治者的盤剝掠奪。西門慶不惜鉅資給蔡京送禮，又豈是出於自願？那還不是商人分肥給統治階層，以求容身的無奈之舉？即便西門慶躋身官場，做了五品提刑，他也仍是上級官員巧取豪奪的對象。

東平府察院巡按宋御史曾先後幾次借西門慶家擺宴迎送上級官員，實則是敲西門慶的竹槓。一次是在第六十五回，朝廷差六黃太尉到山東迎取艮岳花石，宋御史「敬煩」西門慶「作一東」款待六黃太尉。宋御史很「客氣」地送來禮物和「兩司八府官員辦酒分資（分資：今又稱「分子」，指眾人湊起來的禮金）」，後者總共只有白銀一百零六兩。用這點銀子來宴請六黃太尉及山東巡撫、巡按、左右布政使、左右參政、省內所有頭面官員及隨從人等，顯然是杯水車薪。事後應伯爵說：「若是第二家擺這席酒，也成不得……今日少說也有上千人進來，都要管待出去。哥就賠了幾兩銀子，咱山東一省也響出名去了。」應伯爵的話是從反面總結的，不知這話能否撫慰西門慶的割肉之痛？

嘗到了甜頭的宋御史，日後給蔡九知府接風、為侯巡撫送行，也都在西門慶家擺酒。眾官員見酒席豐盛，都向西門慶稱謝：「生受，容當奉補。」宋御史則說：「分資誠為不足，四泉看我的分上罷了，諸公也不消補奉。」西門慶還要謙遜一番（第七十六回）。然而宋御史事後並未給西門慶太多的照顧。他與西門慶的關係，明顯不過地體現了封建官員對商人屬吏的巧取豪奪。

不過多數經歷告訴西門慶，金錢可以擺平一切。西門慶過分相信金錢的力量，並因而心雄氣傲、目空一切。他有一段很著名的話，常被人們徵引來作為批判他的把柄。小說第五十七回，吳月娘勸說他要「發起善念，廣結良緣」，少幹幾樁「沒搭煞貪財好色的事體」。西門慶笑道：

你的醋話兒又來了。卻不道天地尚有陰陽，男女自然配合。今生偷情的，苟合的，多都是前生分定，姻緣簿上注名，今生了還。難道是生刺刺，胡亂扯，歪廝纏做的？咱聞那佛祖西天，也止不過要黃金鋪地；陰司十殿，也要些楮鏹營求。咱只消盡這家私廣為善事，就使強姦了嫦娥，和奸了織女，拐了許飛瓊，盜了西王母的女兒，也不減我潑天富貴。

這段話，無異於西門慶的「財色宣言」。從表面看，盡顯這個成功商人恃財傲物、睥睨一切的狂傲態度。不過在說此話之前，他剛剛給永福寺的和尚施捨了五百兩銀子；而在此之後，他又受薛姑子的誑騙，拿出三十兩銀子去印造佛經。結合這些不尋常的舉動，我們從他的狂言中聽到了隱隱的不安。當一個人內心不自信時，往往故出狂悖之語，以相反的方式來表達內心的感受。

金錢真的能迷惑西天佛祖、買通十殿閻羅來保佑兒子平安、放縱自己胡為嗎？小說家在設計了這段臺詞之後，緊接著就給出了答案：僅隔一回書，西門慶施財為善、極力求神佛保佑的繼承人官哥兒，便短命夭折了。接下來，便是愛妾李瓶兒生病而亡，西門慶自己也每況愈下，在欲望之海中幾度沉浮，終於走到生命的盡頭。小說作者似乎在暗示：月盈則虧、物極必反。當西門慶口出狂言之際，便是他跨入地獄之時。

整部《金瓶梅》被作者安排在輪迴果報的佛教學說框架內，對此，現代讀者盡可視為迷信，付之一笑。然而西門慶以及他所代表的明代商人們，卻真的被困在一個難以逃逸的「輪迴」框架中。西門慶的悲劇即使不是以縱欲暴亡的形式出現，也遲早在劫難逃。這就如同神通廣大的孫猴子，無論如何掙扎，也難逃如來佛的手掌一樣。那只如來佛的大手，便是晚明時期氣數未盡的封建官僚政經體制。

總之，西門慶的形象是複雜的，不是那種拿社會學的現成標籤一貼，便成定評的人物。當他生動地站在讀者面前時，你不得不承認他是個有力量、有能力的角色。身為新興商人的代表，他脫盡了舊式商人「守財奴、吝嗇鬼」的形象。他會看風向，善於鑽營，能隨機應變，有著掌控局面的能力，做事沉得住氣，有明確的目的性，並總能穩操勝券。他不受任何道德規範的約束，這也成為他無往不利的法寶之一。但他也有自己的做人原則，無論經商還是做官，都有自己的底線。此外，他對自己有著清醒認識，一次他對兒子官哥說：「兒，你長大來，還掙個天官（指文官）。不要學你家老子，做個西班（指武官）出身，雖有興頭，卻沒十分尊重。」（第五十七回）他的自知之明在官場周旋中尤為重要。

他是時代的弄潮兒：當急劇發展的商品經濟對封建農耕經濟日益侵蝕、金錢成為衡量一切的準繩時，擁有大量財富的商人西門慶，遨遊於官場與商場之間，神閑氣定、氣度不凡，他成了那個時代的英雄，成為市民乃至士大夫們羨慕追捧與忌妒謾罵的對象。

對於這樣一個新型人物，我們不能用傳統的道德標準去衡量，不妨把他當作明代中後期一個活生生的商人範例去認識，當作一個成功的文學人物去欣賞。商人作為新興階層，在晚明社會正處於上升階段，他有著無窮的欲望，表現為不加節制地去攫取金錢和女色。正是這種欲望，給了他們開拓進取的力量。但也正是這種不加節制的欲望，導致了他們的毀滅。西門慶最終死於縱欲過度。

第三部

「窮」金蓮與「富」瓶兒的生死糾葛

潘金蓮營造「強汗世界」

潘金蓮是《金瓶梅》中出場最早的女性人物。小說「金瓶梅」之名，便是從潘金蓮、李瓶兒、龐春梅三人名字裡各取一字湊成的；一個「金」字名列前茅，潘金蓮在小說中的核心地位，不言而喻。

不過潘金蓮的名字又總是同「淫婦」、「妒婦」連在一起。在此之前，《水滸傳》已為潘金蓮的「淫婦」形象打下了底色——眾所周知，《金瓶梅》是截取《水滸傳》中武松殺嫂故事擴展而成的。只是《金瓶梅》中的這個潘金蓮，品行愈發淫妒，人物也更為鮮活生動。這當然與笑笑生的妙筆描摹、傾力塑造分不開。

據《金瓶梅》所敘，潘金蓮本是清河縣南門外潘裁縫的女兒，在家排行六姐，「自幼生得有些顏色，纏得一雙好小腳兒，因此小名金蓮」。她從小喪父，九歲時被賣到王招宣府，始則學習彈唱，因她「本性機變伶俐」，不到十五歲，已是「描鸞刺繡，品竹彈絲，又會一手琵琶」。王招宣死後，潘媽媽把她爭出來，三十兩銀子轉賣給財主張大戶。

金蓮長到十八歲，出落得「臉襯桃花，眉彎新月」。張大戶暗中與她勾搭，被主家婆知道，終日吵鬧不休。大戶賭氣「倒陪房奩」，把金蓮嫁給「三分似人、七分似鬼」的武大，但暗中仍與她來往不絕。

風流成性的潘金蓮不滿「一味老實、為人猥瑣」的丈夫。大戶死後，她常在門首招蜂引蝶，行為輕狂。打虎英雄武松的到來，曾使她眼睛一亮。然而好漢武松拒絕了她的挑逗，讓她大為失望。之後在王婆的教唆、撮合下，她暗中與西門慶勾搭通姦，並合夥害死武大，最終嫁入西門慶家。時任清河縣都頭的武松公出歸來，聞知哥哥被害，欲尋西門慶報仇；不想在獅子街酒樓錯殺了皂隸李外傳，被發配孟州。這給潘金蓮、西門慶留下一段空間，於是在《水滸傳》原有情節之外，又演繹出將近百回的情色、家庭故事。

《金瓶梅》中的西門慶，也與《水滸傳》中的有所不同。據書中追述，他原娶妻陳氏，生有一女西門大姐。陳氏死後，他又續娶清河左衛吳千戶之女吳月娘做了填房繼室。後又娶李嬌兒、卓二姐為妾，這兩人都是妓女出身。卓二姐病死，西門慶又娶孟玉樓，頂了三房的窩兒。先頭陳氏娘子陪床的丫鬟叫孫雪娥，西門慶「與她帶了鬏髻，排行第四」。然而這並不能改變孫雪娥的卑微身分，她的職責是在廚房裡率領幾個僕人伺候一家茶飯。潘金蓮入門後，則做了第五房，人稱「五娘」。

西門慶把潘金蓮的臥室安排在花園中的花樓下，三間房子，一個獨院，擺放著花草，十分幽靜。又「用十六兩銀子買了一張黑漆歡門描金床，大紅羅圈金帳幔，寶象花揀妝，桌椅錦杌，擺設齊整」。還把伺候吳月娘的丫鬟龐春梅撥來服侍她，又拿六兩銀子買了個上灶的丫頭秋菊，供她使喚（第九回）。

潘金蓮生性好強，凡事喜歡拔尖爭勝，每每無事生非，最能「把攔漢子」。自從她入門，西門慶的內宅便再未安寧過。書中說她「恃寵生驕，顛寒作熱，鎮日夜不得個寧靜。性極多疑，專一聽籬察壁，尋些頭腦厮鬧」（第十一回）。入門沒幾天，她便借著春梅跟孫雪娥拌嘴一事，尋釁與孫雪娥吵鬧。後來又夥同春梅挑唆西門慶，先後兩次踢打孫雪娥。第十一回的回目即「潘金蓮激打孫雪娥」。其間孫雪娥向吳月娘訴委屈說：「那頃這丫頭（指龐春梅）在娘房裡，著緊不聽手，俺沒曾在灶上把刀背打他？娘尚且不言語。可哥今日輪他（指潘金蓮）手裡，便驕貴的這等的了！」孫雪娥說得不錯：同一個丫頭，在吳月娘屋裡便老實忍讓，如今撥到了潘金蓮手下，便飛揚跋扈起來。這真是「橘生淮南則為橘，生於淮北則為枳」了。是潘金蓮的薰陶指使，激發了龐春梅內心的好鬥本性吧？

在眾妾中，孫雪娥是丫鬟出身，地位最低。潘金蓮不過是拿她小試牛刀而已。日後，潘金蓮與吳月娘、李瓶兒、李嬌兒、宋惠蓮、奶子如意、妓女李桂姐等都有過矛盾糾葛，幾乎打遍全家；唯獨跟孟玉樓還算相安無事。

說起打架的緣由，多半是因拈酸吃醋引起。潘金蓮佔有欲極強，容不得西門慶接近其他女人。入門不久，西門慶因迷戀妓女李桂姐，在李家半月不歸。潘金蓮捎了「帖兒」給西門慶，內書《落梅風》小曲一首：「黃昏想，白日思，盼殺人多情不至……孤眠心硬渾似鐵，這淒涼怎捱今夜？」由這個帖兒，引發了潘金蓮與李桂姐的爭鬥。為了拉住丈夫，潘金蓮請來劉瞎子作法，以柳木刻為男女形象，書寫生辰八字，並對男像蒙眼、塞心、釘手、粘足。按劉瞎子的說法：「用紗蒙眼，使夫主見你一似西施一般嬌豔；用艾塞心，使他心愛到你；用針釘手，隨你怎的不是，使他再不敢動手打你，著緊還跪著你；用膠粘足者，使他再不往那裡胡行。」（第十二回）為了把持丈夫，潘金蓮搬神弄鬼，可謂無所不至。

一段時間，西門慶與來旺兒媳婦宋惠蓮打得火熱。為了迎合丈夫，潘金蓮表現出少有的「大度」，甚至為他倆提供幽會的方便。暗中，潘金蓮又抓住機會慫恿西門慶整治來旺兒。日後來旺兒遭誣陷判了徒刑，宋惠蓮失去了家庭的依託，潘金蓮又不失時機地挑唆孫雪娥毆辱宋惠蓮，終於導致宋惠蓮含恨白縊。潘金蓮在這場爭鬥中運籌帷幄、收放自如，西門慶和孫雪娥，都成了她招之即來、揮之即去的傀儡。

潘金蓮容不得西門慶在其他妻妾房中過夜。第七十五回，西門慶拜會蔡九知府回家，在吳月娘屋裡吃酒說話。潘金蓮見西門慶久坐不動，「走來掀著簾兒叫他說：『你不往前邊去，我等不的你，我先去也！』」潘金蓮的舉動惹惱了吳月娘，對西門慶說：「我偏不要你去，我還和你說話哩。你兩人合穿著一條褲子也怎的？是強汗世界，巴巴走來我這屋裡硬來叫他。沒廉恥的貨，自你是他的老婆，別人不是他的老婆？」吳月娘所說的「強汗世界」，即「強悍世界」，意謂潘金蓮行事霸道、目中無人。吳月娘又對西門慶說：

> 你這賊皮搭行貨子，怪不的人說你！一視同仁，都是你的老婆，休要顯出來便好。就吃他在前邊攔住了，從東京來（指西門慶剛從東京回來），通影邊兒不進後邊歇一夜兒，教人怎麼不惱你？冷灶著一把兒，熱灶著一把兒才好，通教他把攔住了！我便罷了，不和你一般見識，別人他肯讓的過？口兒內雖故不言語，好殺他心兒裡有幾分惱（此句意為：再好的人，心裡也要有幾分惱怒）……

吳月娘的話，代表了眾妻妾的看法。此時李瓶兒已死，西門慶幾乎夜夜在潘金蓮房中歇息。然而西門慶偶然在月娘屋多坐一會兒，她竟「巴巴走來」，硬來招呼西門慶，跟月娘連個招呼都不打。這不是「強汗世界」又是什麼？

不過月娘不知道，潘金蓮的「失態」有其原因。在封建家庭中，哪個妻妾不希望自己給丈夫生個男性繼承人？官哥死後，潘金蓮也躍躍欲試，她花錢向薛姑子討了「坐胎」的「符藥」，算定這天是「壬子日」，服藥後與丈夫交媾，便可懷胎生子。只是吳月娘一席話，打破她的好夢。西門慶聽從月娘的勸說，到孟玉樓屋裡去歇息。「人算不如天算」，潘金蓮錯過了懷胎生子的好時機。

吳月娘不知底細，只覺得潘金蓮步步緊逼，已經欺負到自己頭上來。第二天，她跟潘金蓮大鬧了一場，事後，又向西門慶抱怨說：「到半夜尋一條繩子，等我吊死了，隨你和他（指潘金蓮）過去。往後沒的又像李瓶兒，乞他害死了罷。我曉的你三年不死老婆，也大悔氣！」不錯，在此之前，潘金蓮間接殺害了李瓶兒母子。吳月娘口發怨言，正是有感於李瓶兒母子的悲慘結局。

李瓶兒的再嫁波折

李瓶兒在西門慶妻妾中排位第六，人稱「六娘」。她嫁給西門慶的過程，一波三折。

李瓶兒的生日是正月十五，她出生那日，人家送了一對魚瓶兒，因此小字「瓶姐」。她本是大名府梁中書的妾，政和三年上元之夜，梁山好漢李逵大鬧大名府，梁中書夫婦自顧逃命，李瓶兒乘機帶了一百顆西洋大珠、二兩重一對鴉青寶石，跟著養娘逃到東京投親，不久嫁給花太監的侄子花子虛做了正室。日後夫婦倆又隨著告老還鄉的花太監回到清河縣。花太監死後，一大筆遺產也全落在小倆口兒手裡。

花子虛是個紈絝子弟，跟西門慶住隔壁。兩人常在妓院碰面，臭味相投，遂以「兄弟」相稱。一次西門慶應邀到花家赴宴，見李瓶兒「人生得甚是白淨，五短身材，瓜子面皮，生的細彎彎兩道眉兒」，不覺「魂飛天外、魄散九霄」（第十三回）。

「朋友妻，不可欺」，這是民間的倫理信條。可西門慶「跳出三界外，不在五行中」，世上一切道德規矩，在他這裡都毫無約束力。只要他看上的女人，無論是誰，他都要千方百計弄到手。他安排應伯爵、謝希大等把花子虛絆在妓院裡，自己偷偷跟李瓶兒約會。面對這個慣會在女人身上下功夫的「魅力」男子，曾嫁過兩次、遠離「貞節」的李瓶兒，很快就投入西門慶的懷抱。

彷彿老天有意成全這一對苟且男女，不久，花子虛因打家產官司入獄。李瓶兒藉口求西門慶尋人情、走門路，把三千兩銀子和幾箱細軟神不知鬼不覺地轉移到西門慶家。花子虛輸了官司回家，家財、房產蕩然無存，老婆也跟自己同床異夢。花子虛一氣，患病身亡。李瓶兒喪服未脫，心裡已籌畫著做西門慶的新嫁娘了。

然而「好事多磨」。朝中奸臣楊戩遭人彈劾，西門慶也「泥菩薩過河——自身難保」。

他急著差人到東京上下打點，哪裡還有心思迎娶新人！婚期被無限期延遲了。

整妝待嫁的李瓶兒心急如焚，竟抑鬱成疾，請了大夫蔣竹山來診治。心情絕望、耳軟心活的李瓶兒吃了蔣竹山的藥，同時也聽信了他的花言巧語，不久便招蔣竹山作了「倒踏門」的夫婿，還湊了三百兩銀子，給他開了一家藥鋪。財色兩得的蔣竹山「初時往人家看病只是走，後來買了一匹驢兒騎著，在街上往來搖擺」（第十七回），可謂「鳥槍換炮」啦。

慣於擺布人的西門慶，這回一沒留神反讓蔣竹山橫刀奪愛，又豈肯善罷甘休？他一旦度過危機，騰出手來，蔣竹山在他眼裡不過是「小菜一碟兒」。西門慶破費幾兩銀子，雇了兩個光棍打手，到蔣竹山藥店裡無理取鬧；又買通官府，逼蔣竹山償還莫須有的債務。三下五除二，蔣竹山已被搞得狼狽不堪。李瓶兒此刻如夢方醒，一盆涼水把蔣竹山潑出家門，又托人給西門慶帶話：仍願嫁到他家。

蔣竹山曾恐嚇李瓶兒說：西門慶是「打老婆的班頭，降婦女的領袖」。這一點，李瓶兒一進西門慶家門就親身領略了。李瓶兒滿懷興奮地進了門，西門慶卻一連三天都沒露面。小說第十九回，李瓶兒哭哭啼啼懸梁自縊，被丫鬟們救下來，西門慶這才出現。他手拿鞭子逼李瓶兒跪下，質問道：

> 我那等對你說過，教你略等等兒，我家中有些事兒。如何不依我，慌忙就嫁了蔣太醫那廝？你嫁了別人，我倒也不惱，那矮王八有甚麼起解？你把他倒踏進門去，拿本錢與他開鋪子，在我眼皮子根前開鋪子，要撐我的買賣？

李瓶兒在感情上的背叛，西門慶尚能容忍，但他不能接受的是，李瓶兒居然拿本錢給「情敵」開藥鋪，「要撐我的買賣」！話不出三句，一個商人的心思嘴臉，早已躍然紙上了。接下來，西門慶不無得意地披露自己如何幕後指使、整治蔣竹山，最後才提出情場角逐失利者常提的問題：「我問你：我比蔣太醫那廝誰強？」

李瓶兒倒也會見風轉舵。她此前真真假假講了一通如何受狐狸蠱惑、身不由己的鬼話，見西門慶怒氣漸消，便接著話頭回答說：

他拿甚麼來比你？你是個天，他是塊磚；你在三十三天之上，他在九十九地之下。休說你仗義疏財，敲金擊玉，伶牙俐齒，穿羅著錦，行三坐五（形容闊綽、排場），這等為人上之人，自你每日吃用稀奇之物，他在世幾百年，還沒曾看見哩！他拿甚麼來比你！你是醫奴的藥一般，一經你手，教奴沒日沒夜只是想你。

李瓶兒的話，搔到了西門慶的癢處：情場征逐者，除了為情驅使外，另一個驅動力則是透過異性的認可與肯定，來獲得尊嚴上的滿足。一個商人的尊嚴，當然是用金錢堆砌的：「仗義疏財」、「穿羅著錦」，「每日吃用稀奇之物」讓對手「在世幾百年」也不曾見識。這一席話，讓西門慶賺足了面子，於是「回嗔作喜」，拉起李瓶兒，吩咐取酒菜來與新人痛飲。李瓶兒從這一刻起，終於結束了一波三折的再嫁風波，成了西門慶的第六房妾室。

「使錢撒漫」的富婆

李瓶兒在西門慶所有妻妾中，是人緣最好的一個。這一半因她性情溫和、待人周到，一半則由於她是西門慶家第一「富婆」，慷慨大度、「使錢撒漫」，幾乎人人都得過她的好處。

頭一個受益者自然是西門慶。李瓶兒從花家走進西門慶家，這條曲折的路是用銀子鋪就而成。先是花子虛未死時，李瓶兒已偷運了銀子、細軟到西門慶家。後來西門慶修蓋花園，她又拿賣香料的二百兩銀子資助西門慶。嫁給西門慶時，西門慶雖然施展下馬威、三天未露面，但同時又早雇下「五六付杠，整抬運四五日」，把李瓶兒的家私財產都悉數收入庫房。連同李瓶兒從梁中書府中偷帶出來的西洋大珠、鴉青寶石，最終也都成了西門慶的囊中物。西門慶娶進門的，簡直就是位女財神！西門慶日後格外喜歡她，不能說沒有這層原因。

西門慶的妻妾們也都從李瓶兒這裡得到過好處。還在偷情初期，李瓶兒便已針對眾妻妾展開「感情攻勢」和「銀彈外交」。她讓西門慶「替」了吳月娘和潘金蓮的鞋樣兒，為她們做鞋；又把老公公（指花太監）留下的「御前製造」、式樣別致的「金玲瓏壽字兒簪兒」，送給眾妻妾每人一對。逢到哪位妻妾的生日，她還會殷勤送禮致賀。她似乎早就存了改嫁的念頭。

嫁給西門慶後，她的大方與殷勤仍有口皆碑。眾妾攢錢擺酒，說好每人出五錢銀子，李瓶兒痛快拿出一塊銀子，上戥子秤，重一兩二錢五分，交給潘金蓮操辦（第二十一回）。以後妻妾們吃酒，由李瓶兒拿「大頭兒」，幾乎成了慣例。潘金蓮鬥牌，贏了陳經濟三錢銀子，又要李瓶兒添出七錢，整頓酒飯供眾人享用，大家吃得心安理得（第五十二回）。

第五十一回，李瓶兒、潘金蓮托陳經濟到手帕巷去買汗巾，李瓶兒要三方，潘金蓮要兩方，花色交代清楚，「李瓶兒便向荷包裡拿出一塊銀子兒，遞與經濟說：『連你五娘的都在裡頭哩。』那金蓮搖著頭兒說道：『等我與他罷。』李瓶兒道：『都一答兒哩交姐夫捎來的，又起個窨兒。』經濟道：『就是連五娘的，這銀子還多著哩。』一面取等子稱了，一兩九錢。李瓶兒道：『剩下的，就與大姑娘（指西門大姐）捎兩方來。』那大姐連忙道了萬福。」這便是李瓶兒的一貫作風。

在眾妾中，李瓶兒對潘金蓮格外關照、小心周旋。吳大妗子娶兒媳、「做三日」，下帖子邀眾妻妾赴宴。眾人都有禮物，唯獨潘金蓮沒有。西門慶給她一匹紅紗做「拜錢」，潘金蓮嫌價值低，不要。李瓶兒在旁主動提出：「我有一件織金雲絹衣服哩，大紅衫兒、藍裙，留下一件也不中用，俺兩個都做了拜錢罷。」隨即拿出來給潘金蓮看：「隨姐姐揀，衫兒也得，裙兒也得，咱兩個一事，包了做拜錢倒好，省得又取去。」（第三十五回）儘管潘金蓮事後還說三道四，可當時卻不能不點頭認可。

連潘金蓮的母親潘姥姥都說李瓶兒好。第三十三回潘姥姥來看女兒，在李瓶兒屋內借宿。李瓶兒擺酒烙餅，陪她說話，次日又給了她「一件蔥白綾襖兒，兩雙段子鞋面，二百文錢」，「把婆子喜歡的屁滾尿流」。潘金蓮不屑地說：「好恁小眼薄皮的，什麼好的，拿了他的來！」潘姥姥說：「好姐姐（稱呼潘金蓮）！人倒可憐見與我，你卻說這個話。你肯與我一件兒穿？」

西門大姐是西門慶前妻陳氏所生，是個沒娘的孩子；因婆家勢敗，跟丈夫寄住在父親家。在這個勢利的家庭裡，沒人心疼她、關照她。唯有李瓶兒對她最好，「常沒針線鞋面，李瓶兒不拘好綾羅緞帛就與之，好汗巾手帕兩三方背地與大姐，銀錢是不消說」。這種無心的關切，有時也收到意外的酬報。潘金蓮背後挑唆李瓶兒和吳月娘的關係，大姐聽到了，偷偷來告訴李瓶兒，要她預為防範。

李瓶兒對妓女，一樣親如姐妹、出手大方。妓女吳銀兒來西門慶家侍奉唱曲，晚間睡在李瓶兒屋內。李瓶兒與她喝酒、下棋、擲骰，還跟她拉家常、訴委屈。臨走，李瓶兒在她氈包裡放了「一套色織金段子衣服，兩方銷金汗巾兒，一兩銀子」。吳銀兒笑著推辭，又委婉地說，想要件「不拘娘的甚麼舊白綾襖兒」。李瓶兒馬上讓丫鬟拿鑰匙從樓上拿了「一匹松江闊機尖素白綾，下號兒寫著：重三十八兩」，送給吳銀兒。

對待奴僕下人，李瓶兒也照樣和氣、慷慨。李瓶兒未嫁時，正月十五過生日，西門慶以吳月娘的名義備了一份壽禮，派小廝玳安送來。李瓶兒吩咐丫鬟「外邊明間內放小桌兒，擺了四盒茶食，管待玳安。臨出門，與二錢銀子，八寶兒一方閃色手帕」。兩個抬盒的也都各有賞錢。

直到李瓶兒身患絕症，自知不起，她對周圍的人仍是那麼周到、體貼。西門慶要買副「壽材」，沖沖煞氣，李瓶兒說：「也罷，你休要信著人，使那憨錢。將就使十來兩銀子，買副熟料材兒，把我埋在先頭大娘墳旁，只休把我燒化了，就是夫妻之情。早晚我就搶些漿水，也方便些。你偌多人口，往後還要過日子哩。」西門慶聽了，「如刀剜肝膽、劍挫身心」。

到了晚間，李瓶兒叫過從小跟隨她的馮媽媽，「向枕頭邊也拿過四兩銀子，一件白綾襖，黃綾裙，一根銀掠兒，遞與她」，說道：「老馮，你是個舊人，我從小兒你跟我到如今。我如今死了去，也沒甚麼，這一套衣服，並這件首飾兒，與你做一念兒。這銀子你收著，到明日做個棺材本兒。你放心，那房子等我對你爹（指西門慶）說，你只顧住著，只當替他看房兒，他莫不就攆你不成！」

接著叫過奶娘如意兒，「與了她一襲紫綢子襖兒，藍綢裙，一件舊綾披襖兒，兩根金頭簪子，一件銀滿冠兒」。說是：「也是你奶哥兒一場……實指望我在一日，佔用你一日，不想我又死去了。我還對你爹和大娘說，到明日我死了，你大娘生了哥兒，也不打發你出去了，就教接你的奶兒罷。」

又叫迎春、繡春兩個丫鬟過來，說：「也是你從小兒在我手裡答應一場，我今死去，也顧不得你每了……我每人與你這兩對金裹頭簪兒，兩枝金花兒，做一念兒。那大丫頭迎春，已是他爹收用過的，出不去了……這小丫頭繡春，我教你大娘尋家兒人家，你出身去罷，省的觀眉說眼，在這屋裡，教人罵沒主子的奴才。我死了，就見出樣兒了。你伏侍別人，還像在我手裡那等撒嬌撒癡，好也罷歹也罷了，誰人容的你？」

都一一安排好，李瓶兒才撒手而去。

李瓶兒死後，僕人玳安有一番議論，說得十分懇切。他向傅伙計感歎：

說起俺這過世的六娘性格兒，這一家子都不如他。又有謙讓，又和氣，見了人只是一面兒笑。俺每下人，自來也不曾呵俺每一呵（呵：呵斥），並沒失口罵俺每一句奴才，要的誓也沒賭一個。使俺每買東西，只拈塊兒（意為隨便拿一塊銀子給對方）。俺每但說：「娘拿等子，你稱稱，俺每好使。」他便笑道：「拿去罷，稱甚麼。你不圖落，圖甚麼來？只要替我買值著（貨真價實）。」這一家子，都那個不借他銀使？只有借出來，沒有個還進去的。還也罷，不還也罷。俺大娘和俺三娘使錢也好。只是五娘和二娘慳吝些，他當家，俺每就遭瘟來，會把腿磨細了。會勝買東西，也不與你個足數，綁著鬼（無論如何、不管怎樣），一錢銀子拿出來只稱九分半，著緊只九分，俺每莫不賠出來？（第六十四回）

後來傅伙計又提到吳月娘，玳安說：「（吳月娘）總不如六娘，萬人無怨，（六娘）又常在爹根前替俺們說方便兒。隨問天來大事，受不的人央，俺們央他央兒，對爹說，無有個不依。」

玳安的這番話，很大程度上代表了作者對這個人物的評價。確實，李瓶兒的好口碑，一是源於她有錢而不吝嗇，二是由於她能尊重、善待每一個人，包括貧窮的親戚、下賤的妓女、卑微的小廝僕人，甚至伙計家的女孩兒。第二十四回，李瓶兒與孟玉樓、潘金蓮元宵夜

「走百病」，路經伙計賁四家，應邀進去喝茶。賁四的小女兒長姐給三位「娘」磕頭，孟玉樓、潘金蓮每人給了她兩枝花兒，李瓶兒卻是「袖中取了方汗巾，又是一錢銀子與他買瓜子兒磕」。

李瓶兒善待玳安、吳銀兒等，還含有希望對方在西門慶面前美言之意，那麼李瓶兒應無求於賁四，更無須取悅一個十四歲的女孩兒。李瓶兒的種種表現，只能理解為天性使然。她尊重他人、善待他人。這既是一種可以感知的態度，也是可以用金錢物質來衡量的。當施惠方無求於受贈方時，我們可以把這種施與看作善意與尊重的表示。書中多處描寫李瓶兒對他人的施與饋贈，這應是作者有意為之，是烘托、描摹李瓶兒人性的一種手段。

關於一件金鬏髻的考量

謙退不爭、低調做人，同樣是李瓶兒的天性，貫穿在待人接物、吃飯穿衣、插戴首飾等每一個細節中。

首飾衣服是顯示一個婦人經濟實力的重要指標。李瓶兒在這方面，壓過了西門家所有婦人。花子虛還活著時，李瓶兒就曾拿了幾對「御前所製，宮裡出來的」「番紋低板、石青填地、金玲瓏壽字簪兒」，送給西門慶眾妻妾，令眾婦人愛不釋手（第十三回）。後來李瓶兒又趁花子虛入獄，將幾箱櫃「蟒衣玉帶，帽頂條環，提繫條脫，值錢珍寶玩好之物」，都偷偷偷轉移到西門慶家（第十四回），數量之多、品值之高、價值之昂，都無人能比。

嫁給西門慶後，李瓶兒又當面開箱打點細軟首飾，給西門慶看從梁中書家偷帶來的一百顆西洋珠子，然後又拿出兩件首飾來，一件是「金厢鴉青帽頂子」，「起下來上等子秤，四錢八分重」，讓西門慶拿到銀匠處，替她做一對墜子。另一件是一頂重九兩的金絲䯼髻。她先問西門慶：「上房他大娘眾人，有這䯼髻沒有？」西門慶道：「她每銀䯼髻倒有兩三頂，只沒編這䯼髻。」於是李瓶兒便說：「我不好帶出來的。你替我拿到銀匠家毀了，打一件金九鳳墊根兒，每個鳳嘴銜一掛珠兒；剩下的，再替我打一件，照依他大娘，正面戴，金厢玉觀音，滿池嬌分心。」（第二十回）

這裡提到的「金厢鴉青帽頂子」，當指帽上飾物，是將鴉青色的寶石鑲在金托子上。把寶石「起下來」，將金托子上等（戥）子稱，重四錢八分。拿去打一對金耳墜，要算是很沉重的了。

䯼髻則是明代婦女用來罩髮髻的網帽，上尖下闊，狀如山丘。用時先將頭髮堆盤於頭頂，外用䯼髻籠罩固定，䯼髻外面再插戴各種頭面首飾。䯼髻又因材質有別而分出貴賤等級來。平民婦女一般只配用人髮編織的髮罩，如僕婦宋惠蓮就戴著個「頭髮殼子」，等級最低。吳月娘等是官宦之妻，戴的是銀絲編成的䯼髻。宋惠蓮眼熱，曾要西門慶給她編一頂，西門慶答應「到明日將八兩銀子往銀匠家替你拔絲去」，但又擔心吳月娘等過問；宋惠蓮回答：「不打緊，我自有話打發他。只說問我姨娘家借來戴戴，怕怎的！」看來這種等級也並非不可逾越。至於金絲䯼髻，大概民間就很少見。李瓶兒的公公是太監，這樣的東西，大概只有宮中才有。李瓶兒不肯戴，一來因僭越了妻妾等級，二來也因戴出來鶴立雞群，太耀眼，不符合她低調做人的性格。

至於李瓶兒要西門慶給她打的「金九鳳墊根兒」，當指有九鳳圖案的髮飾，此物一般束於髮根，使頭髮成束，以便盤繞。九鳳圖案已經十分細緻繁複，鳳口還要銜珠，李瓶兒的審美情趣，實非吳月娘、孟玉樓等小地方的市井婦人所能企及。「分心」則是一種髮箍，戴於鬏髻的根部，上面鏨有圖案。李瓶兒要打一件鑲玉石、帶觀音及滿池嬌圖案的；「滿池嬌」是一種傳統圖案，內容一般是荷花鴛鴦等。（參考揚之水，《「滿池嬌」源流》）

李瓶兒這個太監的侄媳，又曾在高官梁中書的府第中受過薰陶，她的穿戴修飾多半應是宮廷樣範、貴族款式。如今嫁入商人出身的官吏之家，只有入鄉隨俗，竭力融入這個生活圈子，才能被眾人接納。因此入門第一天，她似乎已打定主意：嫡庶有別、先後有序，自己絕不能在首飾衣裙上僭越出格，招人嫉妒。奶娘如意兒後來總結說：「娘可是好性兒……有件稱心的衣裳，不等的別人有了，她還不穿出來。」（第六十二回）這既是性格使然，也是環境決定的。

對於李瓶兒的到來，這個家庭雖然表面上波瀾不驚，但內裡卻也暗潮洶湧。尚未入門，吳月娘就先表示反對，對西門慶說：

你不好娶他的休。他頭一件，孝服不滿；第二件，你當初和她男子漢相交；第三件，你又和他（指花子虛）老婆有聯手，買了他的房子，收著他寄放的許多東西。常言：機兒不快梭兒快。我聞得人說，他家房族中花大，是個刁徒潑皮的人，倘或一時有些聲口，倒沒的惹蝨子頭上撓。奴說的是好話，趙錢孫李，你依不依隨你。（第十六回）

西門慶一時沒了主意，聽從潘金蓮的主意，以修蓋房屋為藉口，推遲了婚期。結果又趕上東京楊戩出事，中間還殺出個「程咬金」蔣竹山，西門慶與李瓶兒的姻緣，幾乎斷絕。事後潘金蓮從中挑撥，西門慶好長一段時間不理吳月娘，導火線即在於此。

李瓶兒入門後，先吃了西門慶的冷遇和鞭子，接著又受到宅中婦女們的調侃嘲弄。潘金蓮當眾對李瓶兒說：「大姐姐（指吳月娘）和他爹（指西門慶），那些時兩個不說話，因為你來。俺們剛才替你勸了恁一日。你改日安排一席酒兒，央及央及大姐姐，教他兩個老公婆笑開了罷。」吳月娘雖然說：「李大姐，他哄你哩。」但馬上又信誓旦旦地說：「五姐，你每不要來攛掇，我已是賭下誓，就是一百年也不和他在一答兒哩！」聽了這番話，李瓶兒坐立難安。

兩個小丫鬟小玉、玉簫也當眾調侃李瓶兒。玉簫問：「六娘，你家老公公當初在皇城內那衙門來？」李瓶兒回答「在惜薪司（供應宮中燒柴的機構）掌廠」，玉簫便笑道：「嗔道你老人家昨日挨的好柴（指前一天李瓶兒挨打）。」小玉則說：「去年城外落鄉，許多裡長老人好不尋你，教你往東京去。」李瓶兒問：「他尋我怎的？」小玉笑道：「他說你老人家會告的好水災（指李瓶兒前一日痛哭流淚）。」潘金蓮等在一旁「笑的不了」，把李瓶兒羞得「臉上一塊紅一塊白，站又站不得，坐又坐不住，半日回房去了」。

丫鬟膽敢當面調侃主子，如果沒有其他主子的指使與縱容，在一個尊卑有序的封建家庭裡，是很難發生的事。李瓶兒面對的，就是這樣一個冷漠而充滿荊棘的環境。也正是這樣的環境，使本來就軟弱的她，變得更加謙卑低調、謹小慎微。

只是，這還僅僅是個開頭，真正的兇險還在後頭。李瓶兒長期生活在梁中書府中，缺乏下層社會的處世經驗，待人接物上難免顯得天真幼稚，難度「小人之腹」。未入西門慶家之前，她認為潘金蓮為人最好，曾向西門慶要求：「到明好歹把奴的房蓋的與他五娘在一處，奴捨不得他，好個人兒。」她對孟玉樓的印象也不錯：「與後邊孟家三娘，見了奴且親熱。」但她有些忌憚吳月娘：「惟有他大娘，性兒不是好的，快眉眼裡掃人。」（第十六回）

後來的事實證明，她的最初印象幾乎完全錯誤。吳月娘倒還好對付，真正要了她的命的，恰恰是她「捨不得」的那個「好個人兒」——潘金蓮。

潘金蓮：別人的天堂，是她的地獄

在潘金蓮所有的「情敵」中，李瓶兒位居第一。兩人間的恩怨糾葛，一言難盡。

李瓶兒未入門時，西門慶也曾向潘金蓮徵求意見：「他要和你一處住，與你做了姊妹，恐怕你不肯。」潘金蓮答道：「我也不多著個影兒在這裡，巴不的來總好。我這裡也空落落的，得他來與老娘做伴兒。自古船多不礙港，車多不礙路。我不肯招他，當初那個怎麼招我來？攙奴什麼分兒也怎的？倒只怕人心不似奴心，你還問聲大姐姐去。」（第十六回）潘金蓮的話通情達理，何等賢慧！不過話裡有話，「你還問聲大姐姐去」，暗示吳月娘心存忌妒，是西門慶娶李瓶兒的真正障礙。

吳月娘的回答，果然印證了潘金蓮的話，李瓶兒的婚期也因此耽擱下來，這才節外生枝，有了改嫁蔣竹山、開藥鋪「撐買賣」的插曲。西門慶對此十分惱火，潘金蓮又乘機進讒說：「虧你有臉兒還說哩！奴當初怎麼說來？先下米的先吃飯（意謂先下手為強，早娶過來就沒事了）。你不聽，只顧求他，問姐姐（指吳月娘），常信人調丟了瓢。你做差了！你抱怨那個？」西門慶被潘金蓮的話「沖得心頭一點火起，雲山半壁通紅」，惡狠狠說：「你由他，教那不賢良的淫婦（指吳月娘）說去，到明日休想我這裡理他！」自此西門慶與吳月娘反目，而從中挑撥生事的，正是潘金蓮。

潘金蓮同意接納李瓶兒，一是深知西門慶喜歡李瓶兒，自己攔不住，索性阿順其意，以博取丈夫歡心；二來李瓶兒此前不斷向潘金蓮釋放善意，又是做鞋，又是贈釵，潘金蓮並未把她看作敵手；三來，潘金蓮內心恐怕還有與李瓶兒結黨，抗衡吳月娘之意。因此李瓶兒入門後，潘金蓮常以保護人自居。第二十一回，孟玉樓過生日，吃罷酒，潘金蓮要李瓶兒送她到房中，兩人吃著茶，金蓮說：「你說，你那咱不得來，虧了誰？誰想今日咱姊妹在一個跳板兒上走，不知替你頂了多少瞎缸，教人背地好不說我。奴只行好心，自有天知道罷了。」李瓶兒感激道：「奴知道姐姐費心，恩當重報，不敢有忘。」

其實在內心深處，潘金蓮始終心懷忌妒。當李瓶兒進門挨打時，潘金蓮最為關切，拉著孟玉樓在角門打聽消息，隔門縫兒張望，向孟玉樓稱說西門慶性格暴躁、鞭子厲害，一時間頗為興奮。後來春梅從裡面出來，說西門慶轉嗔為喜，要擺桌吃酒，潘金蓮好不失望，對孟玉樓說：「賊沒廉恥的貨（指西門慶），頭裡那等雷聲大、雨點小，打哩亂哩，及到其間，也不怎麼的！」

真正的轉折發生在第二十七回。西門慶在翡翠軒卷棚中與李瓶兒纏綿，李瓶兒透露：「不瞞你說，奴身中已懷臨月孕。」這話恰恰被潘金蓮偷聽到了。其後孟玉樓來，西門慶與李、潘、孟在卷棚下吃酒納涼，潘金蓮放著椅子不坐，偏要坐「豆青磁涼墩兒」。孟玉樓叫她：「五姐，你過這椅兒上坐，那涼墩兒只怕冷。」潘金蓮故意說：「不妨事。我老人家不怕冰了胎，怕甚麼！」西門慶叫潘、孟彈琵琶唱曲，潘金蓮反對：「我兒，誰養的你恁乖！俺每唱，你兩個（指西門慶、李瓶兒）是會受用快活，我不也！」直等到李瓶兒也拿著拍板象徵性地參加演奏，潘金蓮才肯彈唱。席上，潘金蓮只是不住地喝冰水，孟玉樓勸止她，她笑道：「我老人家肚內沒閑事，怕甚麼冷糕麼！」羞得李瓶兒「臉上紅一塊，白一塊」。因潘金蓮的這番嘲弄發洩，西門慶事後以性虐待的方式，狠狠整治了她一番。此回的回目，即為「李瓶兒私語翡翠軒，潘金蓮醉鬧葡萄架」。

此刻潘金蓮的忌妒尚以冷嘲熱諷的方式來表達，到李瓶兒生子時，她的妒恨已難以掩飾，生發為詛咒謾罵。李瓶兒分娩那日，潘金蓮先是拉著孟玉樓，在房檐下說風涼話：「耶嚛嚛！緊著熱刺刺的擠了一屋子裡人，也不是養孩子，都看著下象膽哩！」接生婆蔡老娘到了，孟玉樓要進去看，金蓮說：「你要看你去，我是不看他。他是有孩子的姐姐，又有時運，人怎的不看他？頭裡我自不是，說了句話兒，見他不是這個月的孩子，只怕是八月裡的（意謂應當八月分娩才對，暗示孩子是『野種』），教大姐姐白搶白相。我想起來好沒來由，倒惱了我這半日。」（第三十回）

後來見吳月娘的丫鬟小玉抱著草紙、小褥子送進去，孟玉樓解釋：這是吳月娘給自己預備的，今天借來應急。潘金蓮冷嘲熱諷說：「一個是大老婆，一個是小老婆，明日兩個對養，十分養不出來，零碎出來也罷。俺每是買了個母雞不下蛋，莫不殺了我不成！又道：「仰著合著，沒的狗咬尿胞——虛喜歡。」見孫雪娥走來，黑暗中險些跌了一跤，又道：「你看，獻殷勤的小婦奴才！你慢慢走，慌怎的？搶命哩！黑影子拌倒了，磕了牙也是錢。姐姐，賣蘿蔔的拉鹽擔子——攘鹹嘈心。養下孩子來，明日賞你這小婦一個紗帽戴。」惡毒的詛咒、肆意的謾罵，使人感受到這個女人內心熊熊燃燒的可怕妒火。

屋內「呱」的一聲嬰兒啼哭，蔡老娘報喜：分娩了一位「哥兒」。「這潘金蓮聽見生下孩子來了，闔家歡喜，亂成一塊，越發怒氣生，走去了房裡，自閉門戶，向床上哭去了」。封建家庭最重子嗣。本來就「有時運」的李瓶兒，如今又為西門慶生下個繼承人，母以子貴，今後還有她潘金蓮的地位嗎？

別人的天堂，就是她潘金蓮的地獄啊。

李瓶兒：風光之後是悲淒

西門慶在李瓶兒死後痛哭說：「姐姐，你在我家三年光景，一日好日子沒過，都是我坑陷了你了！」吳月娘有些吃醋，反駁說：「他沒過好日子，誰過好日子來？人死如燈滅，半晌時不借。留的住她倒好！各人壽數到了，誰人不打這條路兒來？」（第六十二回）

西門慶的話，顯然是為悲痛所激，帶著幾分誇張。李瓶兒到西門慶家，備受丈夫疼愛，又為這個家庭生下繼承人官哥，加之待人和氣、「手頭撒漫」，贏得了人們的普遍好感，也曾有過眾星捧月的日子。

第二十回，李瓶兒入門不久，西門慶在家中請客，吃「會親酒」。李瓶兒前夫之兄花大舅，吳月娘的兩個兄弟吳大舅、吳二舅，西門慶的連襟沈姨夫及一班「兄弟」應伯爵、謝希大等齊來赴宴。席間，應伯爵等起哄，非要拜見「新嫂子」不可。西門慶只得發話，讓李瓶兒出來見客：

> 廳上又早鋪下錦氈繡毯，麝蘭靉靆，絲竹和鳴，四個唱的導引前行。婦人（指李瓶兒）身穿大紅五彩通袖羅袍兒，下著金枝線葉沙綠百花裙，腰裡束著碧玉女帶，腕下籠著金壓袖，胸前項牌纓落，裙邊環珮玎璫，頭上珠翠堆盈，鬢畔寶釵半卸，紫瑛金環耳邊低

掛，珠子挑鳳髻上雙插。粉面宜貼翠花鈿，湘裙越顯紅鴛小；恍似嫦娥離月殿，猶如神女到筵前。四個唱的，琵琶箏弦，簇擁婦人，花枝招展，繡帶飄飄，望上朝拜。慌的眾人都下席來還禮不迭。

這種眾星捧月的場面，令在帷幕後面偷窺的眾妻妾忌妒不已。聽到妓女唱詞中有「天之配合一對兒，如鸞似鳳夫共妻」、「永團圓世世夫妻」等句，潘金蓮見縫插針、乘機挑撥說：「大姐姐，你聽唱的！小老婆今日不該唱這一套。他做了一對魚水團圓，世世夫妻，把姐姐放到那裡？」吳月娘脾氣雖好，也「未免有幾分動意，惱在心中」。

應伯爵、謝希大等見李瓶兒出來，「恨不的生出幾個口來誇獎奉承」，說道：「我這嫂子，端的寰中少有、蓋世無雙。休說德性溫良，舉止沉重，自這一表人物，普天之下也尋不出來。哪裡有哥這樣大福！俺每今日得見嫂子一面，明日死也得好處！」幾個唱曲的妓女「見他（李瓶兒）手裡有錢，都亂趨捧著他，娘長娘短，替他拾花翠，疊衣服，無所不至」。

李瓶兒另一風光時刻，是生孩子前後。分娩時，正妻吳月娘親臨指揮，派人去請接生婆；家中上下無不關心，「熱剌剌的擠了一屋子裡人」。待孩子生下來，接生婆報喜：生了個「哥兒」。頓時「闔家歡喜，亂成一塊」。西門慶十分興奮，當夜就在李瓶兒屋中歇息，「不住來看孩兒」。次日，「巴天不明，早起來拿十副方盒，使小廝各親戚鄰友處，分投送喜麵」。應伯爵、謝希大聽到消息，「慌的兩步做一步，走來賀喜」。緊接著又傳來西門慶得官的消息，更是喜上加喜。孩子取名「官哥」，便是因此而定。日後滿月擺酒，人來客往，更是熱鬧非凡。西門慶也由此常到李瓶兒屋裡安歇。這讓潘金蓮忌妒得發狂。

李瓶兒地位的提升，還可以從眾人的態度看出。第三十四回，韓道國的幾個鄰居因捉姦多事，遭衙門拿問。各家慌了手腳，湊銀兩求應伯爵幫忙說情。應伯爵又轉托西門慶的書童，書童答應「轉達知俺牛哥的六娘，繞個灣兒替他說」。書童從到手的賄賂中拿出一兩多銀子，治辦一桌酒席去「孝順」李瓶兒，事情果然順利辦妥。

書童的話可謂一針見血：這事得求「俺生哥的六娘」——正因為「六娘」生了哥兒，她在這個家庭中的地位才更加穩固；而一直偏愛李瓶兒的西門慶，對她也益發言聽計從。書童早就摸透了主子間的人際關係，他的選擇，就說明了一切。

另一個例子是西門慶升官後，妓女李桂姐趨炎附勢，拜吳月娘做乾娘。妓女吳銀兒看了眼紅，接受應伯爵的建議，轉拜李瓶兒為乾娘（第三十二回、第四十二回）。果然，吳銀兒的地位自此快速竄升，幾乎與桂姐平起平坐。應伯爵和吳銀兒，一個是幫閑篾片，一個是娼妓歌女，都要靠西門慶吃飯，察言觀色是其生存技能。他們的眼光是不會錯的，吳銀兒的選擇同樣印證了這樣的事實：在這個家庭裡，「生哥」的李瓶兒在地位上直追正妻吳月娘。

只是李瓶兒地位愈高，危險也就離她愈近。西門慶所說的「一日好日子沒過」，也不是空穴來風。潘金蓮的一雙眼，始終惡狠狠盯著母子倆；她的一張嘴，從來沒有停止過對這對母子詛咒誹謗、誣陷栽贓。

那一次潘金蓮回娘家歸來，路上向小廝平安打聽西門慶的消息，聽說西門慶「在六娘房裡吃酒哩」，惹起潘金蓮的醋意，在轎內「半日沒言語」，冷笑著罵道：「賊強人！把我只當亡故了的一般。一發在那淫婦屋裡睡了長覺也罷了。到明日，只交長遠倚逞那尿胞種（指官哥），只休要晌午錯了。張川兒（轎夫）在這裡聽著，也沒別人：你腳踏千家門、萬家戶，那裡一個才尿出來多少時兒的孩子，拿整綾段尺頭裁衣裳與他穿？你家就是『王十萬』，使的使不的？」一路憤恨，直罵到家裡（第三十四回）。

西門慶拿金鐲子給官哥玩那一回，潘金蓮聽說丟了一隻鐲子，「得不的風兒就是雨兒」，立時跑去告訴吳月娘：「你還沒見他（指西門慶），頭裡從外邊拿進來，那等用襖子袖兒托著，恰是八蠻進寶的一般！我問他是什麼，拿過來我瞧瞧；頭兒也不回，一直奔命往屋裡（指李瓶兒的房間）去了。遲了一回，反亂起來，說不見了一錠金子。乾淨就是他！學三寸貨說：『不見了，由他，慢慢兒尋罷。』你家就是王十萬也使不得！一錠金子，至少重十來兩，也值個五六十兩銀子。平白就罷了？甕裡走了鱉——左右是他家一窩子，再有誰進他屋裡去！」（第四十三回）這顯然是誣陷鐲子為李瓶兒屋裡人所偷。

為這只手鐲，西門慶讓吳月娘審問各房丫鬟。吳月娘埋怨他「不該（把鐲子）拿與孩子」，潘金蓮又接口道：「不該拿與孩子耍？只恨拿不到他屋哩！頭裡叫著，想回頭也怎的（意指西門慶拿金子去，是因李瓶兒『頭裡叫著』）！恰似紅眼將軍搶將來的，不教一個人兒知道。這回不見了金子，虧你怎麼有臉兒來對大姐姐說，教大姐姐替你查考各房裡丫頭。教各房裡丫頭口裡不笑……」幾句話惹急了西門慶，呵斥說：「單管嘴尖舌快的，不管你事，也來插一腳！」幾乎要對潘金蓮動起手來。

怎麼「不管」潘金蓮的事？只要是李瓶兒母子的事，都跟潘金蓮有關。自從李瓶兒有了官哥，潘金蓮的地位急劇下跌。西門慶愛孩子，幾乎夜夜在李瓶兒屋裡歇息。第三十八回，因西門慶多時不來，潘金蓮「在房內銀燈高點，靠定幃屏，彈弄琵琶，等到二三更，便使春梅瞧數次，不見動靜」。風吹房檐上的鐵馬，她以為是西門慶敲門，忙讓春梅去看。嗣後聽春梅說西門慶在李瓶兒屋裡吃酒，潘金蓮「如同心上戳上幾把刀子一般，罵了幾句負心賊，由不得撲簌簌眼中流下淚來。」懷抱琵琶高唱一曲：「論殺人好恕，情理難饒，負心的天鑒表……想起來，心兒裡焦，誤了我青春年少，你撇的人，有上稍來無下稍！」

歌聲琴韻驚動了西門慶，他讓丫鬟請潘金蓮過去一同吃酒。潘金蓮拿捏作態，不肯就去。直至西門慶和李瓶兒親自來請，她才口出怨言，勉強跟去。下了一盤棋，吃了一陣酒，「李瓶兒見他這等臉酸，把西門慶攛掇過他這邊歇了」。

在哀怨中度日如年的潘金蓮，把忌妒之火燒到了孩子身上。一次，李瓶兒不在，官哥哭鬧，潘金蓮走進來，不顧奶娘阻攔，抱起官哥就走。「走到儀門首，一徑把那孩兒舉得高高的」，被吳月娘看見，忙讓李瓶兒接過去。孩子受了驚嚇，夢中驚哭，「半夜發寒潮熱起來，奶子喂他奶，也不吃，只是哭」。後來請大夫吃藥，才算痊癒（第三十二回）。

然而心地善良、以己度人的李瓶兒並未因此提高警惕，甚至沒跟西門慶提起此事。又一回，李瓶兒與潘金蓮在花園芭蕉叢下抹牌，旁邊鋪了枕席，讓官哥躺臥玩耍。剛巧李瓶兒要離開一會兒，把孩子托給潘金蓮照看。毫無責任心的潘金蓮扔下孩子，跑到山洞裡跟陳經濟鬼混。不知哪裡來了一隻大黑貓，嚇得孩子「登手登腳的怪哭」。幸虧孟玉樓發現，把貓趕跑。孩子因此又病了一場（第五十二回）。

大概是受了「黑貓事件」的啟發，潘金蓮馴養了一隻「雪獅子」貓，「尋常無人處，在房裡用紅絹裹肉，令貓撲而撾食」。日久天長，形成條件反射。一天，身穿紅緞衫兒的官哥兒躺在外間炕上玩耍，「不料金蓮房中這雪獅子，正蹲在護炕上，看見官哥兒在炕上穿著紅衫兒一動動的頑耍，只當平日哄喂他肉食一般，猛然望下一跳，撲將官哥兒身上，皆抓破了。只聽那官哥兒『呱』的一聲，倒咽了一口氣，就不言語了，手腳俱被風搐起來」（第五十九回）。李瓶兒慌了手腳，又是行灸，又是問卜，然而錯延庸醫，耽誤了治療。這一回，官哥徹底沒救了。

潘金蓮害死官哥兒，毫無愧疚之心，反而「每日抖擻精神，百般的稱快」。又對著丫頭指桑罵槐：「賊淫婦！我只說你日頭常晌午，卻怎的今日也有錯了的時節？你班鳩跌了彈，也嘴答穀了！春凳折了靠背兒，沒的倚了！王婆子賣了磨，推不的了！老鴇子死了粉頭，沒指望了！卻怎的也和我一般？」李瓶兒在屋裡聽見，敢怒不敢言，也只有背地落淚的份。不久，這個可憐的女人便舊症發作，一病不起。

「惟有感恩並積恨，千年萬載不成塵」

小說家顯然是蘸著同情的墨汁，刻畫李瓶兒遭受潘金蓮惡意欺凌後的痛苦心情。第四十四回，一次，李瓶兒跟妓女吳銀兒聊天，吳銀兒笑問：「娘有了哥兒，和爹自在覺兒也不得睡一個兒。爹幾日來這屋裡走一遭兒？」一句話，觸動了李瓶兒的心中隱痛，答道：

> 他也不論，遇著一遭也不可止，兩遭也不可止，常進屋裡看他（指孩子）。為這孩子，來看他不打緊，教人把肚子也氣破了。（有人）相他爹和這孩子，背地咒的白湛湛的。我是不消說的，只與人家墊舌根，誰和他（指西門慶）有甚麼大閑事？寧可他不來我這裡還好。第二日，教人眉兒眼兒的只說俺們，什麼把攔著漢子。為甚麼剛才（西門慶）到這屋裡，我就攛掇他出去？銀姐，你不知，俺這家人多舌頭多……

在這個家庭中，李瓶兒的滿懷委屈，也只有向一個妓女傾訴了。

潘金蓮明裡暗裡的攻擊誹謗，讓李瓶兒防不勝防。第五十一回，潘金蓮在吳月娘跟前平白造謠，說李瓶兒背地裡罵吳月娘「虔婆勢，喬作衙」。惹得月娘大為惱火，聲稱：「不拘幾時，我也要對這兩句話（指當面對質）。」西門大姐平素跟李瓶兒要好，偷偷走來告知。「這李瓶兒不聽便罷，聽了此言，手中拿著那針兒通拿不起來，兩隻胳膊都軟了，半日說不出話來，對著大姐吊眼淚」，說道：「大姑娘，我那裡有一字兒閑話……你娘（指吳月娘）恁覷（指看覷、關照）我一場，莫不我恁不識好歹，敢說這個話？設使我就說，對著誰說來？也有個下落！」大姐向她建議：「要著我，你兩個（指李瓶兒和潘金蓮）當面鑼當面鼓的對不是！」李瓶兒道：「我對的過他那嘴頭子？自憑天罷了。他左右晝夜算計的我。只是俺娘兒兩個，到明日科裡吃她算計了一個去，也是了當。」說罷哭了。西門慶回家，見她眼紅紅的，問她，她只推說：「我害眼疼，不怎的。今日心裡懶待吃飯。」幸而西門大姐後來向吳月娘說明真相，潘金蓮的陰謀才未得逞。

第五十八回，官哥生病，吃了藥剛睡著，住在隔壁的潘金蓮故意打狗、打丫頭，打的丫頭秋菊「殺豬也似叫」。李瓶兒派了丫鬟來說：「俺娘上覆五娘，饒了秋菊，不打他罷。只怕唬醒了哥哥（指官哥）。」潘金蓮反而打得更凶。「李瓶兒在那邊，只是雙手握著孩子耳朵，腮頰痛淚，敢怒而不敢言。」

官哥最終沒有逃脫潘金蓮的手掌。第五十九回，官哥死了，小說用了大量篇幅，描摹李瓶兒悲慟欲絕的情態：

那李瓶兒撾耳撓腮，一頭撞在地下，哭的昏過去。半日方纔甦省，摟著他大放聲哭，叫道：「我的沒救星兒，心疼殺我了！寧可我同你一答兒裡死了罷，我也不久活於世上了！我的抛閃殺人的心肝，撇的我好苦也！」……西門慶即令小廝收拾前廳西廂房乾淨，放下兩條寬凳，要把孩子連枕席被褥抬出去，那裡挺放。那李瓶兒倘在孩兒身上，兩手摟抱著，那裡肯放！口口聲聲直叫：「沒救星的冤家！嬌嬌的兒！生揭了我的心肝去了！撇的我枉費辛苦，乾生受一場，再不得見你了，我的心肝！」月娘眾人哭了一回，在旁勸他不住。西門慶走來，見他把臉抓破了，滾的寶髻髩松，烏雲散亂，便道：「你看蠻子！他既然不是你我的兒女，乾養活他一場。他短命死了，哭兩聲，丟開罷了。如何只顧哭了去，又哭不活他，你的身子也要緊……」……李瓶兒見小廝每伺候兩旁要抬他，又哭了，說道：「慌抬他出去怎麼的！大媽媽，你伸手摸摸，他身上還熱的。」叫了一聲：「我的兒嚛！你教我怎生割捨的你去？坑得我好苦也！」一頭又撞倒在地下……

官哥出殯的時候，西門慶怕李瓶兒難過，不讓她跟到墳地去。「那李瓶兒見不放他去，見棺材起身，送出到大門首，趕著棺材大放聲，一口一聲只叫：『不來家虧心的兒嚛！』叫的連聲氣破了，不防一頭撞在門底下，把粉額磕傷，金釵墜地」。被扶回屋內，「見炕上空落落的，只有他耍的那壽星搏浪鼓兒還掛在床頭上，一面想將起來，拍了桌子，由不的又哭了」。

人們只知道《金瓶梅》擅長寫男女苟且之事，殊不知這是天大的誤解。蘭陵笑笑生的一枝筆出神入化，可以把世間的物態人情描摹得逼真如活，令人感同身受。官哥是李瓶兒的精神支柱，生活的希望，她在這個家庭中承受著敵意，委曲求全地活著，全是為了官哥。如今，眼看這個「嬌嬌的兒」活生生離開自己的懷抱，她又怎能不呼天搶地，哭得撕心裂肺！聽聽那句「大媽媽，你伸手摸摸，他身上還熱的」，聽聽那句「不來家虧心的兒嚛」，一個母親的拳拳愛子之心，是那樣鮮活地跳動著，幾乎令讀者落淚。

聚積了如此多的屈辱，經歷了殺子之痛，悲哀與悔恨毀掉了李瓶兒的健康。當她自知不起時，對前來看望她的吳月娘悄悄哭泣說：「娘到明日好生看養著，與他爹做個根蒂兒，休要似奴心粗，吃人暗算了。」（第六十二回）此刻吳月娘已有孕在身，李瓶兒所說的「好生看養」、「做個根蒂」云云，即是指此而言。

這個可憐的女人，在生命的最後一刻，將一切悲哀悔恨，都歸結為自己「心粗」，這是隱忍懦弱的舊式婦女的思維邏輯。當你無力反抗害人者無所不在的攻擊時，也只能把一切悲劇的緣由歸咎於自己失於防範。然而「心粗」這兩個字又是何等沉甸甸的，在吳月娘聽來，無異於響鼓驚雷！此處作者有一段議論文字：

看官聽說：自這一句話，就感觸月娘的心來。後次西門慶死了，金蓮就在家中住不牢者，就是想著李瓶兒臨終這句話。

這是指潘金蓮在西門慶死後，不安於室，終於被吳月娘趕出家門。而吳月娘發賣潘金蓮的決心，正是從這一刻下定的。

書中有聯語道：「惟有感恩並積恨，千年萬載不成塵。」不錯，仇恨是易結難消的，哪怕是發自一個弱女子的心中。李瓶兒便是以這種弱者的方式，為自己，也為兒子報了仇。

一件皮襖引發的戰爭

有人曾替潘金蓮「翻案」，認為她殺死武大，一半是為了追求個人幸福，一半是受人唆使，情有可原。此話也許有些道理。不過這裡指的是《水滸傳》裡的潘金蓮，《金瓶梅》中的潘金蓮則是另一回事。在《金瓶梅》中，至少有四條人命跟潘金蓮有關：武大不用說，宋惠蓮、官哥兒、李瓶兒之死，潘金蓮都負有不可推卸的責任。

在笑笑生的筆下，潘金蓮是個極端自私又性欲極強的女人，她身上更多地顯露著人性背後的動物本能。她極力「把攔漢子」，卻對丈夫並不忠誠。西門慶一度流連妓院，她欲火難禁，曾與琴童私通。她還與陳經濟關係曖昧，按理，那是她的女婿，可是在潘金蓮的字典裡，從來沒有「倫理」這類的字眼兒。她有著一副美麗的外表，但人性之美——仁愛、同情、悲憫、寬容……她一樣皆無。她有的只是嫉妒陰狠、造謠生事、挑撥離間、栽贓誣陷、嫁禍於人、恃強凌弱，放縱情欲……

人的性格是怎樣形成的？有人說基因決定一切，也有人強調後天環境薰染的不可替代性。其實，一個人性格的形成，恐怕是各種因素綜合影響的結果。潘金蓮天生好勝爭強，李瓶兒生性懦弱忍讓，大概都有娘胎裡帶來的因素。不過後天影響也不可忽視。把嬰兒拋進狼群，結果只能是兩個：或者被狼咬死，或者變成狼孩兒。

李瓶兒大概自幼生活在小康人家（她出生時，有人送來魚瓶，想來不屬於赤貧階層），後來又在梁中書府中受過薰陶，也算是嘗過貴族的滋味。以後嫁給花子虛，依然過著「上等人」的生活。她沒有在社會底層浸泡過，生活沒給她多少磨礪的機會，她的溫柔懦弱的性格，也不可能得到太多的改變。

潘金蓮則不同，她出生在一個窮裁縫家裡，曾兩度被賣，生活對她是殘酷的。窮街陋巷的生活經歷，自然不允許她有太多的溫情和謙讓。她被賣到招宣府，雖然也受到文化的啟蒙、技藝的訓練，但從後面的情節可知，這座府第中彌漫著淫濫空氣，潘金蓮也絕不是一枝「出淤泥而不染」的出水蓮花。以後潘金蓮被賣給老朽荒淫的張大戶，又轉嫁給醜陋窩囊的武大郎。在遇到西門慶之前，二十五歲的潘金蓮已淌過太多的汙泥濁水，積聚了太多的委屈與怨恨。她非常了解底層社會，清楚自己的優勢和劣勢，明白只有揚長避短，才能在這個弱肉強食的混沌世界中出人頭地。

當人們以鄙薄的口氣談起潘金蓮的淫蕩時，也許沒人想過，經濟困窘是這個事事爭強的女人的「軟肋」，而「色相」則是這個窮裁縫之女的唯一武器和優勢。在一個勢利的商人家庭中，金錢被放到最重要的地位。李瓶兒所以大得人心，死後還贏得上上下下的懷念叨想，原因之一即在於她隨手散財，慷慨大度。而這一點，潘金蓮做不到，在所有妻妾中，她是除孫雪娥之外最困窘的一位。

李瓶兒在婚前向西門慶表示柔情，送的是幾十錠大銀、成箱的珠寶玩物，還有賣香料所得的二百兩銀子。潘金蓮又如何表達一個女人的愛意？她在未嫁之前給西門慶送了一份壽禮，是「一雙玄色段子鞋，一雙挑線密約深盟、隨君膝下、香草邊闌、松竹梅花歲寒三友醬色段子護膝，一條紗綠潞綢永祥雲嵌八寶、水光絹裡兒紫線帶兒、裡面裝著排草梅桂花兜肚，一根並頭蓮瓣簪兒，簪兒上鈒著五言四句詩一首，云：『奴有並頭蓮，贈與君關髻。凡事同頭上，切勿輕相棄。』」

這一份禮物，不知花了潘金蓮多少燈下工夫，但原料卻不值幾文錢，那支簪子很可能是銅質的，因為書中並未按慣例標明「金」、「銀」字樣。收到這樣一份禮物，西門慶「滿心歡喜」，說道：「知你有如此一段聰慧，少有！」但西門慶此刻的心情，想來與接受李瓶兒的禮物滋味不同。

潘金蓮嫁入西門慶家不久，李瓶兒也跟著進了門。這種貧富懸殊的境況，成了潘金蓮無可迴避的眼前景象，也成為這個好強女子的最大隱痛。這種隱痛時時發作，化作忌妒和憤恨，而發洩的對象，正是富有的李瓶兒。

人們總是想當然地認為，潘金蓮是西門慶最寵愛的小妾，得寵得勢，佔盡風頭。她的生活一定是穿金戴銀、要一奉十、奢華無比。其實不然。如前章所述，西門慶家財萬貫、富冠一省，但也有著財主們常有的吝嗇脾氣。對待娶回家中的妻妾，他幾乎是一毛不拔。

為了娶潘金蓮，他在婚前確實花了一些錢，如謝王婆撮合，用去一錠十兩銀子。發送武大，也是西門慶出的錢。收買何九叔，又是「一錠雪花銀子」（第六回）。為了陷害武松，他給知縣送了「一副金銀酒器，五十兩雪花銀」，衙門上下也「使了許多錢」（第十回）。

至於在潘金蓮身上，婚前也花了一些錢：在「廟上」買幾件「首飾珠翠衣服」（第六回），結婚時添置了一張床，幾件傢俱，買了個丫鬟，總共花了二、三十兩銀子（第九回）。但婚後的花銷，似乎只有在廟會上買幾兩珠子，給潘金蓮穿珠子箍（第十一回）；後來經潘金蓮強烈要求，另購置了一張價值六十兩銀子的螺鈿欄杆床（第二十九回）。但那床始終是西門慶家財產，後來被吳月娘送人作了陪嫁。

作為一個女人，潘金蓮連件像樣的首飾都沒有。不錯，潘金蓮有不只一個金戒指，一次同吳月娘等到獅子街看燈，她一下子戴了「六個金馬鐙戒指兒」，還有意在人前「顯擺」（第十五回）。不過那個年頭，女人有幾個金戒指算不了什麼。韓道國的女兒愛姐嫁給蔡京管家翟謙時，陪嫁裡還有四個金戒指呢（第三十六回）。潘金蓮有兩支內廷式樣的壽字金簪，那也是李瓶兒過門前饋贈的。

李瓶兒讓西門慶替她翻新金鬏髻那一回，潘金蓮攔住西門慶問：「這鬏髻多少重？他要打甚麼？」西門慶說重九兩，要打一件「九鳳甸兒」、一件「分心」；潘金蓮立刻說：「一件九鳳甸兒，滿破使了三兩五六錢金子勾了。大姐姐那件分心，我秤只重一兩六錢。把剩下的，好歹你替我照依她，也打一件九鳳甸兒。」西門慶笑罵道：「你這小淫婦兒，單管愛小便益兒，隨處也掐個尖兒。」西門慶是否依從潘金蓮，書中沒提。但聽那口氣可以肯定，西門慶絕不會自己掏金子給潘金蓮打首飾。

說到潘金蓮的經濟窘迫，有個「皮襖事件」幾乎貫穿了半部書。小說第四十六回，吳月娘於上元節帶領眾妾到吳大妗子家去吃酒賞月，不期門外下起雪來。月娘吩咐小廝回家給「娘們」取皮襖，可她忽然想到，在所有妻妾中，唯獨潘金蓮沒有皮襖。吳月娘、孟玉樓、李瓶兒都有自己的貂鼠皮襖，李瓶兒那件最貴重。李嬌兒也有一件，是王招宣府的典當物。

吳月娘吩咐，把人家典當、抵押的一件皮襖拿來給潘金蓮穿。潘金蓮說：「姐姐，不要取去。我不穿皮襖，教他家裡捎了我的披襖子來我穿罷。人家當的，赤道（即知道）好也歹也。黃狗皮也似的，穿在身上教人笑話，也不氣長，久後還贖的去了。」皮襖取來了，眾人哄勸著潘金蓮穿上，她還爭強道：「有本事，到明日問漢子要一件穿，也不枉的。平白拾了人家舊皮襖來，披在身上做甚麼！」

潘金蓮的願望後來總算實現了。李瓶兒死後，一次眾妻妾去應伯爵家吃「滿月酒」，潘金蓮向西門慶央求說：「把李大姐那皮襖拿出來與我穿了罷。明日吃了酒回來，他們都穿著皮襖，只奴沒件兒穿。」西門慶說：「有年時王招宣府中當的皮襖，你穿就是了。」潘金蓮說：「當的我不穿它，你與了李嬌兒去。把李嬌兒那皮襖，卻與雪娥穿。我穿李大姐這皮襖。你今日拿出來與了我，我上𢬵兩個大紅遍地金鶴袖，襯著白綾襖兒穿，也是我與你做老婆一場，沒曾與了別人。」西門慶嗔怪說：「賊小淫婦兒，單管愛小便益兒。他那件皮襖值六十兩銀子哩……你穿在身上，是會搖擺！」婦人道：「怪奴才，你與了張三、李四的老婆穿了？左右是你的老婆，替你裝門面的，沒的有這些聲兒氣兒的。好不好，我就不依了。」（第七十四回）好說歹說，好不容易把這件皮襖要到手。

然而這件皮襖引起的波瀾，卻久久未能平息。一次潘金蓮與吳月娘吵架，吳月娘舊事重提：「一個皮襖兒，你悄悄就問漢子討了，穿在身上，掛口兒也不來後邊題一聲兒……就是孤老院裡也有個甲頭（意謂：收容所裡也有長官哩）！」（第七十五回）日後月娘做夢，夢見從李瓶兒箱子裡尋出一件袍子，被金蓮劈手奪去，氣得月娘在夢裡嚷：「她的皮襖你要的去穿了罷了，這件袍兒你又來奪！」（第七十九回）一件皮襖的歸屬，讓吳月娘大受刺激，不但記掛於心，而且形諸夢寐。潘金蓮的這件皮襖，真的得來不易！

這難道不是十分奇怪的事嗎？西門慶「錢過北斗，米爛陳倉」，接濟朋友，出手大方；賄賂官員，更是一擲千金。然而家中一個備受寵愛的妻妾，居然沒有一件像樣的皮襖！此事背後透露的消息是：西門慶家實行「二級經濟核算制」。妻妾各自為銀錢核算單位，誰的私房錢多，誰就多花；誰的私房錢少，就少用或不用。要想從西門慶那兒索要一文錢，難上加難。連備受寵愛的潘金蓮尚且如此，又遑論他人。

說到底，西門慶在本質上仍然是商人，他的一把鐵算盤打得震天響，他花的每一文錢，都要帶來回報才行。結交朋友、奉承上官，都是一種投資。而妻妾娶到家，連人帶陪嫁，早已成了自己的私產，在她們身上多花一文錢，也是浪費！

她在金錢面前保持了自尊

這就是潘金蓮面臨的窘境。在這個充滿銅臭氣的家庭裡，女人的人格尊嚴是靠金錢來維持的。吳月娘是嫡妻，在經濟上享有特權，原則上，全家的財產都應由她來掌握。她可以憑著名分和財產，在這個家裡活得很好，即便面對丈夫的冷淡，她也可以處之泰然。孟玉樓、李瓶兒都是富孀，她們出手大方、廣結人緣，同樣靠著金錢，維持著在這個家庭中的體面。李嬌兒是妓女出身，攢了不少「體己錢」，丈夫不喜歡也罷，她在這個家裡照樣吃穿不愁。

潘金蓮則不同，同樣是寡婦再嫁，她沒能帶來一個銅錢。她的一切吃穿用度，都仰仗於丈夫。想一想，她向西門慶討要李瓶兒那件皮襖，是趁著一次行房時提出的，多少能體會出這個女人以色事人、仰承鼻息的酸楚，儘管她自己可能並未意識到。由此推想，如果潘金蓮失去丈夫的愛，她在這個家庭中將毫無地位，活得很慘。

以潘金蓮的性格，當然不能容忍這樣的局面出現。她要利用自己的唯一優勢和武器——色相，把丈夫緊緊拉在身邊，絕不能容許別的女人染指！為此，她近乎瘋狂地攻擊他人，幾乎跟家中所有的女人都打遍了，包括妻妾、僕婦、奶娘、妓女……總之，一切有可能同她分愛爭寵的人。

讀者常常基於倫理道德的立場，斥責潘金蓮的「淫」和「妒」。其實，潘金蓮的「淫」是在性上對丈夫曲意逢迎，以便拉住丈夫；「妒」則是排拒其他女人，以保住自己與丈夫的緊密關係。這是潘金蓮在這個商人之家得以立足的最低底線。而潘金蓮的性格，使她不能接受孫雪娥式的卑微地位。她兩手空空，毫無資本，偏要在這個家庭中拔尖爭勝，要跟吳月娘、李瓶兒並駕齊驅。可想而知這個困難有多大，挑戰有多嚴峻。在這種奮鬥與掙扎中，她的言行舉止不近人情、人格秉性扭曲變態，也就不難理解了。

不錯，潘金蓮的不近人情、心理變態，在書中例子頗多。第三十三回，母親潘姥姥來串門，借宿李瓶兒屋內，得了李瓶兒贈送的諸多禮物，拿來給女兒看。

> 金蓮見了，反說他娘：「好恁小眼薄皮的，什麼好的，拿了他的來！」潘姥姥道：「好姐姐，人倒可憐見與我，你卻說這個話。你肯與我一件兒穿？」金蓮道：「我比不得他有錢的姐姐。我穿的還沒有哩，拿什麼與你！你平白吃了人家的來，等住回，咱整理幾碟子來，篩上壺酒，拿過去還了他就是了。倒明日，少不的教人玷言玷語，我是聽不

上。」一面分付春梅，定八碟菜蔬，四盒果子，一錫瓶酒。打聽西門慶不在家，教秋菊用方盒拿到李瓶兒房裡。

李瓶兒厚贈潘姥姥，可能還有一點巴結示好之意，反而引來潘金蓮的反感與抵觸，這非李瓶兒所能預料。當潘金蓮忍痛拿錢請客「還情」時，人們可以猜出她心中的惱怒與嫉恨。

吳大妗子家娶兒媳「做三日」那一次，李瓶兒主動拿出一套「織金雲絹衣服」，算做她和潘金蓮兩個人的「拜錢」（第三十五回）。事後，潘金蓮不但毫無感恩之心，反而對著孟玉樓發牢騷，先抱怨西門慶：「如今這家中，他心肝胳蒂兒事偏歡喜的這兩個人：一個在裡，一個在外（指李瓶兒和書童），成日把魂恰似落在他身上一般，見了，說也有，笑也有。俺每是沒時運的，行動就相烏眼雞一般。賊不逢好死、變心的強盜，通把心狐迷住了……」後來又轉而罵李瓶兒：「……賊人膽兒虛，自知理虧，拿了他箱內一套織金衣服來，親自來盡（讓）我，說道：『姐姐，你看這衣服好不好？省的拆開了，咱兩個拿去，都做了拜錢罷。』我便說：『你的東西兒，我如何要你的。教爹鋪子裡取去。』他慌了，說：『姐姐，怎的這般計較！姐姐揀衫兒也得，裙兒也得。看了好，拿到前邊，教陳姐夫封寫去。』盡了半日，我才吐了口兒。他讓我要了衫子。」聽了潘金蓮這一席強詞奪理的話，連孟玉樓也說：「這也罷了，也是他的盡讓之情。」金蓮道：「你不知道，不要讓了他！如今年世，只怕睜著眼兒的金剛，不怕閉著眼兒的佛。老婆漢子，你若放些松兒與他，王兵馬的皂隸——還把你不當合的！」

善意的饋贈並不總能贏得受惠方的感激，許多時候，反而會使對方感到自卑和屈辱。潘金蓮的情況正是如此。她需要一個理由來說服自己，以消釋鬱積心中的不良心緒。當她把李瓶兒的示好行為解釋為「賊人膽虛、自知理虧」時，她的內心得到了平衡。況且底層社會的生活經歷告訴她，「只怕睜著眼兒的金剛，不怕閉著眼兒的佛」，這種弱肉強食、怕硬欺軟的人生哲學，成為潘金蓮在生活的泥淖中掙扎奮鬥的金字箴言。

好勝心還使潘金蓮常常以攻為守，來掩飾自己經濟窘迫現實。第五十一回，陳經濟要替妻子西門大姐買汗巾，李瓶兒也要他捎三方來。潘金蓮說：「我沒銀子，只要兩方兒勾了。要一方玉色綾瑣子地兒銷金汗巾兒。」陳經濟問：「你又不是老人家，白剌剌的要他做甚麼？」潘金蓮說：「你管他怎的！戴不的，等我往後吃孝戴。」顯然，潘金蓮挑素色是出於價格的考慮，但她口頭上卻強詞奪理、絕不肯服輸。不過有了陳經濟的質疑，她的第二方手帕的花色，馬上變得格外複雜起來：「那一方，我要嬌滴滴紫葡萄顏色，四川綾汗巾兒。上銷金，間點翠，十樣錦，同心結，方勝地兒，一個方勝兒裡面一對兒喜相逢，兩邊欄子兒都是瓔珞出珠碎八寶兒。」陳經濟聽了說：「耶嚛耶嚛，再沒了？賣瓜子兒開箱子打嚏噴，瑣碎一大堆！」

在這番玩笑式的對話中，我們聽出潘金蓮在好勝心與癟錢袋之間的掙扎。好在李瓶兒隨後從荷包裡掏出一塊一兩九錢的銀子，連同潘金蓮和西門大姐的汗巾錢都一同支付了。不過永不服輸的潘金蓮立刻又花樣翻新，對陳經濟說：「你六娘替大姐買了汗巾兒，把那三錢銀子（指西門大姐給的汗巾錢）拿出來，你兩口兒鬥葉兒（一種紙牌遊戲），賭了東道罷。少便叫你六娘貼些兒出來。明日等你爹不在了，買燒鴨子、白酒咱每吃。」別以為潘金蓮只是「掐尖兒」、佔便宜，她在巧妙地以攻為守，轉移視線，來沖淡接受施捨的自卑，使自己在公開場合永遠立於不敗之地。但其內心的屈辱感受，卻並沒有真的消解，只能等待著背後無人處自己去慢慢咀嚼吧。

不過，潘金蓮也有動真感情的時候。第七十八回潘金蓮過生日，潘姥姥來祝壽，下轎付不起轎錢，來向女兒討要。金蓮說：「你沒轎子錢，誰教你來了？恁出醜剾劃的，教人家小看！」「指望問我要錢，我那裡討個錢兒與你？你看著，睜著眼在這裡，七個窟窿倒有八個眼兒等著在這裡。今後你有轎子錢便來他家來，沒轎子錢別要來。料他家也沒少你這個窮親戚，休要傲打嘴的獻世包，關王買豆腐，人硬，我又聽不上人家那等秘聲顙氣……你罷了，驢糞球兒面前光，卻不知裡面受恓惶！」說得潘姥姥嗚嗚痛哭起來。潘金蓮說這話時，心中一定在流淚。

潘金蓮的生日是正月初九，第二天，吳月娘跟西門慶商量，十二日要請客看燈，把「門外他孟大姨和俺大姐」也請來坐坐。潘金蓮聽說，忙回屋打發潘姥姥起身回家。事後潘金蓮私下跟李嬌兒說：「他（指吳月娘）明日請他有錢的大姨兒來看燈吃酒，一個老行貨子（指潘姥姥），觀眉觀眼的，不打發去了，平白教他在屋裡做甚麼？待要說是客人，沒好衣服穿；待要說是燒火的媽媽子，又不似，倒沒的教我惹氣！」這話與前面「料他家也沒少你這個窮親戚」相呼應，道出潘金蓮內心的深深隱痛。也正是這隱痛，時時齧食著潘金蓮的心，孕育著嫉恨與報復的惡毒種苗。

其實，潘金蓮這個「萬惡」的女人，也還有她的人格自尊。潘姥姥向龐春梅抱怨女兒不孝，龐春梅說了兩句公道話：「你老人家只知其一，不知其二。俺娘他爭強，不伏弱的性兒。比不同的六娘錢自有；他本等手裡沒錢，你只說他不與你。別人不知道，我知道。相俺爹雖是抄的銀子放在屋裡，俺娘正眼也不看他的。若遇著買花兒東西，明管正義問他要。不恁瞞藏背掖的，教人看小了他，他怎麼張著嘴兒說人？他本沒錢，姥姥怪他，就虧了他了。莫不我護他？也要個公道。」（第七十八回）春梅這話不假，當時潘姥姥付不起轎子錢，吳月娘曾對潘金蓮說：「你與姥姥一錢銀子，寫帳（意思是記在公用的帳目上）就是了。」金蓮說：「我是不惹他（指西門慶），他的銀子都有數兒，只教我買東西，沒教我打發轎子錢。」

從這些描述來看，潘金蓮自有她做人的原則，她的爭強好勝，也包括在金錢面前保持自尊：我沒錢，但絕不偷雞摸狗，藏藏掖掖，因私廢公；哪怕讓我掌管日用帳目！《金瓶梅》中數以百計的人物，幾乎無人不信奉「拜金哲學」；連權傾當朝的蔡太師、「天子門生」蔡狀元，也都見錢眼開。唯獨潘金蓮，能在金錢面前保持著她的一點自尊，從這一點來看，這個女人也還有她過人的地方。

西門慶死後，潘金蓮夥同丫鬟春梅，與陳經濟勾搭鬼混，後被吳月娘趕出發賣。陳經濟四處籌錢，要買潘金蓮，結果發配歸來的武松搶先一步，用一百兩銀子，將潘金蓮從媒人王婆手中買下。潘金蓮心中暗喜，以為「這段姻緣，還落在他家手裡」，直到進了舊宅門，見到燈燭下武大的靈牌和武松的鋼刀，這才恍然大悟，然而為時已晚。

就在這個晚上，剛剛揭下紅蓋頭的潘金蓮，連同送她來的王婆，一同做了武松的刀下之鬼，結束了她汙穢淫亂、受害也害人的悲慘一生。她死的這一年，三十二歲。

第四部

商人之家的堂上妻妾

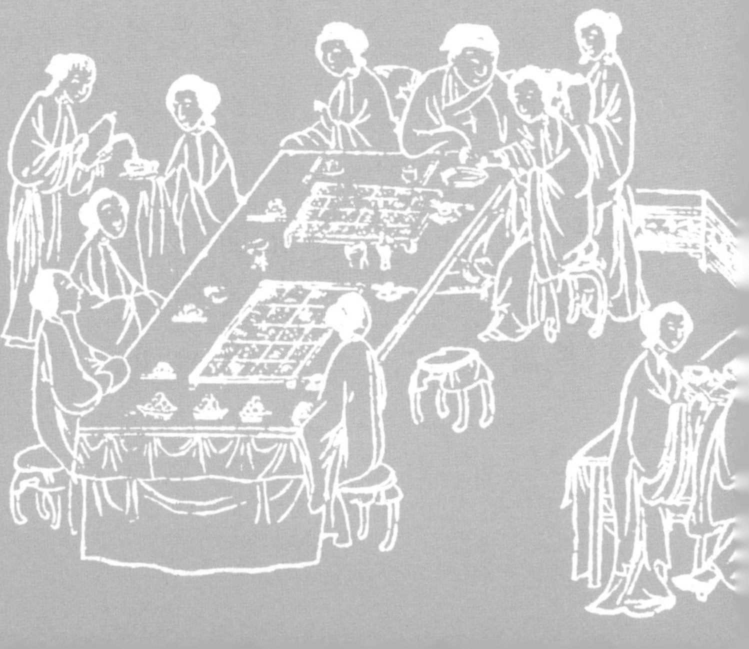

「大姐」吳月娘的周到與失態

在《金瓶梅》所有的女性中，吳月娘要算是最「正經」的一個了。她是西門慶的正妻，前妻陳氏死後，她填房做了繼室。她的生日是八月十五日，因此小名叫「月姐」，嫁到西門慶家，大家順口叫她「月娘」。她的父親是清河衛左領千戶，她也算是官宦人家出身了。

月娘身體多病，家中大事小情，都推給別人。如日常花銷帳目，便交由李嬌兒管理，後來又委之孟玉樓，最後轉到潘金蓮手裡，月娘落得清閑自在。她的日常活動，只是與眾妾閑話聊天，招待親戚女客，或請尼姑念經、唱佛曲兒，有時也招女先生說說書，或聽妓女唱唱曲。逢年過節，則領著眾妾塗抹打扮，走街巷，串親戚，看燈賞月。外人看了，無不豔羨。

月娘為人寬和，舉止穩重，慮事周全，頗有城府。依舊式的評判標準，是個夫唱婦隨的賢妻。丈夫娶了五房妾進門，她大體能不偏不倚，顯出「大姐大」的風範來。眾妾也都眾星捧月，趕著她叫「大姐姐」、「大娘」。

做「大姐」的，要眼觀六路，照顧全域。就說在吳大妗子家吃酒那一次，因天寒降雪，月娘吩咐小廝回家去取皮襖。小廝去後，月娘忽然想起，眾妾中獨有潘金蓮沒皮襖；便又趕緊吩咐玳安回去，把人家典當的一件皮襖取來。潘金蓮一再聲稱不要皮襖，只取「披襖子」來就行了；但月娘還是堅持把皮襖取來。因為在這種眾妾齊集的場合，她不能讓潘一個人因衣著寒酸而難堪。維護每一個家庭成員的面子，這是她做「大姐」的責任。

不過人非聖賢，孰能無過？「大姐」也有偏聽偏信、拈酸吃醋、看錯人、行錯事，乃至爭吵謾罵、有失身分的時刻。

月娘起初偏愛潘金蓮，忌妒李瓶兒。金蓮剛入門，對月娘極力奉迎，「每日清晨起來，就來房裡與月娘做針指，做鞋腳。凡事不拿強拿，不動強動。指著丫頭，趕著月娘一口一聲只叫『大娘』，快把小意兒貼戀。幾次把月娘喜歡得沒入腳處，稱呼她做『六姐』（這是潘金蓮在娘家的排行，叫起來更顯親切），衣服首飾揀心愛的與她，吃飯吃茶和她同桌兒一處吃」。這讓李嬌兒等人很是忌妒不平。

對李瓶兒，吳月娘的態度截然不同。未入門時，她就明確反對，對西門慶說：「你不好娶他的休。他頭一件，孝服不滿；第二件，你當初和他男子漢相交；第三件，你又和他（指花子虛）老婆有聯手，買了他的房子，收著他寄放的許多東西……奴說的是好話，趙錢孫李，你依不依隨你。」（第十六回）

由於吳月娘的阻攔，西門慶與李瓶兒的姻緣差點告吹。潘金蓮又無事生非、從中挑撥，西門慶一度跟月娘反目成仇，見面不講話。孟玉樓等曾勸吳月娘：「與他爹笑開了罷！」吳月娘卻信誓旦旦道：「……你不理我，我想求你？一日不少我三頓飯，我只當沒漢子，守寡在這屋裡。隨我去，你每不要管他！」又說：「五姐，你每不要來攛掇，我已是賭下誓，就是一百年也不和他在一答兒哩！」

直到那次西門慶大鬧妓院、踏雪歸來，聽到吳月娘向天祝禱之詞，兩人才盡釋前嫌。當時，月娘正在院中擺放香案，望空祝告說：

妾身吳氏，作配西門，奈因夫主流戀煙花，中年無子。妾等妻妾六人，俱無所出，缺少墳前拜掃之人。妾夙夜憂心，恐無所托。是以瞞著兒夫發心每逢夜於星月之下，祝贊三光，要祈保佑兒夫早早回心，棄卻繁華，齊心家事，不拘妾等六人之中，早見嗣息，以為終身之計，乃妾之素願也。

西門慶被月娘的真情所感，從此與月娘重歸於好。而因娶李瓶兒引起的風波，至此也才塵埃落定。

日久見人心。雖不很精明，卻也並不遲鈍的吳月娘，漸漸認清了諸妾的人品心性。李瓶兒生子之後，月娘與李瓶兒愈走愈近，對潘金蓮則日疏日遠。潘金蓮激打孫雪娥時，月娘還偏向金蓮、不置可否；及潘金蓮鼓動西門慶陷害來旺時，吳月娘終於看不下去了，勸西門慶：「奴才無禮，家中處分他便了。休要拉剌剌出去，驚官動府做甚麼？」西門慶不但不聽，反瞪著眼呵斥：「你婦人家不曉道理！奴才安心要殺我，你倒還教饒了他罷！」氣得月娘回到後面對孟玉樓等說：「如今這屋裡亂世為王，九條尾巴狐狸精出世。不知聽信了甚麼人言語，平白把小廝弄出去了。你就賴他做賊，萬物也要個著實才好。拿紙棺材糊人，成個道理？恁沒道理昏君行貨！」（第二十六回）此話隨後被孟玉樓添枝加葉傳到潘金蓮耳朵裡，吳、潘結怨，從此而始。

這以後，吳潘矛盾積累日深，先因潘金蓮私下截留李瓶兒的皮襖，後因潘金蓮公然到月娘屋裡招呼西門慶，致使月娘怨氣發作，與潘金蓮大鬧一場。

第七十五回，月娘正在屋裡跟大妗子和幾個尼姑聊天，說潘金蓮早早送走潘姥姥，也不來道別，「不知心裡安排著要起甚麼水頭兒哩」。說音剛落，在外面偷聽多時的潘金蓮猛然答話，於是又一場風波驟起：

> （潘金蓮）猛可開言說道：「可是大娘說的，我打發了他家去，我好把攔漢子！」月娘道：「是我說來，你如今怎麼的我？本等一個漢子，從東京來了，成日只把攔在你那前頭，通不來後邊傍個影兒。原來只你是他的老婆，別人不是他的老婆……」金蓮道：「他不來往我那屋裡去，我成日莫不拿豬毛繩子套他去不成！那個浪的慌了也怎的？」月娘道：「你不浪的慌，你昨日怎的他在屋裡坐好好兒的，你恰似強汗世界一般，掀著簾子硬入來叫他前邊去，是怎麼說？漢子頂天立地，吃辛受苦，犯了甚麼罪來，你拿豬毛繩子套他？賤不識高低的貨，俺每倒不言語了，只顧趕人不得趕上（意思是不要欺人太甚）。一個皮襖兒，你悄悄就問漢子討了，穿在身上，掛口兒也不來後邊題一聲兒……就是孤老院裡也有個甲頭！」

「要打沒好手，廝罵沒好口」。一向說話謹慎的吳月娘說到氣憤處，不假思考地罵道：「隨你怎的說。我當初是女兒填房嫁他，不是趁來的老婆。那沒廉恥趁漢精便浪！俺每真材實料，不浪！」「趁漢」即偷漢，此言一出，「一棒打著好幾個人」，把妓女出身的李嬌兒、夫死再嫁的孟玉樓，全都得罪了。潘金蓮更是不依不饒：

那潘金蓮見月娘罵他這等言語，坐在地下就打滾打臉上，自家打幾個嘴巴，頭上鬏髻都撞落一邊，放聲大哭，叫起來說道：「我死了罷，要這命做什麼！你家漢子說條念款說將來，我趁將你家來了？彼時恁的也不難的勾當，等他來家，與了我休書，我去就是了。你趕人不得趕上！」月娘道：「你看就是了，潑腳子貨！別人一句兒還沒說出來，你看他嘴頭子，就相淮洪（淮河的洪水）一般。他還打滾兒賴人，莫不等的漢子來家，好老婆，把我別變（打發，處治）了就是了。你放恁個刁兒，那個怕你麼？」

這一場嚷鬧，把吳月娘氣得「兩隻胳膊都軟了，手冰冷的」。待潘金蓮被孟玉樓等勸走後，月娘依舊對李嬌兒嘮叨不休：

你不知道，他是那九條尾的狐狸精，把好的（好的：這裡指李瓶兒）乞他弄死了，且稀罕我能有多少骨頭肉兒？你在俺家這幾年，雖是個院中人（指妓女），不像他久慣牢頭（意指久經摔打、極端頑劣）。你看他昨日那等氣勢，硬來我屋裡叫漢子：「你不往前邊去，我等不你，先去。」恰似只他一個人的漢子一般，就佔住了。不是我心中不惱，他從東京來家，就不放一夜兒進後邊來。一個人的生日（這裡指孟玉樓的生日），也不往他屋裡走走兒去。十個指頭，都放在你口內也卻罷了。

這一番話，雖然仍是針對潘金蓮，但目的已轉向籠絡、安撫李嬌兒、孟玉樓；這裡既有對剛才情急失言的彌補，也有爭取同情，與李、孟結盟，共同對付潘金蓮之意。正是在這些地方，顯出吳月娘的城府來。

「把家虎」吳月娘

吳月娘的城府，有時比西門慶還要深沉些。西門慶急著要娶李瓶兒，月娘把不可娶的理由一條條擺出來，句句無可辯駁，西門慶也不得不俯首聽從。另一回，西門慶升了提刑所正千戶，因事前走漏消息，官位差點被夏提刑擠掉。事後吳月娘譏諷西門慶「做事有些三慌子火燎腿樣」，要他：「你今後把這狂樣來改了。常言道：逢人且說三分話，未可全拋一片心。老婆還有個裡外心兒，休說世人！」（第七十二回）在吳月娘面前，西門慶倒像是個不諳世事的毛頭小子。

還有一回，吳月娘等到吳大妗子家吃酒賞雪，妓女吳銀兒也在。踏雪回家時，吳月娘派小廝玳安送吳銀兒回妓院去。潘金蓮問：「大姐姐，你原說咱每送他（指吳銀兒）家去，怎的又不去了？」月娘笑道：「你也只是個小孩兒，哄你說著耍子兒，你就信了。麗春院裡，那處是那裡，你我送去？」（第四十六回）「麗春院」就是妓院，吳月娘深知，那是正經婦女去不得的地方。潘金蓮的天真，吳月娘的老成，在這番對話中顯露無遺。

不過吳月娘對妓女並非真的反感，西門慶當官後，妓女李桂姐曾拜吳月娘為乾娘，月娘欣然接受，還常常留她在宅中過夜。月娘也並不反對丈夫跟妓女來往。第二十一回，西門慶大鬧李家妓院後，曾對吳月娘賭咒發誓：「我叫小廝打了李家一場，被眾人拉勸開了。賭了誓，再不踏院門了。」吳月娘回答說：「你躧不躧不在於我，我是不管你。傻才料，你拿響金白銀包著他（指妓女李桂姐），你不去，可知他另接了別的漢子。養漢老婆（指妓女）的營生，你拴住他身，拴不住他心。你長拿封皮封著他也怎的？」西門慶不由得心悅誠服：「你說的是。」後來西門慶依舊到妓院鬼混，一是本性難移，二來，吳月娘的話也起了作用。

大概吳月娘摸透了西門慶的脾氣：此刻賭咒發誓，天不亮就會丟到腦後；一個縱欲成性的人，要他跟妓院一刀兩斷，也難。也有學者分析說，吳月娘是想借妓女的力量，來制衡家中眾妾；因為跟同處一個屋簷下的眾妾相比，妓女對自己的威脅，畢竟要小得多。筆者認為，以妓女制衡眾妾的推測，可猜度而無實據。在人欲橫流、道德崩潰的年代，經濟上的考慮，很可能是吳月娘更重要的出發點。西門慶拿了五十兩銀子「梳攏」李桂姐，又每月二十兩「響金白銀」包著她，你不踏她的門，受損失的是你「傻才料」自己。

吳月娘不愧是「商人婦」，她對銀錢的關注，並不亞於西門慶。當李瓶兒背著花子虛把家中細軟祕密轉移到西門慶家時，「李瓶兒那邊同兩個丫鬟迎春、繡春，放桌凳，把箱櫃挨到牆上；西門慶這邊止是月娘、金蓮、春梅，用梯子接著，牆頭上鋪苫氈條，一個個打發過來，都送到月娘房中去」。參與這次祕密活動的，自然都是西門慶最可信賴的人，其中就有吳月娘。月娘的身分又不同於潘金蓮、龐春梅，那兩個是伙計、勞力，吳月娘卻是「內掌櫃」。這些財物最終在她的監督下，統統送到她的房中去。日常帳目可以委託他人經管，但在大宗財物的歸屬掌管上，她卻是一點不肯含糊。

吳月娘開始時對李瓶兒反感，大概也出於經濟上的原因吧。李瓶兒財勢逼人，多少讓吳月娘這個大老婆有些自慚形穢。況且因娶李瓶兒一事，西門慶與她反目，這又增添了她對李瓶兒的忌妒與排拒心理。李瓶兒入門不久，月娘的哥哥吳大舅也曾來勸妹妹：「自古癡人畏婦，賢女畏夫；三從四德，乃婦道之常。今後，姐姐，他（指西門慶）行的事，你休要攔他，料姐夫（仍指西門慶）他也不肯差了。落得你不做好好先生，才顯出你賢德來。」月娘回答：「早賢德好來，不教人這般憎嫌！他有了他富貴的姐姐，把俺這窮官兒家丫頭只當亡故了的算帳。你也不要管他，左右是我，隨他把我怎麼的罷。賊強人，從幾時這等變心來！」說著，哭起來。一方是「富貴的姐姐」，一方是「窮官兒家丫頭」，正是經濟的原因，導致了「賊強人」在貧富抉擇中傾向另一方。顯然，吳月娘是從金錢的角度，來解釋情變的原因。

也正是基於這種理解，吳月娘對家財的控制欲愈發強烈，成了名副其實的「把家虎」。她後來與潘金蓮之間發生「皮襖之爭」，原因正在於此。李瓶兒的那件皮襖，價值再高，也才六十兩銀子，跟吳月娘所掌握的萬貫家財相比，不過九牛一毛。月娘之所以再三強調「掛口兒也不來後邊題一聲兒」、「就是孤老院裡也有個甲頭」，爭的不是這六十兩銀子，而是正妻在這個家庭中的經濟權力以及由此奠定的權威地位。

吳月娘到底是怎樣一個人？書中的人物、書外的讀者和評論家，各懷己見。例如對吳月娘雪夜燒香這件事，潘金蓮的評論是：「……一個燒夜香，只該默默禱祝，誰家一徑倡揚，使漢子知道了，有這個道理來？又沒人勸，自家暗裡又和漢子好了。硬到底才好，乾淨假撇清！」清代小說評點家張竹坡也說吳月娘此舉「全是一團做作，一團權詐，愈襯得燒香數語之假也。故反覆觀之，全是作者用陽秋寫月娘，真是權詐不堪之人也」。

潘金蓮出於忌妒，對吳月娘的用心肆意曲解，妄加評判，不足為怪。張竹坡的評論，就有些誅求過甚了。評論文學人物，亦如斷案。面對嫌疑人，施行「有罪推斷」還是「無罪推斷」，結果大不相同。你先認定吳月娘是虛偽之人，再看她的言行舉止，只會覺得處處虛偽、句句不實。然而說她虛偽，實在找不出更多像樣的證據來。

學者陳寅恪先生曾提出，在歷史研究中應對古人施以「了解之同情」（陳寅恪，《馮友蘭中國哲學史上冊審查報告》）。將此原則移之文學人物的評判，同樣有效。吳月娘一片誠心，規勸丈夫，反遭丈夫誤解和冷落；為了維護自己的尊嚴，不肯主動服軟，當眾發誓「一百年也不和他在一答兒」，這是容易理解、也是值得同情的。至於她私下希望改善這種狀況，並祈求上蒼助佑，這同樣是可以理解的。即便真的懷有被丈夫看到、聽到的期冀，也是人之常情，並非大奸大惡之舉；人們無須譴責她虛偽、兩面派、「假撇清」、「權詐不堪」。

一些評論者總是吝惜那一點點同情心，不肯設身處地去體諒一下舊時婦女的處境。生活在那個時代、那樣的家庭中，吳月娘難道還有什麼更好的方法來擺脫情感失落的困境嗎？從月娘事後百般愛惜官哥來看，她對天禱告所說的「不拘妾等六人之中，早見嗣息，以為終身之計，乃妾之素願也」等語，並非虛妄之詞。李瓶兒生官哥後，她曾再三叮囑奶娘：「我又不得養，我家的人種，便是這點點兒，休得輕覷著他，著緊用心才好。」（第五十三回）至於她後來千方百計求醫問藥，計算時日，想自己為丈夫生一個男孩，恐怕也是彼時普天下女性（包括今天許多婦女）的共同心願。說是盡妻子之責也罷，說是鞏固自己地位也罷，說是希望終身有靠也罷，全是近人情、合倫理，無可厚非的。

至於月娘把持家財，忌妒李瓶兒，打壓潘金蓮，也不是她的錯。只要一夫多妻的婚姻制度存在，這種封建大家庭中的忌妒、傾軋就永無休止。貶低吳月娘的人，甚至包括鄙視潘金蓮的人，實在應當先對封建婚姻制度做一番審視與批判。是這種以男權為本位的糟糕制度，將婦女驅趕到人性的「鬥獸場」中，任憑她們在勾心鬥角的精神角逐中，激發出趨利避害、排他護己的動物本性來。空談金蓮淫妒、月娘虛偽的評論家們，缺乏的正是一種歷史的眼光、同情的態度。

自然，吳月娘有很多缺點和弱點，不過從她的結局——「壽年七十歲，善終而亡」（第一百回）來看，她應是作者肯定的極少數正面人物之一。而張竹坡的評論，則多少顯得有些過甚其辭、危言聳聽了。

只是西門慶死後，把持著這樣一大份家業的吳月娘，卻不得不將西門慶的遺腹子、自己的親骨肉孝哥捨入空門，反把自己平素最討厭的奴才玳安過繼為兒，承繼香火。這也是命運跟她開的殘酷玩笑吧。一部《金瓶梅》，居然沒有一個人的結局全無遺憾，這裡體現的，正是小說家對人生的認識。

笑到最後的李嬌兒

李嬌兒是西門慶的二房娘子，是最早嫁入西門家的妾。她本是妓女出身（「院中唱的」），「生的肌膚豐肥，身體沉重」。入門後曾一度掌管西門慶家的日常銀錢出入。她的侄女李桂卿、李桂姐也都是妓女。後來桂姐被西門慶包養，李嬌兒這個當姑姑興奮異常，一接到西門慶的指令，馬上發出五十兩一錠大元寶交給玳安，到「院」裡去打頭面、做衣服、定桌席，辦喜酒。日後李桂姐又拜吳月娘做了乾娘，這裡面的倫理關係，也就亂到不可梳理。

李嬌兒在西門慶家寡言少語、是非不多。丈夫很少到她房裡歇宿，她也不大爭競。不過她不愧是「商女」出身，她引來侄女，又介紹了當樂工的兄弟李銘到家中來教丫鬟們彈唱，不但每日「三茶六飯」招待，一個月還給五兩銀子（第二十回）。西門慶曾發誓再不踏李家院門，可李嬌兒編織的一張網早已把他團團罩定，西門慶想脫身，又談何容易？

李嬌兒明哲保身，同吳月娘等眾妻妾維持著不即不離的關係；可是她獨恨潘金蓮。潘金蓮剛進門時，李嬌兒見吳月娘事事關照她，就發牢騷說：「俺們是舊人，到不理論；他來了多少時，便這等慣了他，大姐好沒分曉！」（第九回）

後來西門慶迷戀李桂姐，在李家妓院一住半月；潘金蓮寫了簡帖招他回來。西門慶當著桂姐的面把帖子扯得稀爛，又把帶信兒來的玳安踢了兩腳。潘金蓮得知後，向吳月娘、孟玉樓抱怨說：「十個九個院中淫婦，和你有甚情實？常言說的好：船載的金銀，填不滿煙花寨。」這話恰被李嬌兒隔窗聽見了，兩人從此結怨。後來潘金蓮與琴童有私情，正是李嬌兒和孫雪娥向西門慶告密。儘管潘金蓮百般抵賴，躲過一場鞭打，但畢竟受了老大羞辱（第十二回）。後來李桂姐又逼著西門慶剪來潘金蓮的一綹頭髮踩在腳下，李、潘仇恨，也便愈結愈深（第十二回）。

一次，李銘喝了些酒，獨自在屋中教春梅彈琵琶。因春梅袖子寬，一下子把手兜住了。李銘把手拿起時，「略按重了些」，春梅便怪叫起來，罵道：「好賊王八！你怎的撚我的手，調戲我……」罵得李銘拿著衣服，慌忙逃走。潘金蓮在西門慶面前告了惡狀，弄得李銘很長時間不敢上門。此事其實是潘黨向李黨示威，春梅小題大做、替主子報仇（第二十二回）。

妓女出身的李嬌兒對金錢格外吝惜，不肯多花一文錢。第二十一回，孟玉樓提議眾妾每人出銀五錢（李瓶兒獨出一兩），安排酒席慶賀西門慶跟吳月娘和好。潘金蓮、李瓶兒都爽快地掏出來，李嬌兒卻念窮，說是：「雖是日逐錢打我手裡使，都是扣數的，使多少，交多少，哪裡有富餘錢？」孟玉樓使性子要走，她才勉強拿出一塊兒銀子來。潘金蓮上秤稱時，只有四錢八分。潘金蓮不由得罵道：「好個奸倭的淫婦！隨問怎的，綁著鬼，也不與人家足數，好歹短幾分。」孟玉樓也說：「只許他家拿黃桿等子秤人的，人問他要，只相打骨禿（骨禿：骨頭）出來一般，不知教人罵多少！」

李嬌兒愛金錢，她房裡的丫鬟偏偏就被捲進盜竊醜聞。那一回，西門慶拿了四隻金鐲子給官哥玩耍，末後丟了一隻，家中為此鬧得沸反盈天。傍晚時，有人發現李嬌兒屋的丫鬟夏花兒躲在馬槽底下，從她身上搜出丟失的金鐲。西門慶大怒，命人把夏花兒拶（一種用竹棍兒夾手指的刑法）起來，「拶的殺豬也似叫」。夏花兒最終承認，是從李瓶兒屋的地下撿到的。西門慶命李嬌兒先把人領回去，明日叫媒人來發賣。這事讓李嬌兒很沒面子，她當眾責備夏花兒：「恁賊奴才，誰叫你往前頭去來？養在家裡，也問我聲兒，三不知就出去了。你就拾了他屋裡金子，也對我說一聲兒！」

剛好李桂姐也在宅中，她背後埋怨姑母李嬌兒：「你也忒不長俊。要著是我，怎教他把我房裡丫頭對眾拶恁一頓拶子！又不是拉到房裡來，等我打。前邊幾個房裡丫頭怎的不拶，只拶你房裡丫頭？你是好欺負的，就鼻子口裡沒些氣兒……休教他領出去，教別人好笑話。你看看孟家的和潘家的，兩家一似狐狸一般，你原鬥的過他了？」（第四十四回）事後，到底是李桂姐向西門慶說情，把夏花兒留下來。跟侄女李桂姐比起來，李嬌兒確實活得有點兒窩囊。

不過西門慶一死，李嬌兒似乎頓時「精明」起來。第七十九回，西門慶暴亡，吳月娘忙著開箱拿銀子，讓吳二舅和賁四去買棺材。兩人前腳走，月娘後腳臨產，肚疼昏暈、不省人事。眾人忙著給西門慶穿衣服、照看月娘，李嬌兒趁屋內沒人，從開著的箱子裡偷了五錠元寶，用一疊紙掩蓋著，走回自己屋裡去。前有夏花兒偷金鐲，後有李嬌兒盜元寶，正可謂「有其主必有其僕」了。

待到西門慶出殯時，妓女李桂卿、李桂姐悄悄給李嬌兒帶話兒，叫她重歸妓院；又說應伯爵做媒，「大街坊張二官府要破五百兩金銀，娶你做二房娘子，當家理紀」；並一再囑咐：「你我院中人家，棄舊迎新為本，趨炎附勢為強，不可錯過了時光。」

李嬌兒心領神會。一天，她藉口月娘吃茶時沒有請她，跟月娘大吵大鬧，拍著西門慶的靈床子啼哭嚎叫，聲言上吊，鬧了大半夜。月娘慌了，請來李家老鴇，打發李嬌兒回妓院去。老鴇說：「我家人在你這裡，做小伏低，頂缸受氣，好容易就開交了罷！須得幾十兩遮羞錢。」吳月娘只得把她房中「衣服首飾箱籠床帳家活」都給了她。老鴇還提出，要兩個丫鬟元宵、繡春，被吳月娘一句：「你倒好買良為娼！」擋了回去（第八十回）。

李嬌兒回李家不久，便經應伯爵說合，嫁給張二官兒做了二房娘子，代價是三百兩銀子。李嬌兒這一年三十四歲，老鴇瞞了六歲，只說二十八。

西門慶生前形影不離、勢同手足的「朋友」應伯爵，此刻早已投奔了張二官兒。應伯爵還向張二官兒誇說潘金蓮的美貌風流，張二官兒記在心中。後來潘金蓮被吳月娘趕出發賣，張二官兒本待要娶回家，聽李嬌兒說，「金蓮當初用毒藥擺布死了漢子，被西門慶佔將來家，又偷小廝，把第六個娘子生了兒子，娘兒兩個生生吃他害殺了」，張二官兒於是打消了娶金蓮的念頭。只因李嬌兒這番話，潘金蓮錯過了再次出嫁的機會，終於等來了武松的鋼刀。在李、潘之爭中，李嬌兒笑到了最後。

富孀孟玉樓的「財」與「色」

西門慶第三房娘子孟玉樓，原是布商楊宗錫的「未亡人」。西門慶決定娶她，跟她擁有可觀的遺產有關。且不說銀子、布匹、衣服首飾，單是「南京拔步床」，她就有兩張。

想必孟玉樓有心再嫁、放出風來，賣翠花兼保媒拉纖的薛嫂從中撮合，把她的情形說給西門慶。說是保媒，可怎麼看怎麼像是談買賣。照理說，男方最看重的是女方的模樣、人品，可薛嫂摸準了西門慶的商人脾胃，倒先介紹起孟玉樓的身分、財產來：

這位娘子，說起來你老人家也知道，是咱這南門外販布楊家的正頭娘子。手裡有一分好錢。南京拔步床也有兩張，四季衣服，妝花袍兒，插不下手去，也有四五隻箱子。珠子箍兒、胡珠環子、金寶石頭面、金鐲銀釧不消說，手裡現銀子他也有上千兩，好三梭布也有三二百筩……（第七回）

接下來，話才入了正題：「這娘子今年不上二十五六歲，生的長挑身材，一表人物，打扮起來，就是個燈人兒。風流俊俏，百伶百俐，當家立紀，針指女工，雙陸棋子……又會彈了一手好月琴……」

西門慶急著要見見這位新人，可薛嫂話頭一轉，指點他先去拜會孟玉樓前夫的「姑娘」（也就是姑母）。原來，西門慶要想在這樁親事中「財色兩得」，還有個不小的障礙：孟玉樓前夫的舅舅張四，早就覬覦這筆財產呢！他揚言孟玉樓還有個小叔楊宗保（也就是前夫的弟弟），同樣有權繼承楊家財產，借此攔阻孟玉樓把楊家財產帶走。

跟張四舅的態度相反，前夫的姑母「楊姑娘」卻贊成侄媳再嫁。這位老太太無兒無女，無由從楊家財產中分一杯羹。因此，只要能得點兒好處，她才不管這筆財產落入誰手。

薛嫂於是給西門慶出主意：「這婆子愛的是錢財……大官人多許他幾兩銀子，家裡有的是那囂段子，拿上一段，買上一擔禮物，親去見他，和他講過，一拳打倒他！隨問傍邊有人說話，這婆子一力張主，誰敢怎的！」

果然，老太太見西門慶拿出六錠三十兩白花花的官銀，又聽說娶親之日，還可再得七十兩銀子、兩匹緞子，登時滿臉堆笑。她大包大攬：「我家侄兒媳婦不用大官人相（指相看、相親），保山（即媒人，這裡指薛嫂），你就說我說：不嫁這樣人家，再嫁甚樣人家！」

「價格」談妥，西門慶才去看「貨」。到了孟玉樓家客廳裡坐定，等待「大娘子」梳妝打扮的當口，薛嫂又抓空兒向西門慶補充說明「貨色」的價值：「……當初，有過世的他老公在鋪子裡，一日不算銀子，搭錢兩大簸籮。毛青鞋面布，俺每問他買，定要三分一尺。一日常有二三十染的吃飯，都是這位娘子主張整理。手下使著兩個丫頭，一個小廝。長了十五歲，吊起頭去，名喚蘭香；小丫頭才十二歲，名喚小鸞。到明日過門時，都跟他來。」你看，這位娘子不但嫁妝豐厚，人能幹，還捎帶著丫鬟、小廝過門，真是「物超所值」啊。

薛嫂如此誇耀，自然不是無所求，接下來便談到報酬問題：「我替你老人家說成這親事，指望典兩間房兒住。」見西門慶一口應承，薛嫂又補充說：「你老人家去年買春梅，許我幾匹大布，還沒與我。到明日，不管一總謝罷了。」

下一步就進入「驗貨」階段。但聞「環珮叮咚，蘭麝馥郁」，西門慶這才頭一次目睹了「月畫煙描、粉妝玉琢」的孟玉樓。新人的身材、氣質乃至那雙「金蓮」，都讓西門慶滿意；只是年紀與媒人介紹不符：西門慶自陳：「小人虛度二十八歲。」孟玉樓則實話實說：「奴家青春是三十歲。」這跟薛嫂介紹的「不上二十五六歲」，差著一截子呢！虧得薛嫂經驗豐富、擅長應對，接口便道：「妻大兩，黃金日日長；妻大三，黃金積如山！」好在西門慶對人物、嫁妝都十分滿意，也就不去計較。遂命家人呈上「插定（相親時，男方表示同意所呈的釵環禮品）」：錦帕二方、寶釵一對、金戒指六個。雙方又約定下聘及迎娶的日期。

西門慶眾妾中，跟他沒有婚前性行為的大概只有孟玉樓。孟玉樓的相貌也不是毫無瑕疵，「素額逗幾點微麻」（第七回）；年齡又比西門慶大兩歲。但這一回，最看重女人容貌、風情的西門慶，沒見面就下「賭注」，拿了三十兩白銀、一擔禮物去賄賂「楊姑娘」，以期婚事必成。這當然都是看在孟玉樓手裡的那兩張「南京拔步床」和一大筆浮財的份上。

惦著這筆遺產的張四舅，不能就此甘休。開頭，他想給孟玉樓保媒，從中撈取好處。他保的是尚推官的兒子尚舉人，因死了妻子，要娶孟玉樓做繼室。可惜張四舅晚了一步，西門慶那邊已經下了「插定」。

西門慶是「把持官府的人」，張四舅奈何不得他。張四舅眉頭一皺，計上心來，決心要攪黃這門親事。他來看孟玉樓，一見面就埋怨玉樓不該接西門慶的插定，說西門慶「積年把持官府」，是個「刁徒潑皮」，家裡有妻有妾、人口眾多，玉樓嫁過去，難免要「惹氣」。

孟玉樓心知他的來意，故意說：自古船多不礙路。他家的大娘子，我情願認作姐姐。他家人多也不怕，若是丈夫喜歡，人多又何妨？丈夫不喜歡，就只我一個也難過日子！再說，富貴人家，哪家沒有三妻四妾？「你老人家忒多慮了，奴過去自有個道理，不妨事。」

張四舅不死心，又說：西門慶最慣「打婦熬妻」，動不動叫媒婆來賣人，你受得了？孟玉樓說：「四舅，你老人家差矣！男子漢雖利害，不打那勤謹省事之妻。我到他家，把得家定，『裡言不出，外言不入』，他敢怎的？」

張四舅又一口氣提出好幾條理由：西門慶有女兒，不好相處；西門慶行為不端，專愛眠花睡柳；西門慶負債累累，過去後要跟著受苦……都被孟玉樓一一駁回。張四舅又羞又惱，掃興而回。不過他還有機會，要在孟玉樓出嫁這一天，當場攔截孟玉樓的「箱籠」。

一場金錢導演的文武大戲

到了娶親的那一天，西門慶派了家中的小廝伴當，還從守備府借來一、二十名軍牢，由薛嫂率領，進門要搬嫁妝，被張四舅上前攔住。當著四鄰的面，張四舅向孟玉樓宣稱，自己這是替小外甥仗義執言：「他是你男子漢一母同胞所生，莫不家當沒他的分兒？今日對著列

位高鄰在這裡，只把你箱籠打開，眼同眾人看一看……！」（第七回）

孟玉樓哭起來，說道：「眾位聽著，你老人家差矣！奴不是歹意謀死了男子漢，今日添羞臉又嫁人。他（指死去的丈夫）手裡有錢沒錢，人所共知。就是積攢了幾兩銀子，都使在這房子上。房兒我沒帶去，都留與小叔。家活（指粗重的家什）等件，分毫不動。就是外邊有三四百兩銀子欠帳，文書合同已都交與你老人家，陸續討來，家中盤纏（指開銷、使用）。再有甚麼銀兩來？」張四舅只是一再堅持：「你沒銀兩也罷，如今只對著眾位打開箱籠，有沒有，看一看。你還拿了去，我又不要你的。」孟玉樓就是不開箱：「莫不奴的鞋腳（指女人的鞋襪褻衣等），也要瞧不成？」

正在兩方僵持時，「楊姑娘」出場了，場面也就更熱鬧了。

姑娘開口道：「列位高鄰在上，我是他的親姑娘……莫不沒我說處？死了的也是侄兒，活著的也是侄兒，十個指頭咬著都疼。如今休說他男子漢手裡沒錢，他就是有十萬兩銀子，你只好看他一眼罷了！她身邊又無出（指沒有兒女），少女嫩婦的，你攔著不教他嫁人，留著他做什麼？」眾街鄰高聲道：「姑娘見得有理！」婆子道：「難道他娘家陪的東西，也留下他的不成？他背地又不曾私自與我什麼。說我護他，也要公道。不瞞列位說，我這侄兒，平日有仁義，老身捨不得他，好溫克性兒。不然，老身也不管著他。」那張四在傍，把婆子瞅了一眼，說道：「你好失心兒！鳳凰無寶處不落。」此這一句話，道著這婆子真病，須臾怒起，紫漲了面皮，指定張四大罵道：「張四，你休胡言亂語！

我雖不能不才，是楊家正頭香主。你這老油嘴，是楊家那膫子合的？」張四道：「我雖是異姓，兩個外甥是我姐姐養的。你這老咬蟲，女生外向行，放火又一頭放水！」姑娘道：「賤沒廉恥老狗骨頭！他少女嫩婦的，留著他在屋裡，有何算計？既不是圖色欲，便欲起謀心，將錢肥己！」張四道：「我不是圖錢，爭奈是我姐姐養的！有差遲多是我，過不得日子不是你。這老殺才，搬著大，引著小，黃貓兒黑尾！」姑娘道：「張四，你這老花根，老奴才，老粉嘴！你恁騙口張舌的，好淡扯！到明日死了時，不使了繩子扛子！」張四道：「你這嚼舌頭老淫婦！掙將錢來焦尾靶！怪不得恁無兒無女！」姑娘急了，罵道：「張四，賊老蒼根，老豬狗！我無兒無女，強似你家媽媽子，穿寺院，養和尚，合道士！你還在睡裡夢裡！」當下，兩個差些兒不曾打起來，多虧眾鄰舍勸住，說道：「老舅，你讓姑娘一句兒罷。」

這是小說中最熱鬧的一場戲！一個寡婦手裡的一筆財產，讓多少人期冀眼紅、夜不能眠、挖空心思！然而每個覬覦的人又都有一個冠冕堂皇的理由：張四舅是為了維護小外甥的利益——他年紀還小，「一個業障都在我身上」，我不管誰管？楊姑娘則看在守寡的侄媳「平日有仁義」、「好溫克性兒」，「不然老身也不管著他」！西門慶呢，是明媒正娶，納妻妾、搬嫁妝，儘管那陣勢更像是打劫！

楊姑娘「此地無銀三百兩」，信誓旦旦地當眾宣稱：「他背地又不曾私自與我什麼；說我護他，也要公道！」張四舅即刻反擊說：「你好失心兒！鳳凰無寶處不落！」暗示楊姑娘得了好處。偽善的面皮一旦撕破，什麼親情，什麼體面，全都顧不得了，只剩下底層社會最刻毒的詛咒與謾罵。

只看兩人不斷升級、變化無窮的「頭銜」，便知這種謾罵攻擊發展到何等程度：在張四舅口中，楊姑娘由「老咬蟲」、「老殺才」，一直升級為「嚼舌頭老淫婦」；而在楊姑娘嘴裡，張四舅則是「老油嘴」、「賤沒廉恥老狗骨頭」、「老花根」、「老奴才」、「老粉嘴」、「老蒼根」、「老豬狗」……

就在這兩位唇槍舌劍、吵得不可開交時，薛嫂趁亂率領小廝伴當和一、二十個軍卒，七手八腳把床帳、妝奩、箱籠「扛的扛，抬的抬，一陣風都搬去了」。只氣得張四舅大睜著雙眼，半晌說不出話來。鄰居們見狀，也都一哄而散。

鷸蚌相爭，漁翁得利。在這場火爆的大戲中，兩位前臺演員撕破臉皮，聲嘶力竭，然而一個獲利有限（一百兩銀子，四匹緞子，約合兩、三萬元），另一個兩手空空。唯一獲利豐厚的，是未登前臺的西門慶。此番孟玉樓帶到西門慶家的財產，少說也值白銀二、三千兩（合四、五十萬元），對於事業剛剛起步的西門慶，這又是不能按市價來計算的了。

有一件事發人深思：孟玉樓為什麼捨尚舉人，執意要嫁西門慶？尚舉人的父親是推官，本人讀詩書、有功名，家中饒有莊園田產，孟玉樓嫁過去又是做繼室正妻；西門慶只是個商人，在「士農工商」的等級排序中遠不能跟尚舉人相比。然而孟玉樓死心塌地要嫁西門慶，這是否說明在那個時代，商人地位竄升、財勢逼人，耀眼程度已遠遠超越地主士紳，成為市井女性婚嫁的首選？以往小說中抛彩球、選狀元的故事，已經成為過去。讀書做官、曲折遙遠的仕途之路，遠不如近在眼前、金光燦燦的經商之路更吸引人。這一點，我們從孟玉樓的選擇中已見端倪，而在後面西門慶與蔡狀元的對比中，得到進一步印證。

「和事佬」孟玉樓

孟玉樓婚後生活淒冷寂寞，從木嫁時就已註定。婚後，她只經歷了短暫的歡愉。潘金蓮入門後，她便被西門慶拋在腦後。之後李瓶兒入門，生下官哥，孟玉樓更無緣與丈夫親近。

小說第七十五回，吳月娘抱怨西門慶偏愛潘金蓮，要西門慶「冷灶著一把兒，熱灶著一把兒才好」，並舉眼前的例子，說孟玉樓生了病，在房裡噁心嘔吐，竟無人照看，逼著西門慶去探視。

見到呻吟不止的孟玉樓，西門慶帶著三分歉意說：「我不知道，剛才上房（指吳月娘）對我說，我才曉的。」孟玉樓道：「可知你不曉的！俺每不是你老婆，你疼心愛的去了！」又說：「今日日頭打西出來，稀罕往俺這屋裡來走一走兒。也有這大娘（指吳月娘），平白你說他，爭出來糊包氣！」西門慶推說近日事多，心不得個閑。孟玉樓說：「可知你心不得閑，可不了一個，心愛的扯落著你哩！把俺每這僻時貨兒，都打到揣字號（揣字號：似以科舉考試為喻，形容自己被置於落選地位）聽題去了，後十年掛在你那心裡！」孟玉樓的一腔怨氣一時噴發出來，在「第一奇書」本中，這一節的題目就叫「因抱恙玉姐含酸」。

儘管孟玉樓對西門慶偏愛潘金蓮心懷不滿，但在眾多妻妾中，孟玉樓跟潘金蓮關係最密切，兩人幾乎形影不離，遇事常能聲氣相通，被人視為一黨。李桂姐就曾對李嬌兒說：「你看看孟家的和潘家的，兩家一似狐狸一般，你原鬥的過他了？」（第四十三回）不過相比之下，孟玉樓要比潘金蓮平和得多。每逢潘金蓮拉著她發牢騷、說怪話，她多半總能加以規勸、解釋，或以沉默應對。許多時候，她還是這個家庭中彌合矛盾的「黏合劑」、和事佬。

李瓶兒入門時，西門慶怨恨她一度背叛自己，不肯出門去迎。李瓶兒的轎子在大門首落地，裡面半天沒人出來。是孟玉樓走到上房，對月娘說：「姐姐，你是家主，如今他已是在門首，你不去迎接迎接兒，惹的他爹不怪？他爺在卷棚內坐著，轎子在門首這一日了，沒個人出去，怎麼好進來的？」這吳月娘心中雖惱，但沉吟了一會兒，還是接受孟玉樓的建議，親自出去接進來。在這件事中，孟玉樓表現出調和矛盾、平息事態的足夠善意。

西門慶與吳月娘因迎娶李瓶兒一事意見不合，互不講話。孟玉樓又勸月娘：「姐姐在上，不該我說。你是個一家之主，不爭你與他爹兩個不說話，就是俺每不好張主的，下邊孩子們也沒投奔。他爹這兩日，隔二騙三的（疏遠冷淡），也甚是沒意思。看姐姐恁的依俺每一句話兒，與他爹笑開了罷？」（第二十回）月娘雖然當時還嘴硬，但這番勸說仍起到促和的作用。後來兩人和好，又是孟玉樓張羅著湊錢擺酒，替兩人慶賀（第二十一回）。

吳月娘與潘金蓮大鬧那一回，也是孟玉樓極力勸說，才將事平息。先是西門慶家準備接待侯巡撫，孟玉樓、李嬌兒等都在上房跟月娘一塊「裝定果盒，搽抹銀器」。吳月娘因日前的吵鬧而生病，玉樓等問起病情，吳月娘禁不住又發牢騷說：「什麼好成樣的老婆（是吳月娘自指），由他死便死了罷。可是他（指潘金蓮）說的：『你（指吳月娘）是我婆婆？無故只是大小之分罷了。我還大他（指吳月娘）八個月哩，漢子疼我，你只好看我一眼兒罷了。』他（指潘金蓮）不討了他（指西門慶）口裡話，他怎麼和我大嚷大鬧……常言道：一雞死，一雞鳴，新來雞兒打鳴不好聽？我死了，把他（指潘金蓮）立起來，也不亂，也不嚷，才『拔了蘿蔔地皮寬』！」（第七十六回）

玉樓聽了，勸道：「大娘，耶嚛耶嚛，哪裡有此話？俺每就代他（指潘金蓮）賭個大誓。這六姐，不是我說他，要的不知好歹，行事兒有些勉強，恰似咬群出尖兒的一般，一個大有口沒心的行貨子。大娘，你若惱他，可是錯惱了。」玉樓在此強調潘金蓮「有口沒心」，是先來淡化不合的激烈程度。月娘反駁說：「他是比你沒心？他一團兒心哩！他怎的會悄悄聽人兒，行動拿話兒譏諷著人說話？」玉樓又換一個角度，說：「娘，你是個當家人，惡水缸兒（意謂當家者要大度，能容納惡言惡語），不恁大量些罷了，卻怎樣兒的！常言『一個君子待了十個小人』。你手放高些，他敢（敢：就）過去了；你若與他一般見識起來，他敢過不去。」月娘其實更對西門慶不滿：「只有了漢子與他做主兒著，把那大老婆且打靠後。」玉樓說：「哄那個哩？如今像大娘心裡恁不好，他爹敢往那屋裡去麼！」這話說得月娘心裡舒服些，但仍說：「他怎的不去？可是他（指潘金蓮）說的，他屋裡拿豬毛繩子套他。不去？一個漢子的心，如同沒籠頭的馬一般，他要喜歡哪一個，只喜歡那個。誰敢攔他攔，他又說是浪了。」

玉樓不再反駁，而是提出具體的和解方案：「罷麼，大娘，你已是說過，通把氣兒納納兒（納：按捺）。等我教他（指潘金蓮）來與娘磕頭，賠個不是。趁著他大妗子在這裡，你每兩個笑開了罷。你不然，教他爹兩下裡不作難？就行走也不方便。但要往他屋裡去，又不怕你惱？若不去，他又不敢出來。今日前邊恁擺酒，俺每都在這裡定果盒，忙的了不得，落得他在屋裡全是躲猾兒，悄靜兒。俺每也饒不過她。大妗子，我說的是不是？」說起來，孟玉樓也真是一片苦心。前日吳月娘逼著西門慶到她屋裡探視，她這也是對月娘（還有西門慶）的回報吧。

勸說潘金蓮，任務就更艱鉅。孟玉樓又該怎麼說？

（孟玉樓）一直走到金蓮房中，見他頭也不梳，把臉黃著，坐在炕上。玉樓說：「六姐，你怎的裝憨兒？把頭梳起來，今日前邊擺酒，後邊恁忙亂，你也進去走走兒，怎的只顧使性兒起來？剛才如此這般，俺每對大娘說了，勸了他這一回。你去到後邊，把惡氣兒揣在懷裡，將出好氣兒來，看怎的與他下個禮，賠了不是兒罷。你我既在簷底下，怎敢不低頭。常言：甜言美語三冬暖，惡語傷人六月寒。你兩個已是見過話，只顧使性兒到幾時。人受一口氣，佛受一爐香。你去與她陪過不是兒，天大事都了了。不然，你不教他爹兩下裡也難？待要往你這邊來，他（指吳月娘）又惱。」金蓮道：「耶，耶，我拿甚麼比他？可是他說的，他是真材實料，正經夫妻。你我都是趁來的露水兒，能有多大湯水兒？比他的腳指頭兒也比不的！」玉樓道：「你由他說不是？我昨日不說的：一棒打三四個人。那就好？嫁了你的漢子，也不是趁將來的，當初也有個三媒六證，白恁就跟了往你家來？砍一枝，損百株。兔死狐悲，物傷其類。就是六姐惱了你（指吳月娘），還有沒惱你的。有勢休要使盡，有話休要說盡。凡事看上顧下，留些兒防後才好。不管蝗蟲螞蚱，一例都說著。對著他三位師父（指當時在場的三個尼姑）、郁大姐，人人有面，樹樹有皮，俺每臉上就沒些血兒？一切來往都罷了，你不去卻怎樣兒的？少不的逐日唇不離腮，還在一處兒。你快些把頭梳了，咱兩個一答兒到後邊去。」

孟玉樓再三勸說下，潘金蓮終於跟她來見月娘。這回孟玉樓用了插科打諢的工夫：

玉樓掀開簾兒，先進去說道：「大娘，我怎的走了去就牽了他來？他不敢不來！」便道：「我兒（這是招呼潘金蓮），還不過來與你娘磕頭！」在傍邊便道：「親家（這是招呼吳月娘，是孟玉樓有意裝作潘的母親，藉以沖淡尷尬氣氛），孩兒年幼，不識好歹，衝撞親家。高抬貴手，將就他罷，饒過這一遭兒。到明日再無禮，犯到親家手裡，隨親家打，我老身卻不敢說了。」那潘金蓮插燭也似與月娘磕了四個頭，跳起來，趕著玉樓打，直道：「汗邪（汗邪：因發燒而說胡話）了你這麻淫婦，你又做我娘來了！」連眾人都笑了，那月娘忍不住也笑了。玉樓道：「賊奴才，你見你主子與了你好臉兒，就抖毛兒打起老娘來了。」……月娘道：「她（指潘金蓮）不言語，哪個好說他？」金蓮道：「娘是個天，俺每是個地。娘容了俺每，俺每骨禿扠著心裡（有刻骨銘心之意）。」玉樓也打了他肩背一下，說道：「我的兒，你這回兒打你一面口袋了。」便道：「休要說嘴，俺每做了這一日活，也該你來助助忙兒。」這金蓮便洗手剔甲，在炕上與玉樓裝定果盒，不在話下。

這樣一場幾乎是無可彌合的矛盾，就這樣被孟玉樓化解了。孟玉樓的三寸不爛之舌、隨機應變的能力，實在是第一流的。這個始終醞釀著矛盾的家庭，就像是一口沸騰的大鍋，孟玉樓的作用，如同沸水滿溢時，及時向鍋中注入一瓢涼水。然而這種作用也只能奏效一時。在一夫多妻的家庭中，忌妒的灶火永無止熄之時，孟玉樓的全部努力，也只能換來短暫的平靜、虛假的和諧而已。

「挑撥者」孟玉樓

人性的複雜，常常是難以測度的。經常充當和事佬的孟玉樓，有時又扮演著截然相反的角色——挑撥者。

書中的幾次事端，都跟孟玉樓的挑撥有關。西門慶跟僕人來旺的妻子宋惠蓮有染，來旺酒後大罵西門慶和潘金蓮。潘金蓮懷恨在心，挑唆西門慶把來旺抓到衙門裡。宋惠蓮得知，百計說服西門慶放過來旺：「（來旺）這一出來，我教他把酒斷了，隨你去近到遠，使他往那去，他敢不去？再不，你若嫌不自便，替他尋上個老婆，他也罷了。我常遠不是他的人了。」西門慶聽了大喜，說：「我的心肝，你話是了。我明日買了對過喬家房，收拾三間房子與你住，搬了那裡去，咱兩個自在玩耍。」（第二十六回）

毫無城府的宋惠蓮不免得意，把這話洩漏給眾丫鬟媳婦們。

孟玉樓早已知道，轉來告潘金蓮說：他爹怎的早晚要放來旺兒出來，另替他娶一個；怎的要買對門喬家房子，把媳婦子吊（吊：安置）到那裡去，與她三間房住；又買個丫頭扶侍他，與他編銀絲䯼髻，打頭面，一五一十說了一遍；「就和你我等輩一般，甚麼張致（張致：樣子）？大姐姐也就不管管兒。」潘金蓮不聽便罷，聽了忿氣滿懷無著處，雙腮紅上更添紅，說道：「真個由他？我就不信了。今日與你說的話，我若教賊奴才淫婦與西門慶做了第七個老婆，我不是喇嘴說，就把潘字吊過來哩！」玉樓道：「漢子沒正條，大的又不管，咱每能走不能飛，到的哪些兒？」金蓮道：「你也忒不長俊，要這命做甚麼？活一百歲殺肉吃！他（指西門慶）若不依，我拚著這命，擯兑（擯兑：兑換，拚命）在他手裡，也不差甚麼！」玉樓笑道：「我是小膽兒，不敢惹他，看你有本事和他纏。」（第二十六回）

孟玉樓的這番「資訊通報」，徹底終結了宋惠蓮做妾的美夢。孟玉樓「小膽兒」，不敢惹西門慶，但客觀上，她是輾轉借著潘金蓮的力量，打消了宋惠蓮成為西門慶「第七個老婆」的可能性，也最終打發了來旺，送了宋惠蓮的命。

孟玉樓另一次傳話，是在第二十八回。潘金蓮與西門慶在花園白晝宣淫，弄丟了一隻繡鞋。鞋子被僕人來昭的小兒子小鐵棍兒揀到了，後被陳經濟騙到手，拿來送還潘金蓮。一個女人的「鞋腳」落在外人手裡，是件沒面子的事。潘金蓮因而挑唆西門慶，把小鐵棍兒暴打一頓。天底下哪個媽媽不心疼孩子呢？小鐵棍兒的媽媽「一丈青」為此「指東罵西」，大罵：「賊不逢好死的淫婦、王八羔子！我的孩子和你有甚冤仇？他才十一二歲，曉的甚麼……平白地調唆打他恁一頓，打的鼻口都流血。假若死了他，淫婦、王八兒也不好，稱不了你甚麼願！」前邊後邊，整整罵了一、兩天（第二十八回）。孟玉樓聽到了，次日與李瓶兒、潘金蓮閑坐時，向潘學舌道：

又說鞋哩，這個也不是舌頭（指傳閑話、嚼舌頭），李大姐在這裡聽著。昨日因你不見了這只鞋，來昭家孩子小鐵棍兒怎的花園裡拾了，後來不知你怎的知道了，對他爹說，打了小鐵棍兒一頓。說把他猴子打的鼻口流血，躺在地下死了半日。惹的一丈青好不在後邊海罵。罵那個淫婦、王八羔子學舌，打了他小廝。說他小廝一點尿不曉孩子，曉的什麼？便唆調打了他恁一頓。早是活了，若死了，淫婦、王八羔子也不得清潔！俺再不知罵淫婦、王八羔子是誰。落後小鐵棍兒進來，他大姐姐（指吳月娘）問他：「你爹（指西門慶）為甚麼打你？」小廝才說：「因在花園裡耍子，拾了一隻鞋，問姑夫（指陳經濟）換圈兒來（當時陳經濟曾答應小鐵棍兒用網圈換鞋），不知甚麼人對俺爹說了，教爹打我一頓。我如今尋姑夫，問他要圈兒去也。」說畢，一直往前跑了。原來罵的「王八羔子」是陳姐夫。早是只李嬌兒在傍邊坐著，大姐（指西門大姐）沒在跟前。若聽見時，又是一場兒。

潘金蓮最關心吳月娘的反應，忙問：「大姐姐沒說甚麼？」玉樓道：

你還說哩，大姐姐好不說你哩！說：「如今這一家子亂世為王，九條尾狐狸精出世了，把昏君禍亂的貶子休妻。想著去了的來旺兒小廝，好好的從南邊來了，東一帳，西一帳，說他老婆養著主子，又說他怎的拿刀弄杖，成日做賊哩，養漢哩，生生兒禍弄的打發他出去了，把個媳婦又逼臨的吊死了。如今為一隻鞋子，又這等驚天動地反亂。你的鞋好好穿在脚上，怎的教小廝拾了？想必吃醉了，在花園裡和漢子不知怎的錫成一塊，才吊了鞋。如今沒的摭羞，拿小廝頂缸，打他這一頓，又不曾為甚麼大事！」

潘金蓮聽了，罵了一聲「沒的那扯毬淡！」滔滔不絕把對吳月娘的不滿和盤倒出。孟玉樓見潘金蓮惱了，又勸道：「六姐，你我姊妹都是一個人，我聽見的話兒有個不對你說？說了，只放在你心裡，休要使出來。」潘金蓮哪肯善罷甘休？事後向西門慶告狀，差點兒把來昭一家轟出家門；而潘金蓮與吳月娘的矛盾，也愈結愈深。

孟玉樓難道不是個矛盾的人嗎？她時而規勸說合，平息家中此起彼伏的雞爭鵝鬥；時而學舌傳話，似乎又唯恐天下不亂。然而我們細想一下，事情也並不奇怪。

在西門慶所有妻妾中，孟玉樓年齡最大，嫁給西門慶時已經三十歲，比西門慶還要大兩歲。那一年，正妻吳月娘二十六歲，二房李嬌兒二十九歲，四房孫雪娥年齡不詳，大概二十六、七歲。潘金蓮與吳月娘同歲，也是二十六歲，但比月娘大八個月。李瓶兒年紀最小，那年只有二十三歲。

孟玉樓雖然屈居妾位，壓伏在吳月娘之下，但畢竟人過三十，年齡最長，在這群二十幾歲的男男女女中，不由自主地承擔起一份「老大姐」的責任來。當西門慶與月娘不和、月娘跟潘金蓮吵架時，總由她來說合了事，也便成為自然之理。她自己溫柔謙和，倒是從來沒跟誰紅過臉。

孟玉樓溫和不爭的態度，也是由她的自身條件決定的。她雖然談不上人老珠黃，但在眾妾中一無年齡優勢，二無過人容貌，「素額」上還「逗幾點微麻」。西門慶娶她本來就是看重她那份豐厚的嫁妝，一旦財貨到手，她也便「打入揣字號聽題」。連過生日時，丈夫都不曾主動到房中去一晚。好在孟玉樓有自知之明，雖偶有牢騷，倒也安之若素。

不過一個有錢、有閑、飽食終日的棄婦式人物，難免窮極無聊，要找些事情來排遣寂寞、打發日子。這個婦人的樂趣，大概就是傳播幾條小道消息，對家庭中的人和事評頭品足、發表看法——這也是證明自身存在的一種方式。包括她的「勸和」與「挑唆」，都有此種因素摻和在內。

但孟玉樓的勸和與挑唆又不是無原則的。她頗重尊卑意識，守著「主子」的底線，最不能容忍家庭秩序受「下人」挑戰。她看不慣僕婦宋惠蓮的「僭越」表現。一次眾妻妾吃茶、擲骰子，宋惠蓮「在席上斜靠桌兒站立……故作揚聲說道：『娘，把長麼搭在純六，卻不是天地分？還贏了五娘。』又道：『你這六娘骰子是個錦屏風對兒。我看三娘這么三配純五，只是十四點兒，輸了。』」孟玉樓見她不知高低，呵斥道：「你這媳婦子！俺每在這裡擲骰兒，插嘴插舌，有你甚麼說處？」把宋惠蓮說得「站又站不住，立又立不住，飛紅了面皮，往下去了」（第二十三回）。

其後僕人來興向潘、孟告發來旺酒後揚言，要殺西門慶和潘金蓮。孟玉樓聽了，「如提在冷水盆內一般，先吃一驚」。潘金蓮向她細述西門慶與宋惠蓮的關係，她恍然大悟道：「嗔道賊臭肉（指宋惠蓮）在那裡坐著，見了俺每意意似似的，待起不起的。誰知原來背地有這本帳！論起來，他爹也不該要他，那裡尋不出老婆來，教奴才在外邊猖揚，什麼樣子？傳出去了醜聽。」（第二十五回）她是很在乎主奴之分的。

孟玉樓還就此事委婉向潘金蓮建議：「這莊事咱對他爹（指西門慶）說好，不對他爹說好？大姐姐又不管。倘忽那厮真個安心，咱每不言語，他爹又不知道，一時遭了他手怎的？正是有心算無心，不備怎提備。六姐，你還該說說。正是為驢扭棍，傷了紫荊樹。」（第二十五回）到了下一回，孟玉樓又主動向潘金蓮彙報宋惠蓮的動向，最終導致惠蓮之死。

是什麼讓孟玉樓積極參與惠蓮事件？是因為不能容忍宋惠蓮跟自己平起平坐吧？她已經一讓再讓，聽憑潘金蓮、李瓶兒後來居上，她不能再讓一個奴才媳婦凌駕於自己之上。這大約就是這個「秩序維護者」的潛在想法吧？

帶著別人的婚床改嫁

「一丈青」因兒子小鐵棍兒挨打而「海罵」一事，也涉及「犯上作亂」這個敏感問題，引發孟玉樓的關注，跑到潘金蓮、李瓶兒面前撥弄。孟玉樓更希望看到一個尊卑有序、上下和睦的家庭。這倒與她當「和事佬」的初衷內蘊相通。此外，這種事在孟玉樓百無聊賴的平淡生活中，如同開胃的「胡椒粉」，讓她興奮；何況事情還涉及她的「好姊妹」潘金蓮，她自然不能不說。

至於她對吳月娘有微詞，那本是妻妾關係中的題中應有之義。何況月娘對寡婦再嫁頗有微詞，這也讓孟玉樓這個再嫁寡婦常懷尷尬，心生芥蒂。李瓶兒未來時，孟玉樓曾在吳月娘跟前評論說：「論起來，男子漢死了多少時兒，服也還未滿就嫁人，使不得的。」吳月娘道：「如今年程，論的甚麼使的使不的？漢子孝服未滿，浪著嫁人的，才一個兒？淫婦成日和漢子酒裡眠酒裡臥底人，他原守的甚麼貞節！」作者接下來有一段「看官聽說」：「月娘這一句話，一棒打著兩個人：孟玉樓與潘金蓮都是再醮嫁人，孝服都不曾滿。聽了此言，未免各人懷著慚愧歸房。」（第十八回）在這一點上，孟玉樓與潘金蓮同病相憐，這也成為兩人要好的基礎。

曾有一件事，把孟、潘從一開始就推到一起：潘金蓮私通琴童時，孟玉樓在西門慶面前替潘打保票：「你休枉了六姐心，六姐並無此事……我就替他賭了大誓。若果有此事，大姐姐有個不先說的？」（第十二回）孟玉樓為什麼替潘金蓮遮掩？因為琴童是孟玉樓的小廝，她替潘遮醜，同時也為了挽回自己的面子。

自然，性格的原因也是孟、潘結盟的原因之一。孟玉樓性格平和、軟弱，自知沒有爭勝的資本，但人非木石，誰能無怨？當她有怨言、有牢騷時，很需要一個聽眾來應和；她的某些願望，也需要一個強勢人物替她實現。潘金蓮則是一副敢罵敢恨的性格，有著無窮的牢騷和永不消歇的鬥志。兩人性格互補，一拍即合，幾乎成為這個家庭中一切是非的發源地。

不過與潘金蓮不同，作者基本上對孟玉樓還是肯定的。第二十九回西門慶請吳神仙來看相，對孟玉樓的描述是：「這位娘子三停平等，一生衣祿無虧；六府豐隆，晚歲榮華定取。平生少疾，皆因月孛光輝；到老無災，大抵年宮潤秀。」接下來的四句判詞是：「口如四字神清澈，溫厚堪同掌上珠。威媚兼全財命有，終主刑夫兩有餘。」除了最後一句，其餘多是好話。

孟玉樓的命運確實是眾妾中最好的。西門慶死後，李嬌兒、潘金蓮、孫雪娥都紛紛離家，她是最後一個離開的。她嫁給知縣的兒子李衙內。她來西門慶家時，曾帶兩張南京拔步床，如今改嫁，吳月娘為她準備的陪送物中仍有兩張拔步床，只是其中一張已非原物。

說到「拔步床」，又叫「八步床」，是一種傳統樣式的床具。一般用上好木料打製，床上部帶有木架，蒙以各色的輕紗，既可避蚊，又能透風，俗稱「碧紗櫥」。床前還設有腳踏。上品的拔步床雕刻精美，有的還彩畫描金或鑲有螺鈿。幾乎每個女人都夢想著有這樣一張華美的床。而孟玉樓獨有兩張，也足證她的闊綽。

孟玉樓入門不久，其中的一張床便被西門慶送了人。那時西門慶前妻所生女兒西門大姐出嫁，婚期緊迫，來不及攢造嫁妝，西門慶作主把孟玉樓的一張「南京描金彩漆拔步床」給大姐作嫁妝，搬去東京。日後這張床又隨夫婦倆搬回清河縣。大姐死後，因沒錢使，吳月娘八兩銀子把這張床賤賣，打發了縣裡的衙役（第九十六回）。

對舊時婦女而言，床便是婚姻的象徵物，也格外受女人的關注。書中除了孟玉樓的這兩張床，還不只一次提到床。第九回，西門慶娶潘金蓮回家，花十六兩銀子買了一張「黑漆歡門描金床」。但潘金蓮似乎並不滿意，她後來看上李瓶兒那張「螺鈿廠廳床」，逼著西門慶花了六十兩銀子，給自己也買了一張。那是一張「螺鈿有欄杆的床；兩邊槅扇都是螺鈿攢造，安在床內，樓臺殿閣，花草翎毛。裡面三塊梳背，都是松竹梅歲寒三友。掛著紫紗帳幔，錦帶銀鉤，兩邊香球吊掛」（第二十九回）。那在當時，是十分講究的了，價格合今天萬元以上。

西門慶死後，潘金蓮因不守婦道被趕出家門，最終死於武松刀下。她的那張床，當然沒能帶走，空在那裡。小說第九十六回，已經做了守備夫人的龐春梅回來祭奠舊主人。此刻西門慶已死三年，李嬌兒、孫雪娥、孟玉樓都先後離家，家中只剩下月娘一人。春梅發現，潘金蓮的屋中空空蕩蕩，床不見了。問過才知，那張床被吳月娘給了孟玉樓。吳月娘解釋說：「因有你爹（指西門慶）在日，將他（指孟玉樓）帶來那張八步床賠了大姐在陳家。落後他起身（指再嫁），卻把你娘（指潘金蓮）這張床賠了他嫁人去了。」春梅聞聽，心中酸楚，想道：「想著俺娘，那咱（那咱：那時）爭強不伏弱的問爹要買了這張床。我實承望要回了這張床去，也做他老人家一念兒，不想又與了人去了。」不由得心中慘切。

春梅又問起李瓶兒的那張床，月娘說：「家中坐吃山空，那張床也三十五兩銀子賣掉了。」春梅道：「可惜了的！那張床，當初我聽見爹說，值六十兩多銀子。只賣這些兒！早知你老人家打發，我倒與你老人家三四十兩銀子，我要了也罷。」

月娘為什麼急著把這幾張床送的送、賣的賣？家裡真的缺這幾兩銀子嗎？作者這樣寫，或許別有意蘊。作為婚姻的象徵物，西門慶把孟玉樓的床輕易送人，又替潘金蓮買了貴重的床，不難看出西門慶對兩個女人的不同態度。而由吳月娘的舉動，我們也能依稀看出她對幾位床主人的態度：人已經不在了，她們的床也跟著一塊兒消失吧。對這幾位，她大概始終沒什麼好感。

孟玉樓改嫁李衙內時，仍帶著兩張床。一張是她原有的，一張卻是潘金蓮的。孟玉樓與李衙內的美滿生活沒過多久，便因陳經濟的出現而被攪亂。那時陳經濟已被吳月娘趕出家門，走投無路，拿了一支刻有孟玉樓名字的金頭銀簪去訛詐她，被孟玉樓設計擒拿，經官動府。不過這件事也讓李知縣大丟面子。知縣把衙內教訓一通，打發他帶著孟玉樓回鄉攻書。

睡在潘金蓮的那張床上，又怎麼能指望美夢長久呢！

廚房裡的孫、龐之爭

孫雪娥和龐春梅是一雙死對頭、舊冤家。孫雪娥挨過西門慶兩頓拳腳，起因便由於春梅的挑撥。

按說孫雪娥的名分比春梅要高，她最早是西門慶原配夫人陳氏的「陪床丫頭」，後來為西門慶收房，戴了鬏髻，排行第四。書中介紹她「五短身材，輕盈體態，能造五鮮湯水，善舞翠盤之妙」（第九回）。可書中通篇並未見她「舞翠盤之妙」，只見她在廚房裡忙得不可開交，「單管率領家人媳婦在廚中上灶，打發各房飲食。譬如西門慶在那房裡宿歇，或吃酒吃飯，造甚湯水，俱經雪娥手中整理。那房裡丫頭，自往廚下拿去」（第十一回）。

在眾妾中，孫雪娥身分最低微。家中沒人尊稱她「四娘」。一次，李桂姐問洪四兒等幾個妓女從哪兒來，洪四兒說：「俺每在後邊四娘房裡吃茶來。」潘金蓮聽了，看著孟玉樓、李瓶兒笑，又問洪四兒：「誰對你說是四娘來？」妓女董嬌兒回答：「他留俺每在房裡吃茶來。他每問來：『還不曾與你老人家磕頭，不知娘是幾娘？』他便說：『我是你四娘哩。』」潘金蓮罵道：「沒廉恥的小婦人，別人稱道你便好，誰家自己稱是四娘來？這一家大小，誰興你？誰數你？誰叫你是四娘？漢子在屋裡睡了一夜兒，得了些顏色兒，就開起染房來了……」（第五十八回）滔滔不絕罵了半日。孫雪娥在這個家庭中的地位，也就可想而知。

春梅本是吳月娘的丫頭，潘金蓮入門後，西門慶派她去服侍金蓮。這春梅「性聰慧，喜謔浪，善應對，生的有幾分顏色」，不久也被西門慶「收用」了（第十回）。潘金蓮自此「不令他上鍋抹灶，只叫他在房中鋪床疊被，遞茶水，衣服首飾揀心愛的與他，纏的兩隻腳小小的」。「金瓶梅」書名中暗藏了西門慶所喜愛的三個女人的名字，這屋裡就佔了「金」、「梅」兩個。

孫雪娥與春梅的不合，起於一次玩笑（第十一回）。一日，春梅因瑣事挨了金蓮幾句罵，走到後邊廚房中「捶臺拍盤，悶狠狠的模樣」。孫雪娥看不過，「假意戲她道：『怪行貨子，想漢子便別處去想，怎的在這裡硬氣？』」春梅頓時暴跳起來：「那個歪斯纏（胡亂糾纏）我哄漢子！」孫雪娥見狀，不敢言語。春梅氣憤憤地回屋向潘金蓮學舌，又添油加醋地挑撥說：「她還說娘教爹收了我，俏一幫兒哄漢子。」金蓮聽了，「滿肚子不快活」。

第二日，西門慶在金蓮房中要吃荷花餅、銀絲湯，讓小丫頭秋菊去說，半日不見拿來。西門慶急著出門，又叫春梅去催。春梅「使性子」走到廚房，罵秋菊道：「賊餳奴，娘要卸你那腿哩！說你怎的就不去了哩！爹緊等著吃了餅，要往廟上去，急的爹在前邊暴跳，叫我採（揪）了你去哩！」孫雪娥聽了，大怒，罵道：「怪小淫婦兒，『馬回子拜節，來到的就是』！鍋兒是鐵打的，也等慢慢兒的來。預備下熬的粥兒，又不吃，忽剌八新梁興出來（指忽然出新花樣），要烙餅做湯，那個是肚裡蛔蟲？」兩人又相互罵了幾句狠話。

春梅回屋，當著西門慶的面向潘金蓮訴委屈：「我去時還在廚房裡雌（雌：逗留）著，等他慢條斯禮兒才和麵兒。我自不是，說了一句『爹在前邊等著，娘說你怎的就不去了？使我來叫你』；倒被那小院兒裡的（指孫雪娥），千奴才、萬奴才，罵了我恁一頓。說爹『馬回子拜節，來到的就是』，只相那個調唆了爹一般，預備下粥兒不吃，平白新生發起要餅和湯。只顧在廚房裡罵人，不肯做哩！」潘金蓮也在一旁幫腔：「我說別要使她（指春梅）去，人自恁和他合氣（意謂鬥氣），說俺娘兒兩個攔你在這屋裡，只當吃人罵將來。」主僕一唱一和，頓時激惱西門慶，到廚房中不由分說，踢了雪娥幾腳。西門慶前腳走，孫雪娥向家人來昭的妻子一丈青抱怨，被西門慶聽到，回來又打了幾拳。氣得孫雪娥在廚房裡「兩淚悲啼，放聲大哭」。

氣憤不過的孫雪娥到吳月娘房裡訴冤評理，被窗外的潘金蓮聽見，兩人又大吵了一頓。待西門慶回來，潘金蓮放聲號哭，向西門慶索要休書。西門慶「三屍神暴跳，五陵氣沖天，一陣風走到後邊，採過雪娥頭髮來，盡力拿短棍打了幾下。多虧吳月娘向前拉住了手」（第十一回）。孫雪娥與春梅、金蓮從此不共戴天。

春梅不服孫雪娥，大概因為兩人地位相近的緣故。孫雪娥原是陳氏的丫鬟，春梅也曾做過吳月娘的丫鬟。如今孫雪娥戴了䯼髻，做了第四房妾；春梅同樣被西門慶「收用」，得寵得勢，卻沒有妾的名分，這大概讓她有些不服氣，由此遷怒孫雪娥，也是勢所必至。從這件事也可以看出春梅的為人：不甘人下，霸道逞強，跟她的新主子潘金蓮，倒是「志同道合」的一對兒。後來發生的幾件事，也都體現了她的個性：一次是誣陷李銘調戲，替潘金蓮打擊李嬌兒一黨；另一次是「毀罵申二姐」（第七十五回）。

申二姐是個唱曲的「女先生」，年歲不大，雙目失明，會唱百來套曲子，常在吳月娘屋中唱曲、伺候。一日奶娘如意兒和丫鬟迎春請潘姥姥、春梅吃酒，讓另一盲歌女郁大姐彈唱助興。春梅聽說申二姐《掛真兒》唱得好，便讓小廝春鴻到月娘屋裡去叫。

此刻申二姐正陪吳大妗子、西門大姐以及三個尼姑和丫鬟玉簫在上房吃茶。春鴻掀簾子進去，招呼說：「申二姐，你來，俺大姑娘前邊叫你唱個兒與他聽去哩。」申二姐問：「你大姑娘（指西門大姐）在這裡，又有個大姑娘出來了？」春鴻說：「是俺前邊春梅姑娘這裡叫你。」申二姐說：「你春梅姑娘他稀罕，怎的也來叫的我？有郁大姐在那裡，也是一般。這裡唱與大妗奶奶聽哩。」大妗子在旁說：「也罷，申二姐，你去走走再來。」那申二姐只是坐著不動身。

春鴻回去向春梅學舌，「這春梅不聽便罷，聽了三屍神暴跳，五臟氣沖天，一點紅從耳畔起，須臾紫遍了雙腮」。她一陣風走到上房裡，指著申二姐一頓大罵：

> 你怎麼對著小廝說我「那裡又鑽出個大姑娘來了，稀罕他，也敢來叫我」？你是甚麼總兵官娘子，不敢叫你！俺每在那毛裡夾著來，是你抬舉起來，如今從新鑽出來了？你無非只是個走千家門、萬家戶，賊狗攮的瞎淫婦！你來俺家才走了多少時兒，就敢恁量視人家？你會曉的甚麼好成樣的套數唱？左右是那幾句東溝籬、西溝壩，油嘴狗舌，不上紙筆的那胡歌野調，就拿班做勢起來，真個就來了！俺家本司三院唱的老婆，不知見過多少，稀罕你這個兒……好不好，趁早兒去，賈媽媽與我離門離戶！

申二姐被罵得怔住了，敢怒而不敢言，半晌說：「耶嚛嚛！這位大姐，怎的恁般粗魯性兒？就是剛才對著大官兒（指春鴻），我也沒曾說甚歹，這般潑口言語瀉出來！此處不留人，也有留人處。」春梅火上澆油，罵得越發難聽。吳大妗子也勸不住。申二姐哭哭啼啼拜辭了大妗子，也不等轎子來，央畫童領著去了。春梅回到前邊，還惡狠狠地對眾人說：「乞我把賊瞎淫婦一頓罵，立攆了去了。若不是大妗子勸著我，臉上與這賊瞎淫婦兩個耳刮子才好。她還不知道我是誰哩！叫著她張兒致兒，拿班做勢兒的。」

春梅毀罵申二姐，是發生在吳月娘上房中的事。申二姐不來的理由，則是「唱與大妗奶奶聽哩」。因而春梅挑戰的，其實是吳月娘的權威。吳月娘當時不在現場，事後得知，十分氣憤。她向潘金蓮抱怨，潘金蓮不管；又向西門慶告狀，西門慶卻笑著說：「誰教他（指申二姐）不唱與他（指春梅）聽來？也不打緊處，到明日，使小廝送一兩銀子補伏他，也是一般。」吳月娘因此更加氣憤。剛好跟著就發生潘金蓮招呼西門慶回房的事，終於引發吳月娘與潘金蓮的公開對決。春梅罵申二姐事件，其實是這次衝突的一根導火線。

娥為財死，梅因色亡

春梅是《金瓶梅》中一個很特殊的女性。她個性倔強，自視甚高，似乎對金錢並沒有特殊的欲望，倒是對自己的臉面、尊嚴，格外在乎。她在書中的幾場大鬧，都跟維護面子有闕。自然，這種面子並不包括「貞節」，在明代中後期那樣一個畸形的時代，又是在西門慶那個畸形家庭裡，女性受到男主人的青睞，不但不丟「面子」，反而是件光彩事。因此春梅先與主子西門慶有染，後與「姐夫」陳經濟勾搭，在作者筆下，似乎都算不上什麼醜事。

只是春梅對主子的青睞，似乎也並不大兜攬，有時還給西門慶一點兒臉色看。一次潘金蓮回娘家去了，西門慶與李瓶兒吃酒，春梅掀簾子進來，說：「你每自在吃的好酒兒！這咱晚，就不想使個小廝接娘去？只有來安兒一個跟著轎子，隔門隔戶，只怕來晚了，你倒放心！」聽話音，不像是奴才央求主子，倒像是主子責備奴才。西門慶「滿臉堆笑」讓她一同喝酒，「那春梅一手按著桌頭且兜鞋」，說：「我才睡起來，心裡惡拉拉，懶待吃。」李瓶兒說：「左右今日你娘不在，你吃上一鐘兒怕怎的？」春梅道：「六娘，你老人家自飲，我心裡本不待吃，有俺娘在家不在家便怎的？就是娘在家，遇著我心不耐煩，他讓我，我也不吃。」這話軟中帶刺，讓李瓶兒無法搭言。西門慶又對春梅說：「你不吃，喝口茶兒罷。我使迎春前頭叫個小廝，接你娘去。」於是把手中的茶遞給春梅。「那春梅似有如無，接在手裡，只呷了一口，就放下了」（第三十四回）。

這就是春梅，雖然「身為下賤」，卻是「心比天高」。不過她並未久居人下、終生「下賤」，西門慶死後，她因與潘金蓮私通陳經濟，被吳月娘趕出家門，五十兩銀子賣給周守備做妾（第八十六回）。不想入門得寵，還替守備生了個小公子。守備正妻病死後，她竟扶正做了夫人。潘金蓮被武松殺死，還是春梅買了棺材發送她。「三十年河東，三十年河西」，小說家是要藉此說明人生命運之不可捉摸吧？

春梅的傳奇經歷，似乎還驗證了文學家「性格決定命運」的論斷。春梅好勝心強，始終不肯甘居人下，終於出谷遷喬，有了出頭之日。與之相反，孫雪娥自輕自賤，思想糊塗，是非不明，她的悲慘結局，恐怕也是由性格決定的。孫雪娥受潘金蓮、龐春梅主僕的百般欺凌，曾遭西門慶幾番毆辱。然而後來潘金蓮攛布來旺及宋惠蓮，孫雪娥卻又聽信潘金蓮的煽惑，跑去辱罵宋惠蓮，還大打出手，「一個巴掌打在（宋惠蓮）臉上，打的臉上通紅的」（第二十六回），宋惠蓮受了這場侮辱，懸梁自縊。孫雪娥實質上充當了潘金蓮的劊子手。

潘金蓮挑唆孫雪娥毆打宋惠蓮，也是「蒼蠅不叮無縫蛋」。原來孫雪娥跟宋惠蓮的丈夫來旺有私情，宋惠蓮同西門慶鬼混的消息，就是孫雪娥向來旺暗地通報的。西門慶得知雪娥跟來旺的關係後，暴跳如雷，把孫雪娥打了一頓，「拘了他頭面衣服，只教他伴著家人媳婦上灶，不許他見人」（第二十五回）。潘金蓮正是拿這事來挑撥，說這一切都是宋惠蓮背後指使。結果糊塗的孫雪娥出面做惡人，遂了潘金蓮的心願。

按名分說，孫雪娥是妾，春梅只是未正式收房的丫頭。然而春梅不肯低聲下氣，孫雪娥卻甘於伏低作小。在所有妻妾中，唯有孫雪娥不事打扮，「妝飾少次於眾人」（第十四回）。眾妻妾外出串親戚、吃酒席，孫雪娥也總是留守看家，上不得臺盤。有時家宴上吳月娘偶爾讓丫鬟執壺，親自給眾妾敬酒，「唯孫雪娥跪著接酒，其餘都平敘姊妹之情」（第二十一回）。別的妾見了西門慶、吳月娘，只須行禮問候，孫雪娥卻要伏地磕頭（第七十五回）。這一切，孫雪娥都安之若素，從不競爭。

至於經濟上，春梅跟著窮主子潘金蓮，肯定也不富裕，但她從不提起一字。孫雪娥則常常自怨自艾，把經濟困窘吵嚷得盡人皆知。那次眾妾每人出五錢銀子，請西門慶、吳月娘吃酒，孫雪娥對孟玉樓聲稱：「我是沒時運的人，漢子再不進我屋裡來，我那討銀子？」孟玉樓求了半日，只拿到三錢七分的一根銀簪（第二十一回）。另一回，由吳月娘提議，趁著過年，眾妻妾輪流擺酒請客。吳月娘初五請，李嬌兒初六請，孟玉樓初七，潘金蓮初八。問到孫雪娥，她「半日不言語」。月娘道：「她罷，你每不要纏她了，教李大姐挨著擺。」（第二十三回）

初十那天，輪到李瓶兒擺酒，派了丫鬟去請孫雪娥，「一連請了兩替，答應著來，只顧不來」。孫雪娥還發話說：「你每有錢的，都吃十輪酒，沒的拿俺每去赤腳絆驢蹄。」這話被孟玉樓抓住把柄，對月娘說：「俺每罷了，把大姐姐都當驢蹄子看承。」吳月娘也不高興：「他是恁不是材料處窩（處窩：指遇事懦弱退縮，上不得檯面）行貨子，都不消理他了，又請他怎的！」後來丫鬟玉簫問孫雪娥為什麼不去吃酒，她「鼻子裡冷笑」說：「俺每是沒時運的人兒，漫地裡栽桑——人不上他行。騎著快馬，也不上趕他。拿甚麼伴著他吃十輪兒酒？自下窮的伴當兒伴的沒褲兒！」孫雪娥就這樣，自動退出了妻妾的行列。

大概是要從身分更低的人那裡找回尊嚴和慰藉吧，孫雪娥選擇了僕人來旺做情人。來旺從杭州織造「蔡太師生辰衣服」回來，悄悄送了孫雪娥「兩方綾汗巾，兩雙裝花膝褲，四匣杭州粉，二十個胭脂」（第二十五回）。這些，都是孫雪娥從丈夫那裡得不到的。

來旺被西門慶、潘金蓮陷害，遞解徐州，宋惠蓮在潘金蓮、孫雪娥的摧辱下上吊身亡。孫雪娥的這段私情，也漸漸被人淡忘。不過西門慶死後，故事又出了續編。第九十回，來旺重新現身，已是個挑擔兒賣首飾的銀匠。孫雪娥舊情複燃，又因丈夫已死，要找個終身之靠，於是「抵盜了許多細軟東西，金銀器皿，衣服之類」，同來旺私奔。後來事發到官，孫雪娥「當官辦賣」，被龐春梅花了八兩銀子買回守備府，「撮去了鬏髻，剝了上蓋衣裳，打入廚下」，燒火做飯。

春梅是個記仇的人，當年的一句玩笑，兩番吵嚷，讓她一直耿耿於懷。孫雪娥在守備府中受盡折磨摧辱，又被賣入娼門。春梅還不肯饒她，一路追蹤。孫雪娥在逼迫之下，終於自縊而死，走完了悲慘的一生。

春梅對孫雪娥仇恨之深，有些不可理喻。不過想一想，這個一心出人頭地的女子，要的正是這種高高在上、掌握他人生殺之權的感覺，在今天的顯赫與昔日卑微的對比中，品味成功的樂趣。試看她當年拔尖爭勝的對象，也都是和她地位相同的「下等人」——廚子頭孫雪娥、樂工李銘、盲歌女申二姐……她所發動的，常常是「窮人對窮人的戰爭」。而她的每次爆發，都是要顯出自己對這個「下等人」圈子的超越，力圖過一把「主子」癮！

現代讀者大多不能認同這個有個性的女人。她對社會重壓的掙扎與反抗，是以欺凌弱者、踩著別人肩背向上爬的方式進行的；對真正的施壓者，她雖然也有挑戰，但並無實質的反抗。

春梅跟孫雪娥的第一次衝突，便是因春梅受了主子潘金蓮的氣，而把怒火轉嫁到無辜的孫雪娥身上。嚷罵之後，再回去向主子挑唆、買好、表忠心。

她毀罵申二姐，曾引起吳月娘的極大反感；後又因與潘金蓮「通同養漢」，被吳月娘發賣（第八十五回）。按說，春梅對吳月娘，應當是「苦大仇深」的。可嫁到守備府後，一次偶與吳月娘、吳大妗子、孟玉樓等在墳場相遇，春梅不但不記舊恨，反而「先讓大妗子轉上，花枝招展磕下頭去」，慌得大妗子邊還禮邊說：「姐姐，今非昔比，折殺老身。」春梅卻說：「好大妗子，如何說這話？奴不是那樣人！尊卑上下，自然之理。」然後又向吳月娘、孟玉樓「插燭也似磕下頭去……磕了四個頭」（第八十九回）。在封建時代，春梅如此表現，真值得大書特書；但今天的讀者看了，聯繫到她後來對孫雪娥的態度，就不免因她的勢利表現而大搖其頭了。

不過同出於西門慶這個銅臭薰天的商人之家，孫雪娥與龐春梅對待金錢的態度，卻始終不同。孫雪娥一面抱怨沒錢，私下卻攢了不少細軟。當她同來旺私奔時，大概還偷了一些銀錢。日後她與來旺借住屈姥姥家，因露財被竊，驚動了官府，兩人的「逃奴」身分也因而暴露。追贓時，追出被竊的「金頭面四件，銀首飾三件，金環一雙，銀鐘二個，碎銀五兩，衣服二件，手帕一個，匣一個」，又在來旺名下追出「銀三十兩，金碗簪一對，金仙子一件，戒指四個」，從雪娥處追出「金挑心一件，銀鐲一付，金鈕五付，銀簪四對，碎銀一包」，窩主屈姥姥名下追出「銀三兩」（第九十回）。若非錢多招眼、被盜經官，孫雪娥本來很可能逃離人們的視線，跟著來旺，過上不失小康的日子，那也算是對她屈辱半生的補償吧。然而最終還是貪財害了她。

龐春梅被吳月娘發賣時，卻是「罄身兒（空身，不帶任何衣飾細軟）」出門的。春梅聽說要賣她，「一點眼淚也沒有」，還對落淚的潘金蓮說：「娘，你哭怎的？奴去了，你耐心兒過，休要思慮壞了。你思慮出病來，沒人知你疼熱的。等奴出去，不與衣裳也罷，自古『好男不吃分時飯，好女不穿嫁時衣』！」雖經月娘的丫鬟小玉作主，偷偷給她留了幾件衣服首飾，但「餘者珠子纓絡、銀絲雲髻、遍地金妝花裙襖，一件兒沒動，都抬到後邊去了」。春梅跟著媒人「頭也不回，揚長決裂，出大門去了」（第八十五回）。她在西門家留下的最後身影，卻也剛烈倔強。

春梅後來在周守備家生子扶正，做了夫人，正應了那句「好女不穿嫁時衣」。只是不貪財的春梅，卻沒能跨越「色欲」關。她對陳經濟舊情未泯，打聽到陳經濟的消息，向周守備謊稱是自己的姑表兄弟，將陳接入府中，兩人背著守備暗中苟且。後陳經濟被守備的親隨張勝殺死，周守備也在抗金前線陣亡。春梅又與老家人周忠之子周義鬼混，最終縱欲而死。「萬惡淫為首」，從春梅的下場，我們看到小說作者對這個女人的最終否定。

第五部

透過錢眼看奴才

奴才來保的兩副嘴臉

西門慶家奴僕成行，家人、小廝、丫鬟、僕婦，算起來足有四、五十個之多。男性僕人中，又分「來」字號、「安」字號兩個系列。前者年齡較大，多半成家，有來保、來旺、來興、來昭、來爵等；後者多是未成家的小廝，有玳安、平安、鉞安等，另有琴、棋、書、畫四童及春鴻、王經等。至於西門慶家的伙計，則有傅自新、甘潤、賁地傳、韓道國等。伙計與僕人不同，僕人沒有人身自由，伙計跟主人則屬雇傭關係。

來保是西門慶最為倚重的大家人，所謂「紀綱之僕」是也。西門慶凡有重要事體，包括到東京打探消息，行賄贖命，押送生辰壽禮，到揚州支鹽以及到江南採購綢緞等，來保都是首選人物。他應是西門慶的「外交部長」和「商貿部長」。西門慶因進獻生辰厚禮當上提刑官，來保也跟著雞犬飛升，被授予「山東鄆王府校尉」。

西門慶一死，辦事穩妥、「忠心耿耿」的來保，頓時變了臉。他本來跟韓道國一同拿了四千兩本錢到江南置辦貨物。歸途中，韓道國得知西門慶的死訊，祕而不宣，張羅著賣掉一批貨物，自己帶著貨銀千兩從陸路先回，後來這筆銀子被韓道國獨吞。來保隨即也得知家中訊息，把前來接船的陳經濟引到歌樓上飲酒嫖妓，自己暗中把價值八百兩的貨物卸在臨清店家寄存，據為己有。回家後又嫁禍於韓道國，說他貪汙了兩千兩貨銀，此時韓道國已舉家遷往東京，無從對證。

來保還跟韓道國暗中結了兒女親家，裡應外合算計吳月娘。他對月娘的態度，也愈來愈放肆，甚至發展到公然調戲。「一日晚夕，（來保）外邊吃得醉醉兒，走進月娘房中，搭伏著護炕，說念月娘：『你老人家青春年少小，沒了爹，你自家守著這點孩兒子，不害孤另麼？』」（第八十一回）

蔡京管家翟謙從東京來信，索要西門慶家四個彈唱丫鬟，來保對月娘說：「你娘子人家，不知事，不與他（指翟謙）去就惹下禍了。這個都是過世老頭兒惹的，恰似賣富一般，但擺酒請人，就交家樂出去，有個不傳出去的……不如今日，難說四個都與他，胡亂打發兩個與他，還做面皮。」從前來保見了西門慶、吳月娘，不磕頭不說話，喊「爹」喊「娘」，連主子的相好妓女桂姐都稱呼「桂姨」；如今，吳月娘被省去稱呼，變成「你娘子人家」，從前的「爹」也成了「過世老頭兒」。

來保在西門慶家服役，應當沒有固定「工資」。但長期替主人奔走經商，接受賞賜、指油貪汙的機會還是不少。如第十八回西門慶派來保、來旺進京打探消息，給了兩人二十兩盤纏（相當於四千元），那是十分豐厚的。一般而言，兩個人的盤纏有十兩就足夠了。在各種活動中，來保還掌握著見機行事、行賄賂、遞紅包的權力，自然也有油水可撈。給蔡京送禮後，來保不但被授予「鄆王府校尉」，還得了蔡京賞的十兩銀子及翟管家給的五兩盤纏。第三十三回，因收買客商貨物，應伯爵從中漁利，分給來保四、五兩銀子。來保還曾與韓道國搭夥開絨線鋪，一日可賣幾十兩銀子，明裡暗裡也有分潤。來保陪韓道國送女進京，翟管家賞兩人二十兩路費（第三十八回）。而每次因來保辦事妥當，西門慶也都有封賞。如第四十八回來保進京行賄，辦事得力，又打聽得鹽政的好消息，西門慶大喜，「賞了來保五兩銀子、兩瓶酒、一方肉」。至於來保等到外地採購貨物，「成日尋花問柳，飲酒宿婦」（第八十一回），花的也都是東家的銀錢。

至於來保最後貪汙的八百兩銀子貨物，相當於十六萬元。來保拿這個錢偷偷在外面買了房子，開雜貨鋪。來保媳婦惠祥在主子家裡穿著「慘澹衣裳」，一出門則「從新換了頭面衣服，珠子箍兒，插金戴銀」，儼然主家婆模樣。有人把這情形告知吳月娘，來保聽了十分不滿，自誇功勞說：「……若不是我，（這些財貨）都乞韓伙計老牛箍嘴，拐了往東京去……如今還不得俺每一個『是』，說俺轉了主子的錢了，架俺一篇是非。正是割股的也不知，撚香的也不知……」（第八十一回）惠祥更是破口大罵：「賊嚼舌根的淫婦！說俺兩口子轉的錢大了。在外行三坐五，扳親家。老道出門（指窮人出門），問我姊那裡借的衣裳，幾件子首飾，就說是俺落得主子銀子治的！要擠撮俺兩口子出門，也不打緊。等俺每出去，料莫天也不著餓老鴉兒吃草。我洗淨著眼兒，看你這些淫婦奴才，在西門慶家裡住牢著！」吳月娘受不了這份聒噪，只得教他兩口兒搬離家中。來保從此大模大樣開起布鋪，「發賣各色細布」，填補了西門慶家布鋪歇業留下的商業空白，也成了有錢的「大官人」。

封建社會，等級森嚴，主奴之間存在著一條不可逾越的鴻溝。然而隨著商品經濟的發達，金錢逐漸取代倫理，成為社會的秤砣。身分低賤的奴僕有了本錢，照樣可以經商發財，改換門庭。西門慶活著時，來保這樣的「能人」屈於奴僕的地位，懾於主子的淫威，奉獻自己的才智替主子效勞牟利。但與此同時，他也摸透了主子的底牌，了解了一切合法與非法的運作門徑，磨礪了自己的本領。

一旦「閻王」西門慶一命歸西，最適合填補空缺的，便是「小鬼」來保這類人。在新一輪的商業洗牌中，來保已經抓住幾張關鍵的牌：不但饒有資金，有通暢的採買、銷售管道，還透過親家韓道國，加強了與東京翟管家的這層老關係。來保的前途，正不可限量。

至於說來保背主忘恩，也不能全怪他。商人西門慶之流早已破壞了封建體制賴以鞏固的倫常秩序。期盼西門慶手下能培養出恪守禮義、知恩圖報的心腹爪牙，簡直就是天方夜譚。貪汙主子的貨款，在來保看來，是「不義之財，取之無礙」。西門慶的錢本來也是巧取豪奪而來，他來保還從中出力不少，如今截留一部分，也算是按勞取酬吧。

來保調戲吳月娘、惠祥撒潑謾罵，大概也是一種策略吧。吳月娘果然不堪其擾，放他夫妻出門。來保得了自由身，等於抓到最關鍵的一張王牌；主人西門慶過的那種富足生活，正向他招手呢。

可惜後來傳出的消息，並不美妙。來保離開西門家後，恢復了本姓，改名湯保。他跟李三、黃四等幾個投機商人合夥做朝廷的招標買賣，因虧空了錢糧，被關入監獄。他的兒子僧寶兒也流落在外，「與人家跟馬」（第九十七回），仍沒逃脫當奴才的宿命。守著封建倫常立場的小說家，大概不願意看到「背主」的奴僕飛黃騰達，故意安排了這樣的下場吧？

同為「來」字型大小的僕人來旺，本來也是西門慶的得力幹僕，他的命運，比來保更為坎坷。在前面的篇章中，已有簡單敘介，後面還將提及一二。另一家人來昭，本來也是得力家人，後因兒子小鐵棍兒遭打、妻子「一丈青」謾罵而得罪了潘金蓮，一家人被西門慶趕到獅子街看守李瓶兒的舊宅。以後西門慶還曾啟用他支應店鋪，看守門戶。來旺和孫雪娥私奔，就曾得到來昭夫婦的掩護。看來他們多少還有些正義感、同情心。

玳安承嗣：吳月娘的無奈選擇

玳安是從西門慶家獲利最多的僕人。他本是西門慶的心腹小廝、貼身侍從。小說開始時，他大約只有十一、二歲。西門慶勾搭婦女、宿娼嫖妓，所幹瞞人之事，唯獨不瞞他。玳安為人機靈，擅長見景生情，隨機應變。李瓶兒婚前與西門慶偷情，西門慶留宿李家，打發玳安牽馬回去。李瓶兒囑咐玳安：「到家裡，你娘（指吳月娘）問，只休說你爹在這裡。」玳安心領神會：「小的知道，只說爹在裡邊（指妓院）過夜，明日早來接爹就是了。」西門慶聽了，也禁不住點頭（第十六回）。玳安口風甚緊，從不洩密，也因此讓西門慶對他格外信任。

玳安摸透主子的心思，簡直就是西門慶的「肚裡蛔蟲」。在對西門慶的了解上，吳月娘等眾妻妾也要甘拜下風。李瓶兒死了，西門慶悲痛萬分，一天水米不沾牙。吳月娘幾次派人請他用餐，都被趕出。只有玳安知道主子的脾氣，說是「請應二爹和謝爹去了，等他來時，娘這裡使人拿飯上去，消不的他幾句言語兒，管情爹就吃了飯」。吳月娘不信，說：「磣說嘴的囚根子，你是你爹肚裡蛔蟲？俺每這幾個老婆，倒不如你了。你怎的就知道他兩個來才吃飯？」然而事情的發展，果如玳安所說。

玳安不僅熟知西門慶的脾氣，他對這個家庭中每位主子的秉性習慣也都瞭若指掌。李瓶兒死後，玳安在與傅伙計的對話中，極力誇讚李瓶兒，因為李瓶兒為人和善，出手大方。至於其他妻妾，他也有評價：「俺大娘和俺三娘使錢也好。只是五娘和二娘慳吝些，他當家，俺每就遭瘟來，會把腿磨細了。會勝買東西，也不與你個足數，綁著鬼，一錢銀子拿出來只稱九分半，著緊只九分，俺每莫不賠出來？」說到吳月娘，據玳安道：「雖故俺大娘好，毛司火性兒。一回家好，娘兒每親親噠噠說話兒。你只休惱狠著他，不論誰，他也罵你幾句兒。總不如六娘……」潘金蓮又如何？「只是五娘快戳無路兒，行動就說『你看我對你爹說』，把這『打』只題在口裡。如今春梅姐，又是個合氣星，天生的都出在他一屋裡。」並評說潘金蓮，「他一個親娘也不認的，來一遭要便搶的哭了家去。如今六娘死了，這前邊又是他的世界，那個管打掃花園，又說地不乾淨，一清早辰吃他罵的狗血噴了頭！」（第六十四回）

玳安琢磨主子，當然是為了趨利避害，使自己能在這個複雜的人際環境中立於不敗之地。他總結了一套待人接物的原則手法，也養成一身阿上欺下、勢利待人、奸懶讒滑、避重就輕的壞毛病。

對待男主人西門慶，玳安是絕對「忠誠」的，一切以西門慶的喜惡愛憎為前提。就拿對待妓女李桂姐而言，她是西門慶最迷戀的妓女之一，西門慶也曾因愛生恨，對她的「不忠」

咬牙切齒、大動肝火。小廝玳安自然也跟著主子的態度忽冷忽熱，對李桂姐時而謾罵，時而趨奉。

小說第二十一回，潘金蓮、孟玉樓等張羅請客，派玳安去安排酒食。潘金蓮乘機向玳安打聽前一天西門慶大鬧李家妓院的事。玳安一五一十向潘金蓮學說，最後說：「爹使性步馬回家，路上發狠，到明日還要擺布淫婦哩！」潘金蓮聽了，十分解氣，但又調侃玳安說：「賊囚根子，他不俶不采，也是你爹的表子，許你罵他？想著迎頭兒俺每使著你，只推不得閑：『爹使我往桂姨家送銀子去哩！』叫的『桂姨』那甜！如今他敗落下來，你主子惱了，連你也叫起他『淫婦』來了！看我到明日對你爹說不對你爹說！」玳安回答：「耶嚛，五娘！這回日頭打西出來，從新又護起他家來了！莫不爹不在路上罵他淫婦，小的敢罵她？」金蓮道：「許你爹罵他便了，原來也許你罵他？」玳安道：「早知五娘麻犯小的，小的也不對娘說。」

日後，西門慶重與桂姐和好，玳安的態度又為之一變。第四十五回，桂姐在西門慶家住了幾天，要回妓院去，李嬌兒派小廝畫童抱著氈包送她。桂姐向西門慶辭行，捎帶給李嬌兒的丫鬟夏花兒說情，求西門慶別趕她出門。西門慶答應了，派玳安到後面告知吳月娘。玳安見此情景，馬上說：「拿桂姨氈包等我抱著，教畫童兒後邊說去罷。」搶過畫童的氈包，送桂姐去了。

玳安心裡明白：西門慶對夏花兒的處理朝令夕改、一日數變，肯定會招致月娘的不滿，並因之殃及傳話者；而送李桂姐回家，既能討好主人、又有額外賞賜。玳安剎那間做出判斷，利用自己的「大小廝」身分，把向吳月娘彙報的「苦活兒」強派給畫童，自己搶了送「桂姨」的「甜活兒」。從這件事的處理上，特別能看出玳安見景生情、以大壓小、趨利避害的處世哲學與應變能力。

另一回，吳大舅家娶兒媳，月娘與嬌、孟、潘、瓶諸妾同至吳家赴宴。家中因官哥啼哭，派了玳安、畫童提前接李瓶兒回去。玳安到吳家留下畫童，另帶了琴童護送李瓶兒回家，臨出門，除了原帶的一個燈籠，又向棋童要了一個燈籠。結果吳月娘等回家時，四乘轎只剩一個燈籠照明，惹得潘金蓮好不氣憤，對吳月娘說：「姐姐，你看玳安恁賊獻勤的奴才！等到家裡，和他答話！」（第三十五回）

回家後，潘金蓮對玳安不依不饒，說玳安「單揀著有時運的跟」，「他（指李瓶兒）一頂轎子倒佔了兩個燈籠，俺每四頂轎子反打著一個燈籠。俺每不是爹的老婆？」「哥哥，你的雀兒只揀旺處飛，休要認著了，冷灶上著一把兒，熱灶上著一把才好。俺每天生就是沒時運的來？」這話正說著玳安的心思，他無言以對，只好賭咒發誓：「娘說的什麼話！小的但有這心，騎馬把脯子骨撞折了！」

吳月娘也對玳安不滿，那次元宵節在吳大妗子家做客，因下雪，吳月娘吩咐小廝回家取皮襖。玳安把這受累的差事推給琴童。月娘得知後質問玳安：「好奴才，使你怎的不動……但坐壇遣將兒，怪不的，你做了大官兒，恐怕打動你展指兒巾，就只遣他（指琴童）去！」玳安辯解說：「娘錯怪了小的。頭裡娘吩咐若是叫小的去，小的敢不去？來安下來，只說教一個家裡去。」

月娘反問：「那來安小奴才敢分付你？俺們恁大老婆還不敢使你哩！如今慣的你這奴才們，想有些摺兒也怎的？一來至於煙薰的佛像掛在牆上——有恁施主，有恁和尚。你說我恁行動，兩頭戳舌，獻動出尖兒，外合裡表，奸懶食饞，奸消流水，背地瞞官作弊，幹的那繭兒，我不知道？頭裡你家主子沒使你送李桂兒家去，你怎的送她？人拿著氈包，你還匹手奪過去了。留丫頭不留丫頭（指夏花兒事）不在你，使你進來說，你怎的不進來？你便就恁送他（指李桂姐），裡頭圖嘴吃去了，卻使別人進來。須知我若罵，只罵那個人了。你還說你不久慣牢成？」

玳安還強詞奪理：「這個也沒人，就是畫童兒過的舌（過舌：傳話，搬弄是非）。爹見他抱著氈包，教我：你送送你桂姨去罷。使了他（指畫童）進來的。娘說留丫頭不留丫頭不在於小的，小的管他怎的！」月娘大怒，罵道：「賊奴才，還要說嘴哩！我可不這裡閑著，和你犯牙兒哩。你這奴才，脫脖倒坳過颺了。我使著不動，耍嘴兒。我就不信，到明日不對他（指西門慶）說，把這欺心奴才，打與他個爛羊頭，也不算。」（第四十六回）

上梁不正下梁歪。玳安年紀不大，卻耳濡目染，學會西門慶偷情嘗腥的那一套。他暗中與吳月娘的丫鬟小玉勾搭有染，又跟伙計賁四的老婆葉五姐私通（第七十八回）。一次玳安還拉著琴童跑到蝴蝶巷下等妓院去嫖娼。他狐假虎威，一拳打跑了屋裡的嫖客，老鴇見是兩位「官家哥哥」，連忙篩酒備菜，讓兩個姑娘上來唱曲伺候。

憑藉西門慶親隨小廝的身分，玳安還撈了不少好處。潘金蓮未嫁時，曾央求玳安給西門慶傳書帶信，答應給他「做雙好鞋」，又給了他「數十文錢」。李瓶兒未嫁時過生日，西門慶讓玳安送去壽禮，李瓶兒賞玳安「二錢銀子，八寶兒一方閃色手帕」（第十五回）。李瓶兒跟西門慶偷情，求玳安幫著遮掩，「拿二錢銀子，節間叫買瓜子兒嗑」（第十六回）。再如殺人犯苗青透過王六兒向西門慶行賄，玳安從王六兒那兒得了十兩銀子好處。苗青抬銀子進門時，又給了玳安、平安、書童、琴童四人十兩銀子，玳安至少得了二、三兩。此案西門慶得銀千兩，分一半給夏提刑。玳安抬銀子送去，夏提刑又賞了他二兩（第四十七回）。商人黃四因妻弟捲入人命案，求西門慶說情，玳安奔走傳信，黃四給了他一兩銀子（第六十七回）。何太監賤價買了夏提刑的房子，一時高興，賞了玳安三兩銀子（第七十一回）……

算起來，玳安日常所得雖不如來保多，但日積月累，也應不少。不過令來保望塵莫及的是，玳安最後得到的，是西門慶這個「千萬富翁」的全部家業！西門慶死後，吳月娘所生孝哥也被捨入空門。西門慶攢下的偌大家業無人繼承，月娘只得把玳安改名西門安，承受家業，人稱「西門小員外」（第一百回）。

西門慶一生巧取豪奪，掙得萬貫家財，「潑天的富貴」；他是否想過，自己是在替誰辛苦替誰忙？也許，當官哥夭亡、李瓶兒病死時，他已經模模糊糊意識到這一點。那時他對應伯爵訴苦說：「先是一個孩兒也沒了，今日他又長伸腳子去了，我還活在世上做甚麼？雖有錢過北斗，成何大用？」（第六十二回）吳月娘同樣心有不甘：她最不喜歡玳安，曾多次當面責罵他。但如今她不得不把自己的隨侍丫鬟小玉嫁給他，還把他過繼為兒，靠他養老送終。造化弄人，命運無常！這正是小說家深深感歎的。

小說中另一個小廝平安，為人老實卻心思愚鈍、笨嘴拙腮，常受主人責罵，最終身陷囹圄，下場悲慘。而玳安這樣一個「兩頭戳舌，獻勤出尖兒，外合裡表，奸懶食饞，背地瞞官作弊」的奸滑刁鑽之輩，卻揀了最大的便宜。小說如此收尾，又不同於一般別善惡、講因果的故事結局。從這裡，人們不難看出小說作者的清醒與困惑。

宋惠蓮的短暫人生

常跟來保一同替西門慶奔走貿易的家人來旺，本來也很受西門慶重用。後來卻遭受迫害，被捉拿到官，遞解回鄉。究其原因，只因他娶了個漂亮的妻子宋惠蓮，惹出無限煩惱。這正應了書中一句謠諺：「醜是家中寶，可喜惹煩惱。」

宋惠蓮生得模樣俊俏，「黃白淨面，身子兒不肥不瘦，模樣兒不短不長」，尤其是那雙腳，比潘金蓮的還要小些。一次，她向潘金蓮討了一雙舊鞋，竟用來當套鞋穿，去踩泥踏雪；這讓潘金蓮看了，心裡很不舒服。

宋惠蓮的性格也跟潘金蓮相像，「性明敏，善機變，會妝飾」，凡事喜歡拔尖，愛出風頭。她知道自己模樣好，也因此格外修飾打扮。看到主子孟玉樓、潘金蓮的時髦裝束，便也學著「把鬏髻墊的高高的，梳的虛籠籠的頭髮，把水鬢描的長長的」（第二十二回），在人前端茶遞水，很惹人注目。就是她的名字，最初也叫「金蓮」，為了主僕有別，才被吳月娘改成「惠蓮」的。

也難怪惠蓮「心比天高」，她確實有過人的本領。例如，她的一手烹飪「絕活」無人能比：能用一根柴禾，把個豬頭燒得稀爛。一次潘金蓮下棋，贏了李瓶兒五錢銀子，便買了豬頭豬蹄，點名讓宋惠蓮來燒。惠蓮「走到大廚灶裡，舀了一鍋水，把那豬首、蹄子剃刷乾淨，只用的一根長柴安在灶內，用一大碗油醬，並茴香大料拌著停當，上下錫古子扣定。那消一個時辰，把個豬頭燒的皮脫肉化，香噴噴五味俱全。將大冰盤盛了，連姜蒜碟兒，教小廝兒用方盒拿到前邊李瓶兒房裡」。事後她還到李瓶兒、潘金蓮跟前炫耀：「不瞞娘每說，還消不得一根柴禾兒哩。若是一根柴禾兒，就燒的脫了骨。」（第二十三回）

宋惠蓮的名聲並不好。她是賣棺材宋仁的女兒，早先賣到蔡通判家作丫頭，因「壞了事」，被趕出來，胡亂嫁給了廚役蔣聰。蔣聰常到西門慶家掌勺上灶，她又勾搭上了西門慶的僕人來旺。蔣聰死後，她便順水推舟做了來旺的媳婦。

專在女人身上下功夫的西門慶，自然不能放過送上門來的羔羊。他先藉口置辦貨物，把來旺打發到杭州，一去半年。又尋機借酒遮臉，在沒人處攔下宋惠蓮，向她許諾：「你若依了我，頭面衣服隨你揀著用。」宋惠蓮當時一聲兒沒言語，推開西門慶的手，回房去了。

不過第二天，當上房丫鬟玉簫拿了一匹高檔衣料「翠藍四季團花兼喜相逢段子」給她，聲明是西門慶送的，她也便半推半就地收下了。從這一刻起，宋惠蓮同西門慶的關係急劇升溫，甚至讓西門慶的「在冊」妻妾們也眼紅不已。而作為出賣「貞操」的代價，衣服、汗巾、首飾、香茶以及散碎銀兩，也便源源而來。

好虛榮的宋惠蓮常常不加掩飾地在門前賣弄，「成兩價拿銀錢買剪截花翠汗巾之類，甚至瓜子兒四五升量進去，教與各房丫鬟並眾人吃。頭上治的珠子箍兒，金燈籠墜子黃烘烘的，衣服底下穿著紅潞紬褲兒……見一日也花消二三錢銀子，都是西門慶背地與他的」（第二十三回）。

得意忘形的宋惠蓮甚至忘了自己「奴才老婆」的身分，「把家中大小都看不到眼裡，逐日與玉樓、金蓮、李瓶兒、西門大姐、春梅在一處頑耍」（第二十四回）。家中的小廝、鋪子裡的伙計，常被她支使得團團轉。該她做的活計，她卻常常推給人家。這種行為給她招來許多埋怨。

「妻妾層」對她也不滿意。一次月娘等人擲骰子取樂，因宋惠蓮在旁邊說三道四，被孟玉樓搶白了幾句：「你這媳婦子，俺每在這裡擲骰兒，插嘴插舌，有你甚麼說處！」羞得她「飛紅了面皮」，連忙逃走（第二十三回）。更糟的是，她無意中得罪了潘金蓮。一次，她與西門慶在藏春塢的山洞裡鬼混，隨口問起潘金蓮的身世，並說了幾句風涼話。這話恰被潘金蓮偷聽到了。儘管惠蓮事後百般辯解、告饒，又整天在潘金蓮房中「頓茶頓水，做鞋腳針指，不拿強拿，不動強動」；潘金蓮也許下既往不咎的承諾，還「賢慧大度」地為她和西門慶提供種種方便，但忌妒的種子一旦播下，便只能等著收獲憎恨與中傷。

矛盾終於因來旺一次酒後謾罵而爆發。來旺自杭州回來，從孫雪娥口中得知妻子的背叛行徑，心中憤憤。這天他酒後吐真言，當著家人小廝的面痛罵西門慶，揚言：「只休要撞到我手裡，我教他白刀子進去，紅刀子出來……破著一命剮，便把皇帝打！」（第二十五回）謾罵中還涉及「潘家那淫婦」。消息傳到潘金蓮耳中，這個無事尚且生非的女人，怎肯善罷甘休？她在西門慶跟前添油加醋地學說了一番，攛掇西門慶早做決斷、斬草除根！

宋惠蓮卻極力替丈夫辯白，向西門慶打保票：「他有這個欺心的事，我也不饒他！」又建議說：不如給他幾兩銀子做本錢，打發他到遠域他鄉做買賣。「這裡無人，他出去了，早晚爹和我說句話兒也方便些。」（第二十五回）西門慶聽了，回嗔作喜，打算先派來旺押送禮物到東京，然後再讓他去杭州繼續做生意。

潘金蓮自然不肯輕易罷手。她要排擠「情敵」宋惠蓮，必先剪其羽翼，打倒來旺；眼前的機會，可是轉瞬即逝、千載難逢的。跟宋惠蓮一樣，她懂得若要說服西門慶，就得站在西門慶的立場上提建議，她對西門慶說：「你若要他這奴才老婆，不如先把奴才打發他離門離戶。常言道：剪草不除根，萌芽依舊生。」（第二十六回）

西門慶聽潘金蓮的話，撤銷對來旺的委派。惠蓮馬上又找上門來：「爹，你是個人？你原說教他去，怎麼轉了靶子，又教別人去？你乾淨是個毬子心腸——滾下滾上；燈草拐棒兒——原拄不定！把你到明日蓋個廟兒，立起個旗杆來，就是謊神爺……」（第二十六回）

二「蓮」輪番上陣，幾個回合下來，西門慶最終還是站到了潘金蓮一邊。他先拿出三百兩銀子，假稱要讓來旺開酒店；到了夜間，則藉口花園有賊，引來旺出屋捉拿，反將來旺當賊拿下。又說來旺用錫鉛錠子「抵換」了銀子，把來旺送到大牢裡，嚴刑拷打。

這邊，西門慶對宋惠蓮封鎖消息，說來旺在衙門中「一下兒也沒打他，監幾日便放出來」。潘金蓮怕西門慶耳軟心活、中途變卦，又反復陳說，再三進讒。宋惠蓮的悲劇結局，就這樣註定了。

以後宋惠蓮得知丈夫被判了刑，已遞解還鄉，不由得閉門大哭，隨後便懸梁自縊，幸被人發現救起。潘金蓮豈能功虧一簣？她又挑唆跟宋惠蓮有新仇舊怨的孫雪娥毆辱惠蓮，惠蓮忍氣不過，再度自縊——這一回，她真的死了。

一個出賣了貞操的「烈婦」

宋惠蓮到底是個什麼樣的女性？在中外文學女性人物的畫廊裡，人們幾曾見過如此思想矛盾、感情倒錯的人物？她到底是該受鄙棄的蕩婦，還是應受尊重的烈女？

中國的傳統小說如《三國演義》、《水滸傳》等，在人物塑造上往往體現出極強的道德感。曹操的權詐詭譎、劉備的仁慈寬和，清濁分明，不可混淆。讀慣此類小說的讀者們也在渾然不覺中接受了這種二元的價值評判體系，漸漸在心目中樹立起非善即惡的閱人標準。而當宋惠蓮這樣的矛盾人物出現在面前時，人們便感到有些手足無措了。

然而這恐怕正是《金瓶梅》的價值所在。蘭陵笑笑生在開創以長篇體制敘寫世俗生活的先例時，也打破了一系列閱人閱世的傳統觀念。來自社會底層的小說家，已被世俗社會的生活醇酒浸泡透了。他筆下的人物，是對一個個活生生現實人物的妙筆寫生。同其他小說相比，《金瓶梅》的創作缺少一道工序，即把這些文學人物放上道德倫理的加工臺上，予以歸類整形、打磨拋光。然而「偷工減料」的結果，反倒令小說中的人物更接近現實生活中的原本生態。讀者可以直接感受到他們的體溫乃至汗臭，並借助文學的放大鏡，來發現在生活中習焉不察的人性光華與弱點。

習慣於善惡二元論的讀者最初會百思不得其解：一個嫁過幾任丈夫，又與主人偷情的「蕩婦」，怎麼會變得如此「節烈」？然而細細推想，這個人物的舉止言行，又是那麼真實可信，有著生活與性格的邏輯軌跡可循。

說到宋惠蓮的「失足」，首先不能不提物質享受的誘惑力。中國傳統文化為了應對物質生產不足、社會分配不公的永恆難題，一向施行「訓儉戒奢」的教化。然而人們對吃穿享受的企盼，又是與生俱來、難以抗拒的。在晚明社會上下瘋狂追求享樂的大背景下，又是西門慶家既官且商、紙醉金迷的小環境裡，若要僕婦宋惠蓮安於奴僕地位、不受近在眼前種種物質享樂的誘惑，又豈非天方夜譚？西門慶最初向她示好時，她也不是沒有拒絕、沒有猶豫。然而一旦見到漂亮而華貴的衣料，這個愛美女人的道德防線立刻土崩瓦解。以後每次幽會，她不是討銀子，就是要首飾——漂亮的衣飾和寬裕的零花錢，讓她體會到半個主子的感覺。

不平等的主奴制度，激勵了宋惠蓮的攀比望高之心。潘金蓮、孟玉樓儘管都是低人一等的媵妾，但比起「奴才老婆」宋惠蓮，卻又是高高在上的主子。你們可以「梳得虛籠籠的頭髮，把水鬢描得長長的」，我為什麼不可以？你不過也是個「回頭人兒」、「露水夫妻」（這都是宋惠蓮評論潘金蓮的話），我又差些什麼？憑什麼你是頤指氣使的主子，我卻是任人支使的奴才？

男主人的青睞，給了宋惠蓮滿足虛榮心、提升身價、超越對方的機會。儘管接過西門慶的藍緞子時，宋惠蓮可能並沒有明確的想法、長遠的打算，只是貪目前之利、逞一時之快。但這已足夠推動她跨越那道「貞節」門檻——其實這道門檻她已跨越多次。

促使宋惠蓮跨出這一步的，還有彼時彼地世俗風氣的濡染薰蒸。晚明之世，官方及道學家對節婦烈女的旌揚褒獎，已成為一種反諷；現實則是社會上下人欲橫流、道德淪喪。西門慶家的宅門內，更是一口大染缸。男主人的荒淫無度早已不是什麼祕密，而眾妻妾中，寡婦再嫁及妓女出身的，佔到了一半以上！丫鬟僕婦中稍有姿色者，全都與西門慶有染。道德本是大多數人遵從的一種倫理習慣，如果非道德行為成了主流，堅守道德者反而變得迂介可笑了。這使得宋惠蓮跨過這道門檻時，無須過多躊躇。

然而「一日夫妻百日恩」，宋惠蓮與來旺在共同生活中建立起來的夫妻情感，卻並未因她托身西門慶而消失殆盡。滲透到社會底層的「夫為妻綱」的觀念，也令她始終維護著丈夫和小家庭的利益。也許，如果沒有潘金蓮從中作梗，宋惠蓮由僕婦榮升為「七娘」，並非沒有可能；孟玉樓不就向潘金蓮透露過此類流言嗎？可眼下，宋惠蓮的所作所為，僅僅是以色相換取物欲享受、滿足她淺薄的虛榮心，此外便是給丈夫換來一份外快頗豐的穩定工作，為小家庭打下堅實的經濟基礎。

宋惠蓮不曾意識到，她是在危險的鋼索上努力保持著平衡。她自以為以她的能力和機敏，完全可以駕馭一切。但她低估了潘金蓮的力量，也高估了自己在西門慶心目中的分量。她太過天真，毫無城府，在兩軍對壘的關鍵時刻，稍佔上風便喜形於色，總能使對方輕易截取「情報」、加倍打擊。

不過在這場一邊倒的戰爭中，註定要失敗的宋惠蓮，卻在最後時刻顯現出剛烈潑辣的性格，爆發出耀眼的人性光輝。她不能忍受無端的欺騙與作踐，哪怕是來自強勢陣營。她尤其不能接受丈夫因自己一晌貪歡而遭受迫害的結局。在西門慶與潘金蓮的脅迫、欺凌面前，她選擇的不是忍辱妥協，而是公開抗爭。她痛哭、絕食，當面指責西門慶：

你好人兒！你瞞著我幹的好勾當兒……你原來就是個弄人的劊子手，把人活埋慣了，害死人還看出殯的……你也要合憑個天理！你就信著人，幹下這等絕戶計！把圈套兒做的成，你還瞞著我。你就打發，兩個人都打發了，如何留下我做甚麼？

西門慶派人送來的酒肉，被她摔出門。連僕人們都說：「看不出他旺官娘子，原來也是個辣根子，和她大爹白搽白折得平上（指公然頂撞，平打平鬧）。誰家媳婦兒有這個道理？」（第二十六回）話裡帶著同情與佩服，在這個家庭裡，在清河縣城，還沒有人敢這樣對西門大官人說話！

文學評論家常說，性格決定命運。不錯，宋惠蓮爭強好勝的性格，使她步入了西門慶用金帛設就的圈套，某種程度上滿足了她的虛榮心。又正是這種性格，驅使她向無理的壓迫做出奮力一擊，即使用生命為代價，也在所不惜！宋惠蓮的故事還告訴人們：即使是在舉世為金錢瘋狂的時代，金錢的作用有時也仍然有限。

瞧這一家子——王六兒、韓道國的無恥人生

王六兒是西門慶的姘頭之一，她的丈夫韓道國是西門慶雇來的伙計，先後幫西門慶經營絨線鋪、綢緞鋪，身分比來保、來旺等奴僕家人高一截，跟打理生藥鋪的傅伙計、開綢絹鋪的賁四同屬一個階層。在今天看來，這算是「白領」，而王六兒，就是一位「白領」夫人。

韓道國是底層社會的「能人」，八面玲瓏、能說會道，「寫算皆精」。他本是破落戶韓光頭的兒子，也曾做過絨線生意，因沒了本錢，一直賦閑在家。書中說他「性本虛飄，言過其實，巧於詞色，善於言談。許人錢，如捉影捕風；騙人財，如探囊取物」（第三十三回）。自從被西門慶聘來主持絨線鋪，他手頭寬裕，添衣置帽，愈發地飄飄然起來。

這天閑來無事，韓道國鞋帽光鮮地上街閑逛。遇著熟人，「或坐或立，口若懸河，滔滔不絕」。人家問起他開鋪子的事，他得意洋洋，揚著臉兒，搖著扇兒說道：「學生不才，仗賴列位餘光，在我恩主西門大官人做伙計，三七分錢。掌巨萬之財，督數處之鋪，甚蒙敬重，比他人不同。」有人質疑說：聽說你老兄在他家只做線鋪生意。韓道國笑道：

> 線鋪生意，只是名目而已。今他府上大小買賣，出入貲本，那些兒不是學生算帳？言聽計從，禍福共知，通沒我一時兒也成不得。大官人每日衙門中來家擺飯，常請去陪侍，

沒我便吃不下飯去……彼此通家，再無忌憚。不可對兄說，就是背地他房中話兒，也常和學生計較。學生先一個行止端正，立心不苟，與財主興利除害，拯溺救焚。凡百財上分明，取之有道……不是我自己誇獎，大官人正喜我這一件兒。（第三十三回）

正說得熱鬧，忽然有人匆匆來找：韓大哥，你還在這裡說什麼？家裡出事了！原來韓道國的老婆王六兒與小叔子「韓二搗鬼」私通，被一幫愛管閑事的鄰居捉姦，捆到衙門裡去了。韓道國聞言大驚失色，咂嘴頓足，藉口「學生家有小事，不及奉陪」，慌忙走掉了。

後來仗著「恩主」西門慶的勢力，王六兒和「韓二搗鬼」都無罪開釋，倒是那夥兒多事的鄰居，反被關押起來，好不容易湊了銀子上貢，才被放出來。結果是，韓道國沒能聽到西門慶的「房中話兒」，倒是自家的「房中話兒」被西門慶及眾人聽了個不亦樂乎。再後來，西門慶看上了王六兒，公然出入韓家，成了韓家真正的主人。韓道國反而退避三舍，連自家的「房中話兒」也聽不到了。《金瓶梅》的諷刺，永遠是這麼冷峻而辛辣！

西門慶頭一回注意到王六兒，是在小說第三十七回。東京權臣蔡京的管家翟謙向西門慶討一個女孩兒做妾，媒婆介紹了韓道國的女兒，十五歲的韓愛姐。西門慶出了二十兩銀子的財禮，並親自到韓家來相看。可是進門之後，西門慶的兩隻眼卻一個勁兒打量韓愛姐的媽媽王六兒。

王六兒是宰牲口王屠的妹子，排行第六。「生的長挑身材，瓜子面皮，紫膛色，約二十八九年紀」（第三十三回）。她為人乖覺，喜歡打扮，又很會說話，接了西門慶的銀兩，磕頭行禮道：「俺每頭頂腳踏，都是大爹的，孩子的事又教大爹費心。俺兩口兒就殺身也難報！」（第三十七回）說得西門慶心花怒放。不久，趁著韓道國送女兒去京城的當口，西門慶便勾搭上了這個女人。

不知是王六兒的「風月」本領好，還是「伙計的老婆」比「奴才的老婆」身價高，西門慶在王六兒身上花錢十分大方。第一次幽會，西門慶就答應替王六兒買個丫鬟。而且說到做到，第二天就在絨線鋪裡兌出四兩銀子，讓人把丫頭領來。從此王六兒也進入呼奴使婢的「主子」階層。

不久，王六兒又藉口打酒不方便，抱怨住得偏僻。西門慶又慷慨許諾「破幾兩銀子」，替她買一所位置好、生活便利的像樣房子（第三十八回）。新房子位於清河縣最繁華的獅子街上，是一所「門面兩間、到底四層的」宅子。「除了過道，第二層間半客位；第三層除了半間供養佛像祖先，一間做住房，裡面依舊廂著炕床，對面又是燒煤火炕，收拾糊的乾淨；第四層除了一間廚房，半間盛煤炭，後邊還有一塊做坑廁」。雖不十分寬敞，對於久居陋巷的韓道國夫婦，不啻是出谷遷喬、搬進天堂！

買房子共花了一百二十兩銀子，這是個十分可觀的數目，在當時可以買一萬六、七千斤白花花的大米，折合今天的人民幣，要值兩、三萬！「有恆產者有恆心」，西門慶替王六兒置下這份「不動產」，想必也期望從她那兒獲得一顆永恆不變的「芳心」吧？

此後，西門慶一個月要登門三、四次。每次來，總要帶來一、二兩銀子。鄰居們都看出其中奧妙，但人人懼怕西門慶銀錢官勢，誰敢多事？反而趕著韓道國夫婦稱「韓大哥」、

「韓大嫂」，年輕的更以「叔」、「嬸」相稱。從周圍人群中獲得「尊敬」，這也算是韓道國、王六兒在金錢之外的一種收穫吧。

韓道國對妻子「紅杏出牆」，又抱著什麼態度？他從東京送女兒回來，妻子一五一十地向他訴說與西門慶勾搭的經過，就像是述說一樁成功的買賣。末了說：「也是我輸了身一場，且落他些好供給穿戴。」韓道國回答說：「等我明日往鋪子裡去了，他若來時，你只推我不知道，休要怠慢了他，凡事奉他些兒。如今好容易撰錢，怎麼趕的這個道路！」聽了這恬不知恥的回答，王六兒笑罵：「賊強人，倒路死的！你倒會吃自在飯兒，你還不知老娘怎樣受苦哩！」兩人都笑起來。

這笑聲讓人不寒而慄！是什麼樣的社會環境，才能孕育出這樣一對悖逆人倫、喪失廉恥的男女？若說王六兒在得到金錢利益外，還能獲得一點兒偷情的樂趣，那麼我們實在捉摸不透解韓道國的心態：妻子不守婦道，作為一個男子漢，不但不以為恥，反而極力攛掇促成、提供方便，還暗自慶幸！在這一點上，他遠遠輸給尚有怒罵之勇的來旺。

小說多次對王六兒、西門慶偷情的肉麻場面做不厭其詳的描述，讀者幾乎產生錯覺，認為這一對苟合男女之間，大概真的有那麼一點兒撕扯不斷的真情。西門慶臨死前的最後一晚，便是在王六兒家度過的。為了籠絡西門慶，王六兒還送上自己的一綹頭髮以及精心製作的同心結等飾物。作為回報，西門慶則讓王六兒去鋪子裡拿一套衣服，「隨你要甚花樣」。

然而西門慶屍骨未寒，王六兒早已換了一副面孔。西門慶死時，韓道國正在揚州辦貨。他途中得知西門慶的死信，先賣了一千兩銀子的貨物，帶了貨款回家來見王六兒，商量著第二天把銀子送交吳月娘。王六兒卻道：「他（指西門慶）在時倒也罷了，如今你這銀，還送與他家去？」韓道國問：「咱留下些，把一半與他如何？」王六兒啐一口道：「呸！你這傻才，這遭再休要傻了！如今他已是死了，這裡無人，咱和他有甚瓜葛……到不如一狠二狠，把他這一千兩，咱雇了頭口，拐了上東京，投奔咱孩兒那裡。愁咱親家太師爺府中招放不下你我？」韓道國還在猶豫：「爭（怎）奈我受大官人好處，怎好變心的，沒天理了！」王六兒道：「自古天理倒沒飯吃哩！他佔用著老娘，使他這幾兩銀子不差甚麼。」與六天前在這間屋子裡的蜜意柔情、海誓山盟相比，王六兒的這番話，顯得格外冷酷！按舊時風俗，此刻西門慶離世尚未「斷七」。

儘管完全喪失了羞恥感，韓道國的內心深處，畢竟還殘存著一點對「天理」的敬畏；王六兒這個遠離封建教化的下層婦女卻要徹底得多，在經營肉體和廉恥這種特殊商品時，她既冷靜又精明，深知貨物的價值，也決不肯放過轉瞬即逝的「商機」。此番描寫，顯然還浸潤著小說作者的成見，女人皆「禍水」！在「小人」與「女子」的對照中，「女子」的冷酷無情更甚於「小人」。

在所有同西門慶有染的女人中，王六兒獲利最多：嫁女兒曾獲西門慶資助二十兩；送女兒到東京又得「回扣」五十兩；西門慶替她買小丫鬟，身價四兩；又買獅子街住宅，房價一百二十兩；王六兒替殺人犯苗青說合官司，得銀一百兩……其中最大的一筆，是最後夫妻倆拐走的一千兩貨款，相當於今天的二十萬元！至於西門慶平日所贈衣物、首飾、散碎銀兩，尚未計算在內。如此豐厚的回報，就是職業「商女」李桂姐、吳銀兒之輩，也望塵莫及。

清河縣西門大官人家樹倒猢猻散之際，正是韓道國、王六兒闔家飛升之時。韓道國腰纏萬貫，到東京太師府總管家去做老太爺。那千兩白銀，足以洗刷、補償過去的羞恥與屈辱。不過小說家並沒讓這一對男女美夢成真。若干年後，蔡京、童貫等「六賊」遭人彈劾，「拿送三法司問罪，發煙瘴地面永遠充軍」。翟管家自顧不暇，韓道國一家三口也流落他鄉。為衣食所迫，王六兒和女兒愛姐這回真的操起了妓女生意。以後愛姐巧遇陳經濟，本以為終身有靠，可陳經濟又死於非命。這個在泥水坑中長大的無辜女孩兒，只有遁入空門，出家為尼，不久就死了。

天無絕人之路。徐娘半老的王六兒又傍上了販絲棉的客商何官人，並帶了韓道國，一同回何官人的老家湖州去。何官人和韓道國相繼死去後，韓道國的弟弟「韓二搗鬼」又尋上門來。叔嫂舊情還在，守著何官人留下的幾畝薄田，苟且度日。在亂倫的泥潭裡，王六兒這回是一沉到底了。

至於西門慶用一百二十兩銀子為王六兒置下的「不動產」，在韓道國夫婦離開後，早已被「韓二搗鬼」變賣一空。以前因「韓二搗鬼」騷擾王六兒，西門慶曾藉官勢懲罰過他。然而西門慶做夢也想不到，他為王六兒支付的「花錢粉鈔」，最終卻讓韓二搗鬼坐享其成。世事難料，小說家在此再一次表達了他的人生感喟。

第六部

門裡門外眾生相

「人窮志短」話幫閑

《金瓶梅詞話》卷首有一篇署名「東吳弄珠客」的序言，拿戲曲角色來比擬書中人物，說小說家是「借西門慶以描畫世之大淨，應伯爵以描畫世之小丑」。這裡所謂「大淨」，指的是戲曲中的大花臉，小丑即戲曲中的丑角。這個比喻，頗為恰當。因為在西門慶身邊，確實圍繞著一批小丑式的人物：打頭的是應伯爵，此外還有謝希大、祝日念、孫寡嘴、吳典恩、雲離守、常時節、卜志道和白來創；連同西門慶，剛好是「十兄弟」（第十回）。後來蔔志道病死，又補上花子虛。

這些人中除了西門慶、花子虛，其餘的大半是「幫閑」、「篾片」。說得好聽一點兒，叫「清客」；說難聽了，叫「狎客」；北方又叫「陪堂的」、「幫襯的」，南方蘇州一帶叫「老白煮」、「老白賞」、「忽板」。明代人朱權對這類人有個解釋說：「無籍之徒，不務生理，專幫富家子弟宿唱飲酒，以肥口養家而已。宋柳卿、騙子傳是也。」（《原始祕書》卷十，轉引自陳寶良，《明代社會生活史》）《金瓶梅》中的十兄弟中，大多是此類人。

小說第十二回，西門慶貪戀妓女李桂姐，整日在李家妓院鬼混，一住半月；陪伴他一同吃酒、聽曲、講笑話、調妓女的，便是應、謝、祝、孫、常等篾片們。一日謝希大講笑話，諷刺妓女愛財，對嫖客「有錢就流（留），無錢不流（留）」；李桂姐反唇相譏，說應、謝等人只會「白嚼人」（吃白食）。眾幫閑假作生氣，應伯爵說：「可見得俺每只自白嚼你家孤老（孤老：是對妓女固定嫖客的稱呼，這裡指西門慶），就還不起個東道？」說著，從頭上拔下一根「鬧銀耳斡兒（鬧銀：一種純度不高的銀子；耳斡兒：耳挖勺），重一錢」；謝希大拿了一對「鍍金網巾圈，秤了秤，只九分半」，祝日念「袖中掏出一方舊汗巾兒，算二百文長錢」；孫寡嘴「腰間解下一條白布男裙，當兩壺半壇酒」；常時節沒錢，向西門慶借了「一錢成色銀子」。於是「買了一錢螃蟹，打了一錢銀子豬肉，宰了一隻雞」，老鴇又搭了些小菜，大盤小碗，安排了一桌。

別看眾幫閑出錢時扭扭捏捏，吃起飯來卻毫不客氣：

眾人坐下，說了一聲動筋吃時，說時遲，那時快，但見：人人動嘴，個個低頭。遮天映日，猶如蝗蝻一齊來；擠眼掇肩，好似餓牢才打出。這個搶風膀臂，如經年未見酒和肴；那個連二筷子，成歲不逢筵與席。一個汗流滿面，恰似與雞骨朵有冤仇；一個油抹唇邊，把豬毛皮連唾咽。吃片時，杯盤狼藉；啖良久，筯子縱橫。杯盤狼藉，如水洗之光滑；筯子縱橫，似打磨之乾淨。這個稱為「食王元帥」，那個號作「淨盤將軍」。酒壺番晒又重斟，盤饌已無還去探。正是：珍羞百味片時休，果然都送入五臟廟。

這篇駢體文字雖然不很高明，卻把眾幫閑貪婪下作的醜態，刻畫得窮形盡相。

吃慣了白食的人，這一次吃的是自己的，當然心有不甘，「那日，把席上椅子坐折了兩張……臨出門來，孫寡嘴把李家明間內供養的鍍金銅佛，塞在褲腰裡；應伯爵推斗桂姐親嘴，把頭上金琢針兒戲（戲：偷）了；謝希大把西門慶川扇兒藏了；祝日念走到桂卿房裡照面，溜了他一面水銀鏡子；常時節借的西門慶一錢八成銀子，竟是寫在嫖帳上了」。不知幫閑為何物的讀者，正可透過這段生動描寫，對此輩有個大概的認識。

說來也難怪，經濟窘困是「幫閑」、「篾片」的共同特徵。十兄弟中除了西門慶、花子虛，餘下多是「破落戶」。如應伯爵，原是開綢緞鋪應員外的二兒子，做生意賠了本，跌落到社會低層，「專在本司三院幫嫖貼食」，得了個諢名叫「應花子」。再如謝希大，原是官宦子弟，祖上做著「清河衛千戶」，他自幼父母雙亡，遊手好閑、不務生計，把個千戶的「前程」也丟了，「每日無營運，專在院中吃些風流茶飯」（第十回）。餘下的也大多如此。他們見西門慶「有些錢鈔，讓西門慶做了大哥」（第十一回）。其實應伯爵、孫寡嘴的年歲都比西門慶大。

小說中描寫白來創的穿戴，很能代表眾幫閑的生活窮窘之態：

（西門慶）睃見白來創頭帶著一頂出洗覆盔過的恰如太山遊到嶺的舊羅帽兒，身穿著一件壞領磨襟救火的硬漿白布衫，腳下靸著一雙乍板唱曲兒前後彎絕戶綻的古銅木耳兒皂靴，裡邊插著一雙一碌子繩子打不到底黃絲轉香馬凳襪子。（第三十五回）

那一回，白來創不招而至，賴在西門慶的客廳裡不走，磨著西門慶出錢辦「會」，好

「誑嘴吃」。西門慶心中厭煩，等白來創走後，把看門小廝平安打了一頓，嗔怪他放白來創進門。

十兄弟中跟西門慶關係最密切的是應伯爵和謝希大。兩人幾乎天天到西門慶家「報到」，陪吃、陪喝、陪聊、陪嫖，有時還連吃帶拿，「肥口養家」。

小說第六十七回，應家添了個兒子。這本是件高興事，可應伯爵卻向西門慶訴苦：「哥，你不知，冬寒時月，比不的你每有錢的人家，家道又有錢，又有若大前程官職，生個兒子上來，錦上添花，便喜歡。俺如今自家還多著個影兒哩！家中一窩子人口要吃穿盤攪……緊自焦的魂也沒了，猛可半夜又鑽出這個業障（業障：指剛出生的兒子）來。那黑天摸地，那裡活變錢去？」

應伯爵愁的是，孩子過滿月，哪裡有錢擺酒？他「故意把嘴谷都著不做聲」；西門慶問他需要多少銀子，他說：「哥若肯下顧，二十兩銀子就勾了，我寫個符兒（指借據）在此。費煩的哥多了，不好開口的。也不敢嗔數兒，隨哥尊意便了。」西門慶沒要他的借據，慷慨地拿出五十兩銀子給他，要他拿多餘的錢給二女兒做幾件衣裳。有人說，應伯爵在這場「戲」裡故作愁苦之態，有許多表演的成分。但我們相信，生活困窘、入不敷出，確是這類人的基本生活狀況。

十兄弟的另一位常時節，經濟狀況就更糟，因付不起房租，幾乎被房東趕出門。不得已，他透過應伯爵向西門慶借錢。可是頭一次卻空手而回。第二次再開口，西門慶錢不湊手，只給了他十二兩碎銀救急。常時節揣著銀子回家，妻子正罵得歡：「梧桐葉落滿身光棍的行貨子！出去一日，把老婆餓在家裡，尚兀是千歡萬喜到家來，可不害羞哩！房子沒的住，受別人許多酸嘔氣，只教老婆耳朵裡受用！」等看到丈夫帶回了銀子，她立刻眼睛放光，滿臉堆笑。剛才還是「滿身光棍的行貨子」，此刻卻變成了「我的哥」。常時節對著銀子大發感慨：「孔方兄！孔方兄！我瞧你光閃閃、響噹噹的無價之寶，滿身通麻了，恨沒口水咽你下去！你早些來時，不受這淫婦幾場合氣了！」言下，又有多少辛酸！

「人窮志短，馬瘦毛長」。這夥人因家貧而吃上了「幫閑」這碗飯，在那個畸形社會裡，也算是一條生路吧。不同的是，農民端飯碗，靠的是春種秋收、出力流汗；工匠端飯碗，靠的是耍手藝、賣力氣；商人搬運盤算，同樣要付出心智和勞苦……而這群「幫閑」、「篾片」依附於財主富人，靠巴結奉承、出賣人格尊嚴換取一餐剩飯、幾個銅板，這使他們成為社會邊緣人物，受人鄙視的一群。

應伯爵的幫閑「藝術」

不過「幫閑」、「篾片」也不是人人能當的，他們個個是「心理學家」、「公關先生」，擅長揣摩人情，個個有一套見景生情、插科打諢、阿諛奉承的看家本領。應伯爵就是幫閑中的高手，他善於察言觀色，摸透了西門慶的脾氣。兼之能言善辯、口才過人，諛詞笑話，張口就來。難怪西門慶一時離不開他。

聽聽應伯爵的笑話吧。小說第十五回，應、祝等人隨西門慶到妓院去。西門慶掏銀子請客，老鴇假意推讓一番，還是收了。應伯爵立刻抓了個「段子」說給大家聽：有個年輕子弟（子弟：嫖客）故意身穿破衣去逛妓院。老鴇對他不理不睬，茶也不端一盞。子弟說肚子餓，要吃飯。老鴇說：「米囤也晒，那討飯來？」子弟又要洗臉，老鴇說：「少挑水錢，連日沒送水來。」子弟從袖裡掏出十兩一錠銀子，放在桌上。老鴇一見慌了，忙問：「姐夫吃了臉洗飯？洗了飯吃臉？」應伯爵一個笑話，聽得眾人哈哈大笑。

只要有應伯爵在場，場面就不會冷清，西門慶嫖妓吃酒，正離不開這樣一位敲邊鼓、打諢語、活躍氣氛的人物。應伯爵還擅長說「葷段子」，更能增加了妓院中淫靡氣氛，因此西門慶每到妓院中，應伯爵總是如影隨形。自然，羊羔美酒、香的辣的，有西門慶的，便有他應伯爵的。

應伯爵的嘴永不閑著，不是吃喝，就是說笑。他在西門慶家吃鰣魚，桌上吃了還不夠，還要留下半段，飯後獨享，嘴裡自說自話道：「你每那裡曉得？江南此魚，一年只過一遭兒，吃到牙縫兒裡，剔出來都是香的。好容易！公道說，就是朝廷還沒吃哩。不是哥這裡，誰家有？」（第五十二回）應伯爵的奉承，永遠是誇張的言辭加上真誠的態度，讓被奉承者感到舒服，也便忽視了他的舉止可厭。

第五十六回，經應伯爵說項，西門慶資助常時節十二兩碎銀。應伯爵並不談論眼前贈銀之事，只是大處著眼，遠遠說道：「幾個古人輕財好施，到後來子孫高大門閭，把祖宗基業一發增的多了。慳吝的積下許多金寶，後來子孫不好，連祖宗墳土也不保。可知天道好還哩！」這樣的話，明明是奉承，卻又不露痕跡，比當面的千恩萬謝，聽起來更舒服。這也為日後應伯爵養兒借銀，打下了伏筆。

應伯爵還有一種本領，是「自來熟」、「不見外」，善於營造「自家人」的氛圍和氣場。例如一次晚飯後，小廝端上烏菱、荸薺、雪藕、枇杷四碟鮮果來。沒等西門慶伸手，應伯爵先抓過碟子，倒在袖筒裡，謝希大也跟著搶了一碟烏菱。西門慶只來得及捏了一塊藕放在嘴裡（第五十二回）。應伯爵的這種隨便甚至有點放肆的舉止態度，其實隱含著另類的奉承：你西門慶家大業大、寬宏大量，還在乎這幾個果子？

應伯爵說笑話，有時也「觸犯」西門慶。小說第五十四回，西門慶一行到城外太監花園裡吃酒遊玩。行酒令時，應伯爵念了個別字。眾人罰他講笑話，他便臨時編了一個：秀才進京，在揚子江邊泊船，囑咐艄公：「泊別處罷，這裡有賊。」原來，秀才錯把岸上石碑「江心賦」三字，看成了「江心賊」。艄公糾正他，他還強詞奪理：「『賦』便『賦』，有些『賊』形。」常時節馬上指出：這是諷刺西門慶吶！西門慶是「山東第一個財主」，應伯爵的笑話，正可解讀為「富便富，有些賊形」。

應伯爵自覺失言，便又講了個笑話贖罪：孔夫子西狩，找不到麟（即麒麟，一種神話傳說中帶鱗的瑞獸），歸來後日夜啼哭。弟子們便尋了個牯牛，身上掛滿銅錢，來哄先生。孔子見了說：「這分明是有錢的牛，卻怎的做得麟！」話沒說完，應伯爵自己掩著口跪下道：「小人該死了，實是無心！」

前一個笑話可能出於無心，後一個卻是有意冒犯了。不過西門慶很高興，這種無傷大雅的觸犯，三分譏刺、七分阿諛，比一味的頌揚吹捧，還能搔到西門慶的癢處。應伯爵的幫閑本領，真可謂爐火純青、技高一籌了。

西門慶對應伯爵的依賴，幾乎達到頃刻難離的程度。小說第六十二回，李瓶兒過世，西門慶心中悲痛，神思恍惚，「兩三夜沒睡，頭也沒梳，臉也沒洗」，茶飯不進；眾妻妾十分焦慮。僕人玳安卻說：「請應二爹和謝爹去了，等他來時……管情爹就吃了飯。」吳月娘不信，玳安解釋說：「娘每不知，爹的好朋友，大小酒席兒，那遭兒少了他兩個？爹三錢，他也是三錢；爹二星，他也是二星。爹隨問怎的著了惱，只他到，略說兩句話兒，爹就眉花眼笑的。」月娘等聽了，將信將疑。

應、謝二人來到，先到李瓶兒靈前裝模作樣哭祭一場，再與西門慶見禮。應伯爵一落座，便說起昨夜做了個夢，夢見西門慶從袖中取出兩根玉簪兒，其中一根折了，「我就醒了，教我說此夢做的不好」。西門慶接口說，「我前夜也做了恁個夢，和你這個一樣兒……」說到痛處，哭道：「好不睜眼的天，撇的我真好苦……平時我又沒曾虧欠了人，天何今日奪吾所愛之甚也！先是一個孩兒也沒了，今日他又長伸腳子去了，我還活在世上做甚麼？雖有錢過北斗，成何大用？」

待西門慶發洩夠了，應伯爵這才勸道：

> 哥，你這話就不是了。我這嫂子與你是那樣夫妻，熱突突死了，怎的不心疼？爭耐你偌大的家事，又居著前程，這一家大小太山也似靠著你。你若有好歹，怎麼了得！就是這

些嫂子都沒主兒。常言：一在三在，一亡三亡。哥，你聰明，你伶俐，何消兄弟每說？就是嫂子他青春年少，你疼不過，越不過他的情，成服，令僧道念幾卷經，大發送，葬埋在墳裡，哥的心也盡了，也是嫂子一場的事。再還要怎樣的？哥，你且把心放開！

應伯爵一席話，果然說得西門慶「心地透徹，茅塞頓開」，收了眼淚，呼茶看飯，與應伯爵等同吃。連吳月娘、潘金蓮都做不到的事，卻被應伯爵三言兩語「搞定」。

應伯爵自有心機

其實應伯爵並非不了解自己所扮演的角色。第五十四回，應伯爵講笑話奚落別人，最後被西門慶逼著，要他講個「自己本色」笑話，應伯爵道：「有有有！一財主撒屁，幫閑道：『不臭。』財主慌得道：『屁不臭，不好了，快請醫人。』幫閑道：『待我聞聞滋味看。』假意兒把鼻一嗅，口一咂，道：『回味略有些臭，還不妨。』」這是應伯爵給自己的幫閑身分畫像吶！他何嘗不知自己醜陋？只是他自有心機、鐵算盤，他的一言一行，都目的明確：就是要贏得主子歡心，好從中漁利。這種利益，大到整筆的銀子，小到一餐一飯、一盞牛乳、幾個果子。

西門慶家的餐桌，是應伯爵最常出現的地方。他不請自來，吃喝說笑，如魚得水，有時甚至頤指氣使、反客為主。小說第五十二回，應伯爵和謝希大在西門慶家吃滷麵，兩人「拿起箸來，只三扒兩咽，就是一碗。兩人登時狠了七碗」。飯後應伯爵又向西門慶討茶喝，說是：「哥，你往後邊去，捎些香茶兒出來。頭裡吃了些蒜，這回子倒反帳兒，惡泛泛起來了。」西門慶道：「我那裡得香茶兒來？」應伯爵說：「哥，你還哄我哩。杭州劉學官送了你好少兒著，你獨吃也不好！」西門慶家的美食香茶竟都瞞不過應伯爵窺探的眼睛。

另一回，應伯爵清早就到西門慶家來，小廝端出兩盞「酥油白糖熬的牛奶子」來，應伯爵取過一盞，「見白瀲瀲鵝脂一般。酥油飄浮乃盞內，說道：『好東西，滾熱！』呷在口裡，香甜美味，那消費力，幾口就呵沒了。」見西門慶正在篦頭，應伯爵催促說：「哥且吃些不是，可惜放冷了。相你清辰吃恁一盞兒，倒也滋補身子。」這分明是沒喝夠，又惦著西門慶那一碗。果然，西門慶說：「我且不吃，你吃了，停會我吃粥罷。」應伯爵「得不的一聲，拿在手中一吸而盡」（第六十七回）。

如果認為應伯爵趨前趕後、奉承阿諛，只是為了滿足口腹之欲，那又是小看了應伯爵。他的野心，遠不只這些。他已經成為西門慶須臾難離、言聽計從的人物。他正好利用這獨特的地位，拉皮條、薦「人才」、介紹生意、攬事說情，從中吃回扣、打背躬（背著人從中賺錢，也作背弓、背工），藉以養家活口。

應伯爵先後介紹了好幾單生意。第三十三回，湖州商人何官兒有五百兩絲線，急等著出手。應伯爵把他介紹給西門慶，西門慶壓到四百五十兩成交。而應伯爵又背地「砸殺」，只付給四百二十兩，「打了三十兩背工」。事後他只拿出九兩銀子，跟同來辦事的來保均分。

這樁買賣，應伯爵獨賺三十四兩五錢銀子，約合七千元。

小說第三十八回，商人李三、黃四承攬朝廷香蠟買賣，需要本錢，托應伯爵向西門慶借貸。應伯爵給西門慶出主意：「借二千兩銀子與他，每月五分行利，教他關了銀子還你（這裡指從朝廷支取銀兩），你心下如何？」西門慶手頭緊，只答應借一千兩。應伯爵又攛掇：「哥若十分沒銀子，看怎麼再撥五百兩銀子貨物兒，湊個千五兒與他罷，他不敢少下你的。」終於促成了這筆借貸。

事後，李、黃送給應伯爵十兩銀子，又托應伯爵說合，再向西門慶借五百兩。應伯爵「低了低頭兒」，問黃四：「假若我替你說成了，你伙計六人怎生謝我？」黃四說再送五兩銀子，應伯爵才答應下來，並出主意要李、黃次日送一席酒食、幾個樂工到西門慶家去，「我在旁邊，只消一言半句，管情就替你說成了」。就是這筆借款，直到西門慶死也沒還清。而應伯爵得到的好處，卻是實實在在的。

應伯爵又是西門慶的「人事顧問」、「獵頭公司」，他推薦的人裡，包括妓女、伙計、先生等各種層次人物。妓女不必提起，單是西門慶鋪子裡雇的伙計，應伯爵便舉薦了韓道國、賁四、甘潤等好幾位。

伙計賁四大號叫賁地傳，人很能幹。西門慶家興土木、蓋花園、買建材等，都由他操辦。他還替西門慶經營著生藥鋪、解當鋪，從中賺了些錢。他過去受應伯爵保舉，事後卻對應伯爵無所表示，應伯爵因此記恨在心。

一次西門慶同應伯爵、謝希大、韓道國等吃酒，剛好賁四來向西門慶彙報工程事務，於是也被邀入席中。行酒令時，賁四不會唱曲，說個笑話來代替。應伯爵抓住笑話裡的諧音字眼兒，硬說賁四意在譏諷、侮辱西門慶，唬得賁四「把臉通紅了……在席上終是坐不住，去又不好去，如坐針氈相似」（第三十五回）。

第二天，賁四「封了三兩銀子，親到伯爵家磕頭」。應伯爵還假意驚詫推讓：「我沒曾在你面上盡得心，何故行此事？」賁四說：「小人一向缺禮，早晚只望二叔在老爹面前扶持一二，足感不盡。」賁四走後，應伯爵拿了銀子，到內室向妻子炫耀，說：

> 老兒不發狠，婆兒沒布裙！賁四這狗啃的，我舉保他一場，他得了買賣，扒自飯碗兒，就不用著我了。大官人教他在莊子上管工，明日又托他拿銀子成向五家莊子，一向撰的錢也勾了。我昨日在酒席上拿言語錯了他錯兒（錯：這裡指給人挑錯），他慌了，不怕他今日不來求我，送了我三兩銀子。我且買幾匹布，勾孩子每冬衣了。

原來，整日笑容滿面、奉承不離口的應伯爵，還有言辭如刀、形貌陰狠的另一副面孔。是金錢，教會了應伯爵變臉術。

對於金錢，應伯爵向來是來者不拒。小說第三十五回，韓道國的老婆王六兒與小叔子「韓二搗鬼」私通，被愛管閑事的鄰居們「捉姦」，要押往官府。韓道國找舉薦人應伯爵討主意，應伯爵領他來見西門慶，編了一套謊話，只說韓家受街坊欺辱。西門慶一來看應伯爵的面子，二來因韓道國是自家的伙計，立即命人放掉王六兒和韓二，反把四個鄰人以越牆入宅「非奸即盜」的罪名抓起來。

四家鄰居慌了手腳，湊了四十兩銀子，齊來央求應伯爵。應伯爵有些犯難：剛剛替韓道國說情，話音未落，又來替捉姦者說情，這個彎子怎麼轉？「薑還是老的辣」，他拿出十五兩銀子，托西門慶的書童去說情。

書童討價還價，說到二十兩。然後鑿下一兩五錢銀子，置辦了酒席，請李瓶兒幫他關說。礙於李瓶兒的情面，西門慶答應放人。應伯爵還算有「職業操守」，背地裡又補給書童五兩銀子，他自己身不動、膀不搖，獨得二十兩（相當於四千元），還美美吃了一頓韓道國的謝酒。應伯爵家有妻有妾，他就是這樣來養活妻小的。

應花子的最後表演

一個放棄尊嚴的人，必然變得厚顏無恥。應伯爵整日跟著西門慶在妓院裡鬼混，常和妓女嘲謔玩笑、口無遮攔，甚至動手動腳，連妓女也對他嫌惡三分，避之唯恐不及。第六十八回，西門慶讓應伯爵給妓女遞酒，鄭愛月藉機作勢，不肯接，說：「你跪著月姨兒（鄭愛月自稱），教我打個嘴巴兒，我才吃。」又再三說：「花子，你不跪，我一百年也不吃。」「他只教我打兩個嘴巴兒，我方吃這鐘酒兒。」應伯爵「奈何不過」，真的「直撅兒跪在地下」，口稱「再不敢傷犯月姨了」。鄭愛月又「連打了兩個嘴巴」，才喝了那杯酒。自然，無論是幫閑還是妓女，嗑牙鬥嘴、打打鬧鬧，都是幫襯湊趣，哄西門慶高興。

小說中描寫應伯爵下跪的場面還很多。如第二十一回，西門慶大鬧李家妓院後，應伯爵、謝希大受了李家的「燒鵝瓶酒」，來勸說西門慶回去。西門慶執意不肯去，「慌的二人一齊跪下」，說道：「哥甚麼話！不爭你不去，既他央了俺兩個一場，顯的我們請哥不的。哥去到那裡，略坐坐兒就來也罷。」死告活央，把西門慶拽到了李家妓院。這就是應伯爵等人的價值觀：堂堂七尺男兒，雙膝著地，央人去嫖娼，在他們看來，倒不算丟面子；而「拉皮條」不成功，卻成了讓他們丟面子的事！在他們那裡，一切道德體系、倫常觀念，都被徹底地顛覆瓦解了。

在應伯爵一夥的心目中，「有奶便是娘」是他們遵循的人生信條。因此，當西門慶縱欲而亡、屍骨未寒時，平日「哥」長「哥」短、親如同胞的應伯爵，立刻換了一副面孔。首七那天，應伯爵約了謝希大、花子由、祝日念、孫天化、常時節、白來創等人，商量弔唁的事。應伯爵先開口道：

大官人沒了，今二七光景。你我相交一場，當時也曾吃過他的，也曾用過他的，也曾使過他的，也曾借過他的，也曾嚼過他的。今日他死了，莫非推不知道？灑土也迷了後人眼睛兒也！他就到五閻王跟前，也不饒你我了。你我如今這等計較：每人各出一錢銀子，七人共湊上七錢。使一錢六分，連花兒買上一張桌面，五碗湯飯，五碟果子；使了一錢，一付三牲；使了一錢五分，一瓶酒；使了五分，一盤冥紙香燭；使了二錢，買一錢軸子，再求水先生作一篇祭文，使一錢二分銀子，雇人抬了去。大官人靈前，眾人祭奠了，咱還便益：又討了他七分銀一條孝絹，拿到家做裙腰子；他莫不白放咱每出來，咱還吃他一陣。到明日，出殯山頭，饒飽餐一頓，每人還得他半張靠山桌面，來家與老婆孩子吃著，兩三日省了買燒餅錢。這個好不好？

清代評點家張竹坡在「今日他死了，莫非推不知道」一句下面批道：「『推不知道』，妙絕；『莫非』二字更妙！」不錯，此句的語氣中，包含著多少敷衍和不情願。而七個人連一兩銀子都未湊足，本已十分寒酸，還要「討了他七分銀子一條孝絹」、「吃他一陣」、「飽餐一頓」，還「得他半張靠山桌面」，所得結束遠遠超過付出。世態炎涼，莫此為甚，這也正是小說作者深深感慨的。

其實西門慶一死，應伯爵早已另做打算。西門慶活著時，經應伯爵引薦，西門慶曾想獨力承攬朝廷採買「古器」的生意，並派僕人來爵、春鴻同李三一同去宋御史處討批文。可是批文討來時，西門慶已經病死。李三聞訊，要拿批文去投另一財主張二官，事情被吳大舅得知，向李三催討從前借的六百五十兩欠銀。應伯爵慌忙來尋李三、黃四，經商議，暗中送吳大舅二十兩銀子「封口費」，再湊四百兩銀子，抵了六百五十兩的債。然後撤出批文，三人一同去投靠張二官。小說此處有兩句詩道：「金逢火煉方知色，人與財交便見心。」這話針對應伯爵，其實也捎帶著吳大舅。

張二官接下批文，與應、李、黃等合夥做起古器生意。張二官出銀五千兩，應伯爵與李、黃找宦官徐內相借了五千兩銀子，應伯爵也儼然成了大「股東」。張二官還「打點了千兩金銀」，上京城行賄，討了西門慶提刑所的缺，成了「西門慶第二」；應伯爵也很自然地成了張二官的座上客，「無日不在他那邊趨奉，把西門慶家中大小之事，盡告訴與他」。又誇說潘金蓮的標緻風流，主動向張二官介紹：

我身子裡有個人在他家做家人，名來爵兒。等我對他說，若（潘金蓮）有出嫁聲口，就來報你知道。難得，你若娶過，教這個人來家，也強如娶個唱的。當時有西門慶在，為娶他，也費了許多心。大抵物各有主，也說不的，只好有福的匹配。你如今有了這般勢耀，不得此女貌同享榮華，枉自有許多富貴。我只叫來爵兒密密打聽，但有嫁人的風縫兒，憑我甜言美語打動春心，你卻用幾百兩銀子，娶到家中，盡你受用便了。

小說作者說到此處，不禁感慨道：

看官聽說：但凡世上幫閑子弟，極是勢利小人。見他家豪富，希圖衣食，便竭力承奉，稱功誦德。或肯撒漫使用，說是「疏財仗義，慷慨丈夫，脅肩諂笑，獻子出妻，無所不至。一見那門庭冷落，便唇譏腹誹，說他外務，不肯成家立業，祖宗不幸，有此敗兒。就是平日深恩，視如陌路。當初西門慶待應伯爵，如膠似漆，賽過同胞弟兄，那一日不吃他的，穿他的，受用他的？身死未幾，骨肉尚熱，便做出許多不義之事。正是畫虎畫皮難畫骨，知人知面不知心。有詩為證：

昔年意氣似金蘭，百計趨承不等閑。
今日西門身死後，紛紛謀妾伴人眠。

這是小說家對「幫閑」、「篾片」的總結與批判，冷眼旁觀中，帶著義憤和不平。這段話，又可看作寫書人對世人的警醒，對富家子弟的訓誡。不過笑笑生的評判，仍是基於禮義孝友、溫情脈脈的儒家立場。商業文化講求的是「食人之祿，忠人之事」，應伯爵從西門慶那裡「跳槽」到張二官手下，於是一切言行舉止、資訊管道，也都無條件地轉而為張二官服務，這似乎又是未加規範的早期商場中司空見慣的情景了。

李家妓院的風波

西門慶的府上，是個有意思的地方：三教九流，往來如織。登門來訪者中，既有皇親國戚、太監內侍、巡撫御史、狀元進士、商人客販，也有幫閑篾片、尼姑道士、伶人樂工、裁縫工匠……然而最讓人驚異的是，妓女娼婦也公然登堂入室、往來穿梭，甚至停眠留宿，還要拜乾爹、認乾娘。這成了西門慶家獨特的門風景象。

說怪也不怪，西門慶的妻妾中，就不乏妓女出身者。二娘李嬌兒、原本的三娘卓二姐，本來都是院中妓女，搖身一變，成了西門大官人的側室。而李嬌兒在西門慶死後又重歸娼門，另一個妾孫雪娥的最後下場，也是被賣入妓院中去。在西門慶這裡，似乎煙花妓女與良家婦人的身分變換，就在一轉身之間，並沒有什麼不可逾越的鴻溝。

有人統計，《金瓶梅》中出現的妓女，前後有三、四十人之多。其中與西門慶交往密切的，就有李桂姐、吳銀兒、鄭愛月、韓金釧等四、五位。她們在西門慶的情欲生活中佔著一席重要位置，甚至公然與西門慶的妻妾爭風吃醋、叫板挑釁，還屢佔上風。

李桂姐是小說中最早出場的妓女，她是二娘李嬌兒的親侄女，算是「朝中有人」了。剛出場時，她還是個初出茅廬的新手，被西門慶「梳攏」包佔。貪戀著她的姿色，西門慶在院中一住半月，不肯回家。家中幾次派人來接，西門慶只是不肯動身。

將近西門慶的生日，吳月娘再派小廝玳安來接，潘金蓮還私下托玳安帶個柬帖給西門慶，上面是一首《落梅風》小曲，表達思夫寂寞之情。誰知這下惹惱了李桂姐，「撇了酒席，走入房中，倒在床上，面朝裡邊睡了」。西門慶見了，忙把帖子扯爛，當眾把玳安踢了兩腳，又到房中把桂姐抱出，百般解釋安慰，對玳安說：「吩咐帶馬回去，家中那個淫婦使你來，我這一到家，都打個臭死！」好說歹勸，這一場吃醋風波才暫告平息（第十二回）。

西門慶事後回到家中，得知潘金蓮與琴童偷情，大怒，把琴童打了一頓，趕出家門。潘金蓮巧言掩飾，孟玉樓也代為說情，這才免了一番痛打。這一切，自然都與李桂姐相關。

西門慶一刻離不開李桂姐，回家過生日，還要拿轎子接她來唱曲兒。李嬌兒以姑姑的身分介紹侄女跟眾妻妾相見，唯獨潘金蓮不肯出來。桂姐特意上門拜見，金蓮命春梅把角門關得「煉鐵桶相似，就是樊噲也叫不開」。桂姐滿面羞慚，含恨而去。

日後西門慶到院中，桂姐向西門慶告惡狀，還故意激他：「你若有本事，到家裡只剪下（潘金蓮）一料子頭髮拿來我瞧，我方信你是本司三院有名的好子弟！」西門慶臨去前，她還不忘提醒：「我在這裡眼望旌節旗，耳聽好消息。哥兒，你這一去，沒有這對象，就休要見我！」

次日，西門慶果真騙了潘金蓮一綹兒頭髮，交給李桂姐。桂姐「走到背地裡，把婦人頭髮早絮在鞋底下，每日踏，不在話下」（第十二回）。

妓女倚門賣笑，本無真情，從事的是「人走茶涼」的買賣，李桂姐卻忌妒起人家的堂上妻妾，拈酸吃醋、不依不饒，這著實有點反常。但想一想，妓女是典型的生意場中人，跟其他商品交易一樣，在錢色交換中，「客流」是第一重要的。客戶一來，妓院上下一片歡騰，老鴇連呼：「天麼天麼，姐夫貴人，那陣風兒刮你到於此處？」（第十一回）所以如此興奮，皆因「姐夫」是帶著錢袋而來之故也。

西門慶也確實肯在妓女身上花錢。第一回到李家妓院，剛一坐定，便讓人從書袋裡取出五兩一錠銀子放在桌上，說：「這些不當甚麼，權與桂姐為脂粉之需，改日另送幾套織金衣服。」（第十一回）第二天，西門慶又派小廝「往家去拿五十兩銀子，緞鋪內討四套衣裳」，自此「梳籠」了桂姐。

李家妓院得了「天上落下來」的大買賣，李嬌兒也替侄女高興，「連忙拿了一錠大元寶，付與玳安。拿到院中，打頭面，做衣服，定桌席，吹彈歌舞，花攢錦簇，做三日飲喜酒」（第十一回）。此後，西門慶每月以二十兩銀子包著桂姐，桂姐就是李家的搖錢樹。

而潘金蓮的舉動，妨害了李家妓院的生意，犯了妓院的忌諱，李桂姐當然要奮起反擊。在那個「斷人財路如同殺人父母」的年代，李桂姐又怎能不記恨潘金蓮，不把她的頭髮踩在腳下呢！

李家妓院的又一場風波，發生在不久以後。一日，久未到妓院走動的西門慶，沒打招呼便帶著應伯爵、謝希大、祝日念等踏雪來到李家。老鴇和大女兒李桂卿出來招待，聲稱李桂姐到她五姨媽家賀生日去了。西門慶吃酒時，偶到後院更衣，發現桂姐正在東耳房裡陪著個戴方巾的「蠻子」（對南方人的蔑稱）吃酒。西門慶大怒，回到前面，「一手把吃酒桌子掀倒，碟兒盞兒打得粉碎，喝令跟馬的平安、玳安、畫童、琴童四個小廝上來，不由分說，把李家門窗戶壁床帳都打碎了」。應、謝等人勸不住，西門慶「口口聲聲只要採出蠻囚來，和粉頭（妓女的別稱）一條繩子，墩鎖在門房內」。嚇得嫖客鑽到床底下，直叫「桂姐救命」。李桂姐倒是遇變不驚，說：「呸！好不好，就有媽哩，不妨事。隨他發作，怎的叫嚷，你休要出來！」

「媽」果然有辦法，她「不慌不忙拄拐而出，說了幾句閑話」。西門慶更加怒不可遏，指著虔婆罵道：「虔婆你不良，迎新送舊，靠色為娼，巧言詞將咱誑，說短論長。我在你家使勾有黃金千兩，怎禁賣狗懸羊？我罵你句真伎倆媚人狐黨，衠一片假心腸！」

虔婆的回答慢條斯理，卻句句難駁：「官人聽知：你若不來，我接下別的，一家兒指望他為活計。吃飯穿衣，全憑他供柴糴米。沒來由暴叫如雷，你怪俺全無意。不思量自己，不是你憑媒娶的妻。」」（第二十回）是呀，我家桂姐並不是你「憑媒娶的妻」，不受「從一而終」的約束；我家還指望著她「吃飯穿衣」、「供柴糴米」呢，接個客也犯法？西門慶無言以對，暴跳如雷，畢竟被眾人拉住。他「賭誓再不踏他門來」，大雪裡上馬回家去了。

我們在這裡看到一個頗有幾分「天真」的西門慶，他一廂情願地相信，妓女也會像妻妾那樣鍾情於己、恪守「婦道」、從一而終。這種道德訴求的錯位，倒很像不久前李桂姐因潘金蓮的一封情書而吃醋一樣。只是李桂姐年紀不大，卻涉世頗深，她的醋意，多半是故作姿態，裝出來的。而西門慶此番大鬧，卻真的是因「情」而起、傷肝動肺！

西門慶所以惱怒，大概還有另一層原因。作為商人，西門慶倒是基本能恪守商場規矩。如前所說，儘管他在貿易活動中也有乘人之危、壓價收購，瞞天過海偷漏稅款等行為；但與人交易，並無違背合同、拖欠貨款、以假亂真、以次充好等劣跡。

在商人西門慶看來，妓院做的是「靠色為娼」的生意，同樣不能使用「賣狗懸羊」的欺騙伎倆。你家既然與我達成「梳籠」、包佔的意向，收了我「黃金千兩」，就應當嚴守「合同」，不容逾越。因而一旦發覺桂姐暗中接客，感情上的打擊、「道義」上的憤怒一同襲來，於是一場軒然大波也便在所難免。

小說作者在此是站在西門慶一邊的，本回中敘及虔婆說謊時，作者站出來評論道：「看官聽說：原來世上，唯有和尚、道士並唱的人家（唱的人家即指妓女一行），這三行人不見錢眼不開，嫌貧愛富，不說謊調詖也成不的。」待到西門慶賭誓離院，作者又有三首詩，專說妓院不良，其中兩首道：「女不織兮男不耕，全憑賣俏做營生。任君鬥量並車載，難滿虔婆無底坑。」「假意虛脾恰似真，花言巧語弄精神。幾多伶俐遭他陷，死後應知拔舌根。」

在作者眼裡，妓女生涯是金錢交易行當中最不道德的一行，相比之下，商人的職業還要體面得多、乾淨得多。

朝秦暮楚的李桂姐

西門慶自搗毀李家妓院，當晚踏雪歸家，剛好遇上吳月娘「逢七拜門，夜夜焚香」，向天祝禱丈夫「早早回心，齊家理事」，並求上蒼保佑自己「早生一子，以為終身之計」。西門慶深受感動，向月娘懺悔前非，宣布：「賭了誓，再不踏院門了。」（第二十一回）

然而拋掉感情上的繫念，並不像扔掉一件舊衣服那麼容易。第二天眾妾擺酒，慶賀西門慶與月娘和好，李嬌兒的兄弟李銘也趕來湊熱鬧。西門慶特意把他叫上來賞酒賞菜，並向他述說昨日大鬧妓院之事，其實是希望他從中斡旋，與李家修復關係。李銘臨走，西門慶還再三叮囑：「你到那邊（指李家妓院），休說今日在我這裡。」欲說還休之態，躍然紙上。

次日，應伯爵、謝希大受了李家的「燒鵝瓶酒」，敦請西門慶回妓院去。西門慶假意推拒一番，還是去了。李家姐妹盛裝出迎，虔婆跪拜賠禮，加上應伯爵的插科打諢、從中幫襯，一場風波總算過去。然而「經一事，長一智」，西門慶自此對桂姐冷淡了不少。直到第三十一回西門慶升提刑官，李家趕著送禮，李桂姐才再度在西門慶家進進出出，活躍起來。

西門慶升官，對李家妓院來說，一則以喜，一則以憂。喜的是，桂姐的舊相識如今當上了提刑官，實權在手、炙手可熱，這可是價值連城的「無形資產」，李家若加以利用，可以獲利百倍；憂的是，明代有禁止官員狎妓的嚴令，西門慶即便對桂姐舊情未泯，今後恐怕也不好公然到妓院中來。

門檻極精的李家虔婆及李桂姐，當然不能輕輕放過這樣一個可遇不可求的機會。於是便有了第三十二回「李桂姐拜娘認女」一幕：

且說李桂姐到家，見西門慶做了提刑官，與虔婆鋪謀定計。次日，買了盒果餡餅兒，一副豚蹄，兩隻燒鴨，兩瓶酒，一雙女鞋，教保兒挑著盒擔，絕早坐轎子先來，要拜月娘做乾娘，她做乾女兒。進來先向月娘笑嘻嘻插燭也似拜了四雙八拜，然後才與他姑娘（指李嬌兒）和西門慶磕頭。把月娘哄的滿心歡喜，說道：「前日受了你媽的重禮，今日又教你費心，買這許多禮來。」桂姐笑道：「媽說，爹如今做了官，比不的那咱常往裡邊（指妓院）走。我情願只做乾女兒罷，圖親戚來往，宅裡好走動。」慌的月娘忙教她脫衣服坐。

李桂姐說得何等明白：「爹如今做了官，比不的那咱常往裡邊走。」你不去，我可以來，「我情願只做乾女兒罷，圖親戚來往，宅裡好走動」。乾女兒來看乾娘，屬於「親戚來往」，法令不能禁止。李桂姐真是棋高一著。

拜了乾女兒，身分地位馬上與其他妓女不同：

那李桂姐賣弄他是月娘的乾女兒，坐在月娘炕上，和玉簫兩個剝果仁兒、裝果盒。吳銀兒、鄭香兒、韓釧兒在下邊杌兒上一條邊坐的。那桂姐一徑抖搜精神，一回叫：「玉簫姐，累你，有茶倒一甌子來我吃。」一回又叫：「小玉姐，你有水盛些來，我洗這手。」那小玉真個拿錫盆舀了水，與她洗手。吳銀兒眾人都看他睜睜的，不敢言語。桂姐又道：「銀姐，你三個拿樂器來，唱個曲兒與娘聽。我先唱過了。」月娘和李嬌兒對面坐著。吳銀兒見她這般說，只得取過樂器來……

李桂姐自此進出西門慶家，公然以乾女兒自居，甚至還插手家務。那回李嬌兒的丫鬟夏花兒偷了金鐲子，西門慶要趕她出門。李桂姐為了維護姑姑的面子，向西門慶說情，硬是把夏花兒留下來（第四十六回）。桂姐一面在西門慶宅中走動，一面還另接別客。西門慶也睜一眼、閉一眼，不加干涉。關鍵時刻，反助她一臂之力。

王招宣的兒子王三官是個紈綺子弟，他與桂姐來往密切，又有幾個幫閑篾片整日相隨，西門慶的「兄弟」孫寡嘴、祝日念也都追隨左右。為了嫖娼，王三官把妻子的首飾頭面都拿去典當了，氣得妻子在家裡尋死覓活。

王三官妻子的伯父是東京大宦官六黃太尉，他聽了侄女的哭訴，大怒，命令東平府捉拿勾引侄婿的妓女、幫閑。李桂姐嚇得躲到西門慶宅中，謊稱自己無辜受牽連：「俺家若見了他（指王三官）一個錢兒，就把眼睛珠子吊了；若是沾他沾身子兒，一個毛孔兒裡生一個天皰瘡！」

當初，因桂姐接待「蠻子」客人，西門慶曾在妓院大打出手，此番卻寧願相信她的鬼話，替她向知縣說情，還派來保到東京尋門路，保她過了這一關（第五十一回）。

謊言總有戳穿的一天。日後西門慶勾引王招宣的遺孀、王三官的母親林太太，為了顯示自己的官勢權威，命人訪拿勾引王三官的妓女、光棍。不過西門慶卻取筆勾掉了訪拿名單上李桂姐、孫寡嘴、祝日念等幾個名字，只把與己無關的五、六個「光棍」捉拿到案，責打示懲。事後，西門慶又吩咐，不准李桂姐登門——他對李桂姐的感情，真是「扯不斷、理還亂」（第六十九回）。

摸透西門慶脾氣的李桂姐，不久又藉給李嬌兒上壽之機，不請自來。西門慶雖說「不見」，桂姐卻自己從李嬌兒屋中走出來：

只見桂姐從房內出來，滿頭珠翠，勒著白挑線汗巾，大紅對襟襖兒，藍段裙子，望著西門慶磕了四個頭。西門慶道：「罷了，又買這禮來做什麼？」月娘道：「剛才桂姐對我說，怕你惱他，不干他事，說起來都是他媽的不是。那日桂姐害頭疼來，只見這王三官領著一行人，往秦玉芝兒（也是個妓女）家請秦玉芝兒，打門首過，進來吃茶，就被人進來驚散了。桂姐也沒出來見他。」西門慶道：「那一遭兒沒出來見他，這一遭兒又沒出來見他，自家也說不過。論起來我也難管你，這麗春院拿燒餅砌著門不成？到處銀錢

兒都是一樣，我也不惱。」（第七十四回）

「到處銀錢兒都是一樣」，西門慶的話可謂一語中的。自古妓女又稱「商女」，朝秦暮楚、唯錢是舉，本來就是商女的職業特點。只是人們從西門慶的「不惱」中，還多少能聽出幾分「不情願」來。日後西門慶同鄭愛香、鄭愛月說起李家，道：「前日李銘我也不要他唱來，再三央及你應二爹來說。落後你三娘生日，桂姐買了一份禮來，再三與我陪不是。你娘們說著，我不理他。昨日我竟留下銀姐，使他知道。」（第七十七回）

儘管西門慶幾經歷練，對娼妓「以色易財」的職業性質已有清醒認知，但他始終不能在感情上接受桂姐的「不貞」。也正是在這一點上，西門慶的人性中，還保留著一絲「天真」。

是什麼把西門慶吸引到妓院中

西門慶家妻妾成群，西門慶又跟形形色色的女性保持著性關係。在情色場中，西門慶可算是見過世面的。自從大鬧李家妓院，西門慶對妓女「水性楊花」、唯利是圖的本質，也漸漸有了認知。但在眾多女性中，西門慶對妓女仍是情有獨鍾，與四、五個妓女保持著密切關係。是什麼把西門慶吸引到妓院中？妓院生活與家庭生活又有何區別？

在世俗觀念中，妓院是個下流骯髒的「陷人坑」，小說作者對此也有定評。西門慶第一次踏入妓院門檻時，彷彿是出於對讀者的警告，作者於此寫道：

正是：錦繡窩中，入手不如撒手美；紅綿套裡，鑽頭容易出頭難。有詞為證：陷人坑，土窖般暗開掘；迷魂洞，囚牢般巧砌疊；檢屍場，屠鋪般明排列。衠一味死溫存活打劫。招牌兒大字書者：買俏金哥哥休擡；纏頭錦婆婆自接；賣花錢姐姐不賒。（第十一回）

然而作者似乎一轉頭就忘記了自己發出的警告，他筆下的妓院，也總是一派歡聲笑語、笙歌悅耳、肴香酒冽、春意融融，何曾有「陷人坑」的兇險、「撿屍場」的恐怖？

讓我們試著走進一家妓院，看看那裡的景象。小說第五十九回，小說為人們展示了妓女鄭愛月的家——一座晚明時期外省小城中的典型妓院。這是一處中等規模的院落，「門面四間，到底五層房子。轉過軟壁，就是竹槍籬，三間大院子，兩邊四間廂房，上首一明兩暗三間正房，就是鄭愛月兒的房。他姐姐愛香兒的房，在後邊第四層住。」寬展的院落，清幽的環境，與一般人印象中重樓疊閣、喧囂張揚的妓院景象，大不相同。小說描述隨著西門慶的登堂入室而展開：

進入明間內，供養著一軸海潮觀音；兩旁掛四軸美人，按春夏秋冬：惜花春起早，愛月夜眠遲，掬水月在手，弄花香滿衣。上面掛著一聯：「捲簾邀月入，諧瑟待雲來。」上首列四張東坡椅，兩邊安二條琴光漆春凳。西門慶坐下，看見上面楷書「愛月軒」三字。單看明間的擺設，更像是一位虔誠女居士的優雅客廳。匾額、對聯、畫軸，都明嵌暗含著一個「月」字，與女主人的名號相呼應，頗有些書卷氣。只是那副「捲簾邀月入，諧瑟待雲來」的對聯，隱約含有琴瑟和諧、雲雨情愛的暗示，含蓄點出妓院的主題來。

看過茶，寬了衣，西門慶進入鄭愛月的臥室，那裡又是另一番景象：

但見：瑤窗用素紗罩，淡月半浸；繡幕以夜明懸，伴光高燦。正面黑漆鏤金床，床上帳懸繡錦，褥隱華裀；旁設褆紅小几，几上博山小篆，香靄沉檀；樓鼻壁上，文錦囊、象窯瓶，插紫笴其中；床前設兩張繡甸矮椅，旁邊放對鮫綃錦帨。雲母屏，模寫淡濃之筆，鴛鴦榻，高閣古今之書。西門慶坐下，但覺異香襲人，極其清雅，真所謂神仙洞府，人跡不可到者也。

這裡傢俱華美、陳設古雅、錦繡斑斕，鴛鴦榻上還放著幾本「古今之書」，加之異香襲人，燈光明燦，這哪裡是「粉頭」的臥室，簡直就是知書明理的貴族千金的閨房。作者代西門慶說出的體會是「真所謂神仙洞府，人跡不可到者也」！

女主人鄭愛月出場了：

不戴鬏髻，頭上挽著一窩絲杭州攢，梳的黑光油油的烏雲，露著四鬢。雲鬢堆縱，猶若輕煙密霧，都用飛金巧貼，帶著翠梅花鈿兒，周圍金累絲簪兒齊插，後鬢鳳釵半卸，耳邊帶著紫瑛石墜子；上著白藕絲對衿仙裳，下穿紫綃翠紋裙，腳下露一雙紅鴛鳳嘴，胸前搖琱璫寶玉玲瓏；正面貼三顆翠面花兒，越顯那芙蓉粉面。四周圍香風縹緲，偏相襯楊柳纖腰。正是：若非道子觀音畫，定然延壽美人圖。

在裝潢優雅的環境襯托下，一個梳妝入時、服飾繁縟的妓女，頓時成了西門慶眼中的女神，以致令西門慶注目停視，「不覺心搖目蕩，不能禁止」。然而節目才剛剛開始。

只見丫鬟進來安放桌兒，四個小翠碟兒，都是精製銀絲細菜，割切香芹、鱘絲、鰉胙鳳脯、鸞羹，然後拿上兩箸賽團圓，如明月、薄如紙、白如雪、香甜美口，酥油和蜜餞、麻椒鹽荷花細餅。鄭愛香兒與鄭愛月兒親手揀攢各樣菜蔬肉絲卷就，安放小泥金碟兒內，遞與西門慶吃。旁邊燒金翡翠甌兒，斟上苦豔豔桂花木樨茶。

茶點跟居室氛圍、主人服飾相匹配，也都精緻細巧。茶食已罷，香月兒、愛月又陪西門慶抹牌為樂，玩具同樣也是精緻的，「鋪茜紅氈條，床几上取了一個沉香雕漆匣，內盛象牙牌三十二扇」。

抹牌已畢，又擺上酒來，這一回，「但見盤堆異果，酒泛金波。桌上無非是鵝鴨雞蹄，烹龍炮鳳。珍果人間少有，佳餚天上無雙。正是：舞回明月墜秦樓，歌遏行雲遮楚館。鴛鴦杯，翡翠盞，飲玉液，泛瓊漿。」姊妹二人一面勸酒，一面「箏排雁柱，款跨鮫綃，當下鄭愛香兒彈箏，愛月兒琵琶，唱了一套『兜的上心來』。端的詞出佳人口，有裂石繞梁之聲」。唱畢，「又是十二碟果仁減碟，細巧品類」。姊妹兩個拿了骰盆兒，與西門慶「搶紅猜枚」嬉戲。

這一切顯然都是精心排就的節目，一樁樁上演，有條不紊，令被服務對象西門慶眼、耳、鼻、舌、身各種感官都得到極大的享受與滿足。當一切都醞釀到恰到好處時，姐姐鄭愛香知趣地退去，剩下鄭愛月陪伴西門慶繼續飲酒，戲劇也漸入高潮……

假如誰想了解明代中後期的「妓院文化」，讀一讀小說第五十九回的這段描寫，將會有深切的感受。在明代嘉、萬年間籠罩全社會的濃厚商業氣氛中，妓院行當也在激烈競爭中不斷發展演化。妓院的服務對象除了西門慶這樣的財主富商外，也不乏雅士名流；努力滿足這些人的口味和情趣，無意間使妓院的「文化品味」得以提升。而反過來，整個社會的服飾文化、飲食文化、樂舞文化、家居裝點文化……恐怕也都因這種競爭而獲益。

西門慶對妓院的迷戀，大概便與這種不斷改進、精益求精、富於文化氣息的服務有關吧？這種有格調的精緻服務，是一個財主在自己家中難以享受到的。不過鄭家姊妹的這一套「服務」，也絕不是無償的。事前，西門慶已派玳安送來三兩銀子，一套紗衣服。席間賞給愛月的「拴著一副揀金挑牙兒」的「紫縐漢巾兒」不算，就是妓院裡替西門慶脫靴的小丫鬟，也還得到「一塊銀子」的賞錢。老鴇、妓女和妓院上下都知道，能跟西門大官人攀上關係，好處還在後面。

不用說，推動妓院提升「服務品味」的背後力量，仍舊是金錢。

「毀僧謗道」說金錢

《金瓶梅》裡終日為金錢奔走的芸芸眾生中，僧道是地位特殊的一類。這些僧尼道士，本當遠離紅塵，在寺觀庵堂中禮佛拜懺，閉門修行，向宗教世界中尋求一份淡泊與寧靜。然而小說中的僧尼道士，卻一個個利欲薰心、擾攘紛爭，甚至坑蒙拐騙，墮落到與市儈為伍的地步。

據統計，《金瓶梅》有五分之一的回目涉及佛、道活動。在十六世紀的市井中，佛、道影響真如水銀泄地、無孔不入。其中佛教的影響比道教更大些，清河縣並非大都會，然而出現在小說中的佛寺尼庵，竟有一、二十座之多。

佛教雖為外來宗教，但自漢代傳入中國，至明代早已漢化。佛教對中國民間產生著巨大影響，並藉以撈取大量錢財。而道教對金錢的追求攫取，也並不亞於佛教。在這裡，有錢的商人自然成了佛道僧徒競相追逐的「善財童子」、「招寶天尊」。小說中不只一次描寫和尚、道士向商人化緣求財的情節。

如第四十七回，東京報恩寺的老僧到揚州富商苗天秀門首化緣，聲稱堂上缺少一尊鍍金銅羅漢。樂善好施的苗天秀立刻「施銀五十兩」，還說「吾師休嫌少，除完佛像，餘剩可作齋供」。第五十七回，又寫永福寺長老因重修寺院，捧了疏文向西門慶化緣。西門慶見疏文中有「如有世間善男子、善女人以金錢喜捨莊嚴佛像者，主得桂子蘭孫，端嚴美貌，日後早登科甲，蔭子封妻之報」等語，一下子施銀五百兩，還答應向「內官太監、府縣倉巡」等同僚友朋勸捐，「就不拘三百二百，一百五十，管教與老師（指長老）成就這件好事」。五百兩銀子相當於十萬元。為了子孫發跡、家族昌盛，西門慶從不吝惜銀錢。

對道教廟觀，西門慶也沒少奉獻。那年臘月，西門慶正忙著給東京及府、縣、軍衛、本衛衙門送「節禮」，忽然有人送禮上門：原是玉皇廟吳道官派徒弟送來的。經吳月娘提醒，西門慶才想起：李瓶兒生官哥時，他曾在玉皇廟中許過願。吳道官此刻送來豐厚的節禮，其實是提醒他還願呢。

西門慶立刻封了「十五兩經錢」讓小道士捎回，並預定了正月初九到玉皇廟還願打醮（打醮：請道士設壇念經做法事）的事。到了初八那天，西門慶又讓玳安送去「一石白米、一擔阡張、十斤官燭、五斤沉檀馬牙香、十二匹生眼布做襯施，又送了一對京緞、兩罈南酒、四隻鮮鵝、四隻鮮雞、一對豚蹄、一腳羊肉、十兩銀子，與官哥兒寄名之禮」（第三十九回）。前前後後，也花了幾十兩銀子。

僧尼道士的活動，還越出佛寺道觀的圍牆，延伸到社會市井的各個角落。他們或在世俗人家講經宣卷，或鼓動善男信女印造佛經，或於喪葬之家誦經祭奠、超度亡靈，或在盂蘭盆等節慶活動中薦亡作法，放焰口、焚箱庫……彷彿沒有他們，市井生活的羹湯便缺鹽短醬，少了許多滋味。而驅使僧尼道士櫛風沐雨，奔走於通衢委巷，叩響官紳財主之門的，正是舉世為之癲狂的「孔方兄」。

例如，《金瓶梅》中多次描述僧尼道士為死者舉行喪儀、超度亡靈，藉此牟利。前有武大的喪儀，後有李瓶兒的開吊，最終又是西門慶的葬禮。

武大被西門慶害死後，先是由王婆於報恩寺叫了兩個禪和子，晚夕伴靈拜懺（第五回）。死後百日，又由西門慶出了「數兩散碎銀子，二斗白米」的「齋襯」，仍由王婆出面，請了報恩寺的六個和尚，在家中做水陸道場；無非是「搖響靈杵，打動鼓鈸，宣揚諷誦，咒演《法華經》，禮拜《梁王懺》；早辰發牒，請降三寶，證盟功德，請佛獻供；午刻召亡施食」（第八回）。這雖然是底層貧民的喪禮，佛徒僧眾也是不可或缺的角色。

書中最為隆重的喪葬典禮，是李瓶兒那一次。李瓶兒臨死前，就預托後事，把五兩銀子、一匹緞子交給王姑子，叮囑她：「等我死後，你好歹請幾位師父，與我誦《血盆經懺》。」（第六十二回）李瓶兒一死，西門慶馬上請了「報恩寺十二眾僧人」，念「倒頭經」；三日後又請和尚「打起磬子揚幡，道場誦經，挑出紙錢去」（第六十三回）。這還僅僅是喪儀活動的開始。此後每隔七日，都要舉行一次誦經祭奠儀式，前後七次，長達四十九天，民間謂之「做七」、「燒七」或「齋七」。

依明清民間習俗，做七活動由佛、道兩教相間主持。李瓶兒的「首七」、「三七」、「四七」、「斷七」（七七），請的都是佛教僧尼；「二七」、「五七」則由道教徒眾做法事。其中「六七」是以焚化箱庫的形式帶過，未曾勞動佛、道兩家，但焚箱庫本身，則是典型的佛教做法。至於「四七」後的大出殯，則是佛、道二家共同操辦的。

忠實於生活原生態的小說家，還於有意無意間透露：儘管民間對相沿成習的宗教儀式遵之唯謹、不敢懈怠，但在莊嚴的幡影後面，卻隱現著佛、道僧徒唯利是圖的嘴臉，香煙鐘鼓中，繚繞著一股銅臭氣味。

西門慶為李瓶兒辦喪事，共拿出五百兩銀子、一百吊錢，相當十幾萬元。其中僧、道所得，應當不少。書中對僧、道酬勞雖未開列清單、詳細列述，卻也時有提及。如「五七」祭奠是由道士承辦的，吳道官轉邀京城黃真人來主持，全堂用「二十四眾道士」，「水火煉度一晝夜」，這一場隆重的法事，小說足足用了一整回篇幅來描述。事畢西門慶親自與黃真人把盞，命人捧著一匹天青雲鶴金緞，一匹色緞，十兩白銀酬謝。至於吳道官的謝儀，則是一匹金緞，五兩白銀。另外還有「十兩經資」，那是散發給眾道士的。在此之前，黃真人登壇行禮，西門慶還奉獻金緞、尺頭、絲綢、布匹、齋飯桌席等（第六十六回）。

為了利益，佛、道之間以及佛、道兩教內部，也都有所爭鬥。小說中有兩個尼姑——觀音庵的王姑子和地藏庵的薛姑子，是西門慶家的常客。兩人時而共同「作秀」、聯手騙錢，時而雞爭鵝鬥，謾罵揭短，丟盡了佛門弟子的臉面。

李瓶兒自知不久於人世，曾給王姑子五兩銀子，一匹綢緞，囑咐其在她死後，請幾個師父為她誦經。王姑子私吞了銀錢，卻不曾替她念經。薛姑子也瞞著王姑子，獨自攬下李瓶兒「斷七」念經的差事，初五日請了幾位尼姑，念了一天經文，席捲經錢而去。得知這消息，第二天王姑子趕到西門慶家討經錢，跟月娘有一番對話：

月娘怪她：「你怎的昨日不來？他（指薛姑子）說你往王皇親家做生日去了。」王姑子道：「這個就是薛家老淫婦的鬼。他對著我說，咱家挪了日子，到初六念經。經錢他多拿的去了，一些兒不留下？」月娘道：「這咱哩！未曾念經，經錢寫法都找完了與他了。早是我還與你留下一匹襯錢布在此。」……這王姑子口裡喃喃吶吶罵道：「我教這老淫婦獨吃，他印造經，賺了六娘許多銀子。原說這個經兒咱兩個使，你又獨自掉攬地去了！」

月娘道：「老薛說你接了六娘《血盆經》五兩銀子，你怎的不替他念？」王姑子道：「她老人家五七時，我在家請了四位師父，念了半個月哩。」月娘道：「你念了怎的掛口兒不對我提？你就對我說，我還送些襯施兒與你。」那王姑子便一聲兒不言語，訕訕的坐了一回，往薛姑子家攘去了。

這哪裡還有一絲出家人的氣味？我們從這生動如畫的描摹中，看到小說家嘴角上露出的不屑。

從兩個尼姑看社會成見

兩個尼姑當中，觀音庵的王姑子是最早到西門慶家走動的。吳月娘常邀她來家唱佛曲、宣寶卷、講笑話。有時唱到三更，便留宿在家，無話不談。王姑子還自告奮勇給吳月娘尋安胎藥。地藏庵的薛姑子，也是她介紹給吳月娘的。

薛姑子會炮製安胎藥，並向吳月娘吹噓藥效如何了得，炮製如何繁難，無非是想多討些藥金謝儀。求子心切的吳月娘果然再三拜謝，給了薛、王每人二兩銀子，還答應「坐了胎氣，還與薛爺（指薛姑子）一匹黃褐段子做袈裟穿」（第五十回）。

薛姑子口齒伶俐、頭腦靈活。那次她聽說西門慶為了保佑官哥兒，施捨了五百兩銀子給永福寺長老，於是眉頭一皺，乘機鼓動西門慶印造《陀羅經》，說是：「凡有人家生育男女，必要從此發心，方得易長易養，災去福來。如今這付經板現在，只沒人印刷施行。老爹，你只消破些工料，印上幾千卷，裝訂完成，普施十方。那個功德，真是大的緊！」

西門慶是個商人，出錢如出血，自然要問個明白：「只不知這一卷經，要多少紙札，多少裝訂工夫，多少印刷，有個細數才好動彈。」薛姑子大而化之道：「老爹，你一發呆了，說那裡話去，細細算將起來？止消先付九兩銀子，交付那經坊裡，要他印造幾千幾萬卷，裝訂完滿以後，一攬果算還他工食紙箚錢兒就是了。卻怎地要細細算將出來！」（第五十七回）

精明一世的西門慶愛子心切，竟命人拿出「準準三十兩足色松紋」交給薛、王二尼，要她們印經五千卷，並答應餘款印完再付。可是這五千卷經卷，西門慶到死也沒看見。

幾乎與此同時，因官哥生病而焦慮萬分的李瓶兒聽了薛尼姑的鼓吹，也托她去印《佛頂心陀羅經》。因手中沒有現銀子，李瓶兒把一對壓被的銀獅子拿來做定金。薛姑子拿了銀獅子要走，被孟玉樓攔住。她讓吳月娘叫來伙計賁四，當場稱了銀獅子的重量——四十一兩五錢；又叫賁四同薛姑子一同到「經鋪」講定價格。賁四回來彙報說：「講定印造綾殼《陀羅》五百部，每部五分；絹殼經一千部，每部三分。算共該五十五兩銀子，除收過四十一兩五錢，還找與他十三兩五錢。準在十四日早抬經來。」李瓶兒見錢不夠，又忙著取來一個十五兩的銀香球，讓賁四補齊。

事後孟玉樓對潘金蓮說：「李大姐相這等都枉費了錢。他（指官哥）若是你的兒女，就是狼頭也椿不死；他若不是你兒女，你捨經造像，隨你怎的，也留不住他。信著姑子，甚麼繭兒幹不出來？剛才不是我說著，把這些東西就托他拿的去了。這等著咱家個人兒去，卻不好！」潘金蓮也表示贊同：「縱然他背地落，也落不多兒。」

孟玉樓的擔心一點不錯，兩個尼姑確實從中得了許多好處。後來薛、王因分贓不均反目成仇，王姑子去看李瓶兒，李瓶兒怪她：「自印經時去了，影邊兒通不見你。」王姑子發牢騷說：「又說印經來，你不知道，我和薛姑子老淫婦合了一場好氣。與你老人家印了一場經，只替他趕了網兒，背地裡和印經家打了一兩銀子夾帳，我通沒見一個錢兒。你老人家做福，這老淫婦到明日墮阿鼻地獄！」（第六十二回）汙言穢語，令人掩耳不及。

出家人一心向善、四大皆空，本應清心寡欲、捨棄一切世俗名利。王、薛二人披著僧尼的袈裟，卻行同市儈，哪裡有一點佛教徒的氣味？小說第五十七回還揭挑薛姑子的老底：她原是半路出家，早年曾嫁丈夫，在廣成寺前賣蒸餅為生。丈夫活著時，她就跟和尚、行童們「調嘴弄舌，眉來眼去，說長說短」；同時跟四、五個和尚勾三搭四，得了不少錢財、吃食。後來丈夫病死，她索性出家當了尼姑，「專一在些士夫人家往來，包攬經懺；又有那些不長進要偷漢子的婦人，叫她牽引和尚進門，她就做個馬八六兒（馬八六兒：媒婆，又叫『馬泊六』），多得錢鈔。」書中第五十一回，還透過西門慶之口，揭露她容留青年男女在地藏庵通姦、鬧出人命而被勒令還俗的醜事。

明代，佛門中確實存在著龍蛇混雜的現象。明代僧人湛然圓澄曾著文揭露佛寺僧眾蕪雜的情形：

> 或為打劫事露而為僧者，或牢獄脫逃而為僧者，或悖逆父母而為僧者，或妻子鬥氣而為僧者，或負債無還而為僧者，或衣食所窘而為僧者，或妻為僧而夫戴髮者，或夫為僧而妻戴髮者，謂之「雙修」，或夫妻皆削髮而共住庵廟，稱為「住持」者，或男女路遇而同住者。以至奸盜詐偽、技藝百工，皆有僧在焉。（《慨古錄》，載《續藏經》）

佛寺中此輩漸多，要想保持佛門清淨，自然不易。此種情形，播於民間、不脛而走，再經小說家誇飾渲染，在晚明通俗小說中掀起一股「毀僧謗道」的潮流。

《金瓶梅》對佛教僧徒的貶抑，不限於薛、王二尼。小說開篇不久的「燒夫靈和尚聽淫聲」（第八回）中，已經對和尚色欲難禁的醜態，作了調侃式的描述。文中「有詩為證」說「果然佛道能消罪，亡者聞之亦慘魂」，明白表示出對佛道之徒的鄙夷態度。第四十九回，寫西門慶在永福寺中遇胡僧，得「房術的藥兒」，最終因食藥過量、縱欲而亡，這簡直是把縱欲罪名直接加到佛教徒身上。

小說家還常常站出來，以「看官聽說」的方式，對和尚進行公開的批判撻伐。如第六十八回，作者就王、薛二尼為財翻臉一事，借題發揮說：

看官聽說：似這樣緇流之輩，最不該招惹他。臉雖是尼姑臉，心同淫婦心。只是他六根未淨，本性欠明；戒行全無，廉恥已喪；假以慈悲為主，一味利欲是貪；不管墮業輪回，一味眼下快樂；哄了些小門閨怨女，念了些大戶動情妻；前門接施主檀那，後門丟胎卵濕化；姻緣成好事，到此會佳期。有詩為證：

佛會僧尼是一家，法輪常轉度龍華。
此物只好圖生育，枉使金刀剪落花。

這真是一個奇怪的時代，一方面，人們迷信宗教，為求得神佛保佑而無所吝惜、一擲千金；另一方面，人們對宗教徒又表示出極度的輕蔑與不屑。西門慶一家對待僧尼的態度，就是典型。吳月娘認定薛尼是「有道行的姑子」，虔敬有加，一口一個「薛爺」（第五十回），言聽計從；西門慶則口口聲聲「薛姑子賊胖禿淫婦」，大揭其老底（第五十一回）。而西門慶明明知道薛姑子底細，還因人命案處罰過她，可聽了她的一席花言巧語，竟又馬上拿出大捧的銀子，托她去印那始終未見的經卷。人們對宗教及宗教徒的態度，幾乎到了悖亂、分裂的地步！

其實「毀佛謗道」並非蘭陵笑笑生的獨到見解，宋元明小說中的僧尼道士形象，十個裡倒有七、八個是無恥之徒、宵小之輩。調侃僧尼，已是小說家的老生常談。小說第二十回的「看官聽說」中，把和尚、道士和「唱的人家（妓女）」一同列為「不見錢眼不開，嫌貧愛富，不說謊調詖也成不的」的典型，可見當時社會輿論對佛道僧徒成見已深，並非只在小說、話本中調侃僧道。

導致這種現象的原因十分複雜，但不能不將經濟方面的原因列為重要因素之一。明代中後期，無論是皇族貴戚還是高官顯宦，也不分士紳商賈還是胥吏平民，全社會都在為金錢而奔走爭競、如癡如狂。此刻要求佛、道僧徒能虔心經懺、獨善其身，也是不可能的。

作者把最應遠離金錢色欲的和尚、尼姑挑出來示眾，一是據實描寫，二來也有嘩眾取寵、迎合市民讀者之意。宗教的神祕性以及某些宗教戒律對人性的乖背，常使市井之民對宗教徒產生一種窺探心態及不信任感。他們一旦透過寺庵的門縫，發現僧尼們的破綻，其好奇心也便得到了滿足，這正是他們從小說中獲得的樂趣之一。

小說家深悉此意，在作品中以誇張變形的手法對僧尼道士加以諷刺挖苦，正是對讀者好奇心理的回饋。但即使去掉誇張變形的成分，明代後期金錢腐蝕人性的社會現實，仍然觸目驚心。《金瓶梅》的主題，便是反映明代中後期世人在金錢、色欲面前的集體道德墮落，薛王二尼及胡僧形象，是對這一主題的點題與印證。

尾聲

是誰動了苗員外的「乳酪」？

《金瓶梅》中的商人形象不只西門慶一個。向西門慶借過錢的李三、黃四，出脫絲線給西門慶的何官兒，販賣綢緞的丁相公，鹽商王四峰，門外開鋪子的徐四……也都是商人。他們中間大部分沒有任何官方背景，老老實實做生意，常常受官府的壓榨、惡勢力的荼毒。書中揚州廣陵城的苗天秀，便是這樣一位本分商人，比起西門慶，他似乎更具代表性。

苗天秀人到中年，「頗知詩禮」，家中有一妻一妾一女，家財萬貫，生活富足。然而就是這樣一位與世無爭的守法之民，卻遭飛來橫禍，落得客死他鄉、資財散盡的下場。令人回味的是，從苗員外之死中得到好處的，不是殺死他的兇手，而是許多看來毫不相干的人，包括遠在東京的蔡太師、清河縣提刑官西門慶、夏延齡以及眾多衙役、廝僕……這還得從苗員外的一念之差說起。

苗天秀有個表兄黃美，在東京開封府做通判，一次差人寄書來，邀天秀到東京遊玩，順便答應為他謀個「前程」。苗天秀一時動了做官之興，便不顧妻子的勸阻，打點了兩箱金銀，裝載了一船貨物，帶上安童、苗青兩個僕人，登船向東京進發（第四十七回）。

不料苗員外租的是一條「賊船」，兩個船夫陳三、翁八見他行囊沉重，起了歹心。更糟的是，苗員外的僕人苗青與兩個船夫串通，一起謀害主人。苗青向二人透露：我家主人皮箱中有一千兩金銀，船上的緞匹貨物也值兩千兩銀子，另外還有許多衣物。

夜半三更，苗青故意喊：「有賊！」苗天秀出艙來看，被陳三一刀刺中脖頸，推下水去。小廝安童被翁八一悶棍打落水中。待到分贓時，兩個船夫嫌緞匹貨物不好處理，只拿了皮箱中的一千兩金銀及一些衣物；船上的緞匹都給了苗青，由他另雇船隻，運到清河縣城外官店卸下，謊稱「家主在後船便來」，將貨物就地發賣。

誰知小安童命大，落水後沒淹死，被一位過路的老漁翁救起，以後便隨著老漁翁打魚度日。之後正應了「天網恢恢，疏而不漏」這句古話，一日安童隨漁翁賣魚，正撞見陳三、翁八兩個惡船夫穿著他主人的衣服，也來買魚，於是安童一紙訴狀告到了清河縣提刑院。夏提刑派人抓來陳、翁二賊，面對人證、物證，沒等動刑兩人便都招了，還扯出苗青來。

苗青得到消息，慌了手腳，急忙托關係、找門路。他得知韓道國夫婦是提刑官「西門老爹」的伙計和「外室」，如同抓到救命稻草，慌忙寫了一張「說帖」，拿出五十兩銀子，托人給王六兒送去，並許諾事成之後，還送兩套「妝花緞子衣服」。

王六兒見錢眼開，合不攏嘴，賄賂小廝玳安，請來西門慶。然而西門慶看了「說帖」和銀子，不屑地說：「這些東西兒，平白你要他做什麼……還不快送與他去！」立刻逼著她把銀子退回。莫非西門慶真的要替苗員外主持公道？自然不是。他是嫌苗青的賄賂太少！

西門慶對王六兒解釋：「你不知道，這苗青乃揚州苗員外家人，因為在船上與兩個船家商議，殺害家主，攛在河裡，圖財謀命。如今見打撈不著屍首。又當官兩個船家招尋他，原跟來的一個小廝安童，又當官三口執證著要他。這一拿去，穩定是個凌遲罪名。那兩個都是真犯斬罪。兩個船家見供他有二千兩銀貨在身上，拿這些銀子來做甚麼……」

一直在門外等候消息的苗青聽中間人樂三「如此這般」一番交代，立刻表示：「寧可把二千貨銀都使了，只要救得性命家去。」樂三指點他說：西門慶、夏提刑這兩位「官府」，至少也得給一千兩銀子；其餘衙門上下的差役，也得五百兩才行。苗青都一口答應，又說貨還沒賣掉，如果西門老爹要貨物，便「發一千兩銀子貨與老爹。如不要，伏望老爹再寬限兩三日，等我倒下價錢，將貨物賣了，親往老爹宅裡進禮去」。門內的西門慶這才答應。

苗青三天內把貨賣光，共得銀一千七百兩。將一千兩銀子裝在四個酒罈裡，又宰了一口豬，黃昏時分抬到西門慶家中。西門慶堂上「也不掌燈，月色朦朧才上來，抬至當面」；苗青則是身穿「青衣」，向西門慶磕頭如搗蒜。

西門慶到底是個生意人，即便是受賄，也要「親兄弟，明算帳」。他對苗青說：「你這件事，我也還沒好審問哩。那兩個船家甚是攀你，你若出官，也有老大一個罪名。既是人說，我饒了你一死。此禮我若不受你的，你也不放心。我還把一半送你掌刑夏老爹……」收了人家的禮，哪怕是殺人犯，也便成了座上客。按待客之禮，西門慶命人看茶，可惜苗青這位「座上客」卻是「在松樹下立著吃了」。臨走，西門慶又把他叫回來，問下邊的衙役們打點了沒有。聽說都已辦妥，這才讓他離開。一場在夜幕掩護下的骯髒交易，就這樣神不知鬼不覺地完成了。

事後，苗青為了感謝王六兒，在原來許諾的五十兩的基礎上，又添加了五十兩，另送

「上色衣服」四套。又拿出五十兩答謝牽線人樂三，隨後便逃回揚州去了。日後，逃脫法網的苗青似乎還「混」得不錯。若干年後，西門慶的伙計到揚州購貨，便住在他家。為了答謝西門慶當年的活命之恩，他花了十兩銀子，買了個會唱曲兒的姑娘楚雲，準備送給西門慶（第七十七回）。可惜西門慶無福消受，姑娘沒到，他已經一命歸西了。

且說當時，西門慶果然分了五百兩銀子給夏提刑，夏提刑感動得作揖說：「既是長官見愛，我學生再辭，顯的迂闊了。盛情感激不盡，實為多愧！」「火到豬頭爛，錢到公事辦」。在公堂上，西門慶藉口苗青害主查無實證，匆忙將陳三、翁八定了罪；安童則被安排保外候審。一心要替主人雪冤的安童不服判決，跑到開封府告發苗青、西門慶等通同作弊、行賄受賄。山東東昌府察院巡按曾孝序是位清官，他接手這個案子，很快查清原委，上本參劾西門慶、夏提刑。西門慶自有辦法，他讓夏提刑拿出兩百兩銀子、兩把銀壺，自己則拿了三百兩銀，一條「金鑲玉鬧妝」，派心腹家人到京城去走門路。結果是西門慶、夏提刑安然無事，曾巡按本人反因上書彈劾蔡京，被一貶再貶，「竄於嶺表」去了（第四十九回）。

事情的結局是：苗員外沉冤未雪，白白丟了性命，還損失了三千兩銀子的錢財貨物。那麼，是誰動了苗員外的「乳酪」？這些錢物的「分配」情況是這樣的：一千兩金銀被兩個船夫揮霍了一小半，大部分收繳入官。另外兩千兩貨物賣了一千七百兩銀子，西門慶、夏提刑各得五百；眾衙役分了約五百兩。王六兒因拉纖說合，得銀一百兩；另一居間牽線的樂三得了五十兩。西門慶的僕人們也都人人沾光：苗青上門行賄時，向門首的玳安、平安、琴童、書童獻上十兩銀子，才被放行。玳安又因替王六兒請來西門慶，額外從王六兒那裡得到十兩銀子。至於來保等到東京送禮，得些回扣，也應由這本帳支出。最終苗青行囊中還剩一百兩銀子，算是背恩殺主的最終所得吧。至於西門慶、夏提刑遭彈劾後，共拿五百兩向蔡京行賄，保住官位，也不算虧本，仍是贏家。

眾人獲利之後，自然都歡天喜地。王六兒和丈夫韓道國高興得一夜未睡，合計著如何用這些銀子打首飾，裁衣服。後來他們用十六兩銀子買了個丫頭使喚，不久被韓道國「收房」作了妾。日後韓家還用三十兩銀子在院中蓋起兩間平房，大大改善了居住條件。夏提刑得了銀子，給十八歲的兒子夏承恩捐了個武生員，「每日邀結師友，習學弓馬」。西門慶呢？因想到自從生了官哥，做了千戶，擴展了祖墳，還沒到墳上祭祖。於是請了陰陽先生看風水，新建了一座墳門，門上牌匾大書「錦衣武略將軍西門氏先塋」。還砌了明堂神路，門前栽柳種松，堆疊假山。明堂神臺、香爐燭臺，都是白玉石鑿成的。清明那日，西門慶穿了大紅官服，擺設豬羊祭品，祭奠行禮。一時鑼鼓齊鳴，幾乎把個官哥嚇得閉過氣去。西門慶在墳園廣招賓客，大擺宴席，奏樂演戲，好不榮耀！

然而眾人所花的錢，說到底，都是揚州廣陵城苗員外的家私，是假借兩個船夫及惡僕苗青之手奪來，分發給眾人的。苗員外以一種奇特曲折的方式，俵散了他的財物，使得上至京師宰臣，下到地方官吏、衙屬，直至財主家的伙計奴僕，都得到浸潤沾溉。大家心安理得、興高采烈地享用著這倘來之物，或買婢築屋，或改善生活，或用於子女教育，或建墳祭祖、闡揚孝道……又有誰捫心自問：這錢到底是誰的，又是怎麼來的？

在吏治敗壞、貪瀆橫行的社會裡，兩個殺人正兇伏了法，對於死者，也算有了交代。至於要求所有的官員都一清如水，那想法未免過於天真、「迂闊」了些。類似曾巡按那樣不合時宜的認真官員，只會自絕於官員隊伍。他的下場，不是明擺著嗎？

這段故事，非常清晰地記述了封建社會一位本分商人財產「再分配」的全過程。殺人的強盜沒有得到便宜，背主的奴僕沒有得到好處，然而苗員外價值三千兩白銀的財物（相當於六十萬元），卻被無數不拿刀杖的男男女女們以種種理由瓜分掉了。也許，正是這些官場陋習、民間潛規則，培養了這許多不拿刀槍的「強盜」，腐蝕著明代社會的政治、經濟體制，毒化著社會的空氣。

苗天秀的故事雖然只佔一兩回篇幅，卻為我們展示了另一位商人的興衰史，讓今天的讀者透過對比，能更全面地了解那個時代：知道西門慶只是彼時商人中的一個「異數」，苗天秀的遭遇才更具代表性。西門慶縱欲而亡，他的隕滅，多少是咎由自取；而苗天秀因富招禍、身死財分的結局，則更能體現封建社會庶民商賈的危殆處境。其歷史價值，與西門慶的故事同樣深刻。

《十五貫》系元代話本考

《醒世恆言》卷三十三《十五貫戲言成巧禍》（下簡稱《十五貫》），講述一樁因物證巧合而誤判的冤案：南宋臨安居民劉官人夜間被殺，他剛剛籌到的十五貫錢也不翼而飛。恰在當夜，其妾陳二姐逃離家中。翌日，陳二姐被人半路追回，在與其同行的後生崔甯身上，剛好搜到十五貫錢。判案官員自以為「人贓俱獲」，卻不肯就一些邏輯疑點細加推敲，結果「捶楚之下，何求不得」，陳二姐與崔甯違心招認了莫須有的罪名，同被處死。而真正的兇手「靜山大王」卻逍遙法外。此故事經《醒世恆言》首次披載，頗受讀者注目，複為後世戲劇家改編為戲曲，久演不衰。

研究界一直將此篇話本定為宋代作品，根據有三：一是《醒世恆言》該篇題下注有「宋本作《錯斬崔寧》」字樣；二是《也是園書目》將其歸入「宋人詞話」之列；三是文中背景為南宋，故事就發生在南宋都城臨安。幾乎沒有哪篇話本作品有著如此完備的「履歷」材料。然而筆者以為，認定《十五貫》為話本舊作，當無疑義，但徑斷為宋作，則似乎證據不足。理由也有三條，嘗試言之。

首先應指出，古代出版界始終氤氳著「以古為尚」的空氣。編纂者以及書坊主人為將作品年代提前（這樣做往往又與牟利目的相關），不惜採取偽託作者、假造序跋、倒填年月等手段。同樣受尊古思想影響，後世學者在作品年代研究中，也存在著「甯早勿遲」的偏頗心態，情願相信一些不夠確切的證據或結論，而不肯進一步探究。

就話本小說的整理編輯而言，區分何為宋元舊作、何為明代話本，原已十分困難；就中再將宋、元作品區分開來，則更屬不易。一般而言，早期話本自署撰年的並不多，只有少數作品題有刊刻年代，如《三國志平話》等，但仍不能排除「宋作元刊」的可能；餘者只要情節上不涉及宋以後的史事及人物，編纂者、研究者便寧可將其判為宋作。由此推想，馮夢龍恐亦不能「免俗」。他將《十五貫》判為「宋本」，是手頭真的掌握了署年明確的本子呢，還是出於尚古心理而徑判為宋本？至於《也是園書目》將此篇歸入「宋人詞話」，多半也是出於同樣心理；或竟是相信馮氏題注而人云亦云，也未可知。

筆者以為，《十五貫》非「宋本」的證據，並不難找到。小說頭回中一句「卻說故宋朝中」以及正話開頭的「卻說南宋時」，已是明證。遺憾的是，一些學者雖已注意到此點，卻無端認為這是「明人竄改」所致❶，不予採信。應當承認，「三言」中所收前代話本，大多經編纂者筆削潤飾。不過編纂者對作品中的朝代稱謂，似乎並未作統一的「竄改」。例如，「三言」中宋代背景故事頗多，其朝代稱謂方式則各不相同，大致可分為三種情況：一是不提朝代，徑述故事，但從陳述中明確顯示出宋代背景；二是稱宋朝為「大宋」、「皇宋」；三是使用「北宋」、「南宋」、「故宋」等稱謂。而由旁證材料可知，大凡不提朝代、直接敘述者，多半是宋代作品。試舉數例：

例一，《古今小說》第三十六卷《宋四公大鬧禁魂張》，開篇謂：「這富家姓張名富，家住東京開封府，積祖開質庫，有名喚做張員外。」文中始終未點明朝代。此篇中出現智賊趙正的形象，而宋人羅燁《醉翁談錄‧小說開闢》中屢述宋代說話人的精彩演說，有「也說趙正激惱京師」等語，可證《宋四公大鬧禁魂張》所述故事，在宋代已經定型，可判為宋代話本。

例二，《醒世恆言》第三十一卷《鄭節使立功神臂弓》，篇中交代「話說東京汴梁開封府……」也不曾注明朝代。文敘鄭信未發跡時與紅、白蜘蛛怪結緣而獲神臂弓的故事；《醉翁談錄‧小說開闢》著錄的宋代說話中，剛好有《紅白蜘蛛》一篇，可知也是宋作。

例三，《警世通言》第三十七卷《萬秀娘仇報山亭兒》，文謂「話說山東襄陽府……」也未標明年代。篇末說明：「話名只喚做《山亭兒》，亦名《十條龍陶鐵僧孝義尹宗事蹟》。」而《醉翁談錄‧小說開闢》「樸刀」類著錄有宋代話本《十條龍》、《陶鐵僧》等名目，是知此故事也是宋代流傳的早期話本。

類似的例子，還可見於《警世通言》第十四卷的《一窟鬼癩道人除怪》，《古今小說》第二十四卷的《楊思溫燕山逢故人》等。在這幾篇有據可查的宋本小說中，作者都未稱說年代，卻也合乎常理：本朝人講述本朝故事，正無須多此一舉。

第二類情況，系文中明標「大宋」、「皇宋」等稱呼，此類多半也可視為宋人舊作。

例四，《警世通言》第十三卷《三現身包龍圖斷冤》講述鬼魂現身以求昭雪的故事。文中稱「話說大宋元佑年間……」，應系本朝人口吻。按《醉翁談錄‧小說開闢》「公案」類有《三現身》一目，當即此篇。

此類情況，還可見於《古今小說》第十一卷之《趙伯升茶肆遇仁宗》；同書第二十卷之《陳從善梅嶺失渾家》等。

至於第三類情況，即文中明標「北宋」、「南宋」字樣者，則可一概應視為宋以後作品。「北宋」、「南宋」是後代史家的稱呼，本朝說話人斷無如此稱呼之理。而《十五貫》中明白宣稱「故宋」，則更非宋人所能言。以古為尚的編纂者既然並未對「三言」作品的朝代稱謂作統一「竄改」，為什麼單單要抹去《十五貫》的古本痕跡，自降身分呢？這於情於理，都說不通。相反的例子倒可以找到一些：《京本通俗小說》一般認為是近代人偽造的「宋人話本」集，集中收有《十五貫》，作偽者為了造成古本印象，故意用了《錯斬崔寧》的題目，並有意識地將篇中「故宋」字樣，改為「我朝元豐年間」。

認定《十五貫》非「宋本」的第二條理由是，在前人（尤其是宋人）筆記雜著中，找不到與此故事相關的素材。例如前面多次提到的《醉翁談錄》，是一份十分寶貴的宋代說話藝術資料文獻，書中《小說開闢》一節著錄了大量宋代話本名目，然而就中找不到「錯斬崔寧」或「十五貫」之類的話本題目。譚正璧先生編寫《三言兩拍資料》，於《醒世恆言・十五貫戲言成巧禍》條下輯錄兩條資料，皆為清人記述《十五貫》影響的文字，並無宋代原型素材。

相反的，《十五貫》中劉大娘子被迫從賊、替夫報仇等情節素材，卻見諸元人記載。孫楷第先生《小說旁證》書中於《十五貫》條下引元代詩人楊奐《陶九嫂》詩，吟詠廬州富家女為賊所擄，屈身為婦，後憑藉智勇將賊人誘入城市，並訴之「公府」，導致強賊伏法。此事在當時影響甚大，「一息傳萬口，南北通燕吳」❷。孫楷第先生錄此，顯然認為《十五貫》部分情節應受此元代事實影響，從而有意無意地對《十五貫》的宋本地位提出質疑。

說《十五貫》非宋本易，說《十五貫》為元本難。因為「故宋」、「南宋」等稱呼，既可視為元人口吻，也可看作明人聲口。這就涉及判定《十五貫》為元人之作的一個重要證據——十五貫錢的幣制形態。辨明此點，也便構成證明《十五貫》為元作的第三條理由。

從小說敘述中可知，前後要了四條人命的十五貫錢，確乎是銅質貨幣無疑。文中屢有「（劉大官人）腳後卻有一堆青錢」，「卻見一個後生……背上馱了一個搭膊，裡面卻是銅錢」等描寫，言之鑿鑿。然而銅錢作為金屬貨幣，有著面值小、重量大、不易攜帶、不便交易之弊，而多達十五貫的青銅錢，對小說人物來說，乃是一種十分沉重的負擔。那麼這十五貫銅錢，又有多重？

中國人使用銅錢的歷史，可以追溯到先秦。而宋元以還，所用銅錢的單枚重量，大致有所規範，約在三至四克之間。即以宋錢為例，宋代銅錢的枚重，因其成色、面額以及鑄造時期、地域之不同而略有差別。李心傳《建炎以來朝野雜記》甲集卷十六《鑄錢諸監》記載：

> （今）小平錢千，重四斤十三兩。銅二斤十五兩半，鉛二斤一兩半，錫三兩，木炭八斤，除火耗七兩外，淨錢計上件，視舊制銅少而鉛多（原注：天禧之制，每千錢用銅三斤十四兩，鉛一斤八兩，錫八兩，建州豐國又減鉛五兩，加銅亦如之。紹興之制，每小錢一

千，用銅二斤半，鉛一斤五兩，炭五斤，蓋七百七十文為一千者也。今小平錢一千乃用此料，則錢愈鍥薄矣。）

在這段記述中，李心傳一方面感慨銅錢的質地重量一代不如一代，同時也明確記錄了南宋中葉銅錢的重量標準，為千枚（亦即一貫）四斤十三兩。宋代衡制較今天為重，一斤約合今日公制六百三十克左右；四斤十三兩當合今制三千克。❸如此算來，十五貫銅錢的重量，當為四萬五千克，即四十五公斤。以一般人的負重能力而言，這是個十分可觀的份量。劉官人將其「馱」回家中，中途還要到朋友家串門，著實辛苦。其後靜山大王將這一注錢用「單被」包了盜走，也實屬不易。更艱難的是崔寧，諺曰「遠路無輕載」，這位年輕後生將四十五公斤的重載馱在背上長途跋涉（小說中並沒有提到車子、騾馬等代步工具，直雲崔寧「背上馱了一個搭膊，裡面卻是銅錢……一直走上前來」），還要一路照顧萍水相逢的小娘子，其艱難程度可想而知。何況十五串銅錢體積龐大，一副搭膊如何裝載得下，也要畫個大大的問號。

這個問題得不到圓滿解釋，此故事也便失去了起碼的邏輯依據，一場發人深思的社會悲劇，遂變為一個漏洞難圓的笑話。然而我們相信古人的聰明智慧，決不致讓一個明顯違背生活邏輯的故事在瓦舍勾欄間流傳，竟又沒有一位說者、聽者提出質疑。這使我們不得不考慮，在該故事的原始形態中，那十五貫錢真的是體積龐大、分量沉重的銅錢嗎？有無可能是另類貨幣；例如質輕值高、便攜易兌的紙幣？如果話本中的那十五貫錢真的是紙幣，那麼錢重難攜的矛盾，也便迎刃而解；此故事也便有了足以成立的邏輯根據。接下來的問題則是，哪個朝代曾大規模使用紙幣，以致民間典妻貿絲、大小交易，統統以紙幣結算？我們不能不想到元代。

今天的小說讀者對古代社會文化形態的了解，往往以封建社會後期的明、清兩代為基準。即如對貨幣的認知，大多錯誤地以為古人（遠至宋元乃至更早）日常使用的貨幣，無非金銀、銅錢等金屬貨幣。至於紙幣，那是近代才誕生的新事物。然而貨幣史專家指出，古代貨幣除了金銀銅鐵等金屬質地者之外，紙幣的形式早就存在。有文獻可征，中國是最早使用紙幣的國家。西周時的「里布」，東周時的「牛皮幣」、「傅別」，漢代的「白鹿皮幣」，唐代的「飛錢」，都可視為紙幣的先驅。❹至宋代，「交子」、「錢引」、「關子」、「會子」等紙幣已廣泛使用。在南宋，金銀一般不直接進入流通領域❺，民間流通的貨幣，主要為銅（鐵）錢及紙幣兩大類。官府齎發軍餉、收繳賦稅，也多實行「錢（銅錢）會（紙幣會子）各半」的指導政策。❻

時至元代，紙幣的使用更為普遍，幾乎形成一統天下之勢。紙幣成為金融流通領域中的主幣，是唯一被官府承認的貨幣。蒙古人在入主中原之前，也曾使用金銀及銅錢。立國後則採用漢法漢制，頒行鈔法，確立紙幣本位制，參用白銀。然白銀的使用並不普遍，朝廷曾鑄造五十兩一錠大銀，稱為「元寶」，主要用於爵賞賜功及大宗交易。❼至於銅錢，雖然元代歷朝也鼓鑄若干蒙漢文錢，然數量不多，流通不廣。在實行鈔法之後，朝廷更屢申用錢（銅錢）之禁，並多次下詔收繳銅錢、銅器，連同白銀也在禁用之列。

紙鈔的發行使用則貫穿有元一代。元世祖中統元年（1260）發行「中統元寶交鈔」，同年又發行「中統元寶寶鈔」。前者又名「絲鈔」，以「兩」為單位；後者則以「貫」、「文」為單位，由十文、二十文、三十文，直至一貫、二貫，共分十等。此後又頒行「至元寶鈔」、「至大銀鈔」、「至正交鈔」等。其中「至大銀鈔」的單位仿照白銀，按「兩」、「錢」、「分」、「毫」、「釐」等標誌面額，由二釐至二兩，共分十三等。故讀元代文獻，每及貨幣單位，曰「貫」，曰「兩」（有時又以「錠」稱，詳下），其實都是指紙幣。

在元人撰寫的文學作品中，人們所使用的貨幣，十之八九為紙幣。例如陶宗儀《南村輟耕錄》卷十一有《賢母辭拾遺鈔》一文，述一村民賣菜時「拾得至元鈔十五錠，歸來奉母」。母親疑是偷來，質問他：「縱遺失，亦不過三兩張耳，寧有一束之理？」迫其送還失主。從文中「三兩張」、「一束」等語，還可看出紙幣的形制。

不過這裡以「錠」為紙鈔單位，又頗令人費解。元代發行紙幣，有一套周密完備的法度，由朝廷設「鈔卷提舉司」以司其事，寶鈔作為唯一的法償貨幣，與白銀掛鉤。學者將其定位為「虛實相權的虛銀本位制」❽。故以「錠」計鈔，也便不足為奇。不過一錠鈔的價值如何，卻又不易確知。清人錢大昕《十駕齋養新錄》解釋：「元時行鈔法，以一貫為定（錠）。」錢大昕的解釋並不準確。據今人考證，鈔錠仿銀錠之制。元代銀五十兩為一錠，稱為「元寶」；仿此，鈔則五十貫（或五十兩）為一錠。只是銀、鈔比價隨時而變，一般而言，鈔價較高時二貫（或二兩）鈔合銀一兩（即鈔一錠合銀二十五兩）。至延祐年間，由於鈔法大壞，中統鈔二十五貫才合銀一兩；新發行的至元鈔值則要高得多，為五貫合銀一兩，即鈔一錠合銀十兩。❾《賢母辭拾遺鈔》中的小販拾得「至元鈔十五錠」，那是個很大的數目，理當引發母親的疑懼。

紙鈔以「貫」、「文」計算的情況，這可從文學作品中見出。元人鄭廷玉所撰雜劇《看錢奴買冤家債主》（下簡稱《看錢奴》），搬演書生周榮祖赴考落第，無奈將親生孩兒賣與暴發戶賈仁。慳吝的賈仁只肯出「一貫鈔」身價，並說：「一貫鈔上面有許多的『寶』字，你休看輕了。你便不打緊，我便似挑我一條筋哩！」❿這裡所謂「一貫鈔上面有許多『寶』字」，既是對賈仁慳吝心理的嘲諷，也是對元代寶鈔形制的真實描述。即以今日所見一貫面額的中統鈔而言，其形狀為長方形，紙質，上面除了印有「中統元寶交鈔」、「壹貫文省」等字樣外，尚有「中統元寶，諸路通行」、「中書省奏准印造、中統元寶宣課差役內並收不限年月諸路通行」、「元寶交鈔庫子，攢司」、「中統年月日元寶交鈔庫使副判印造庫司副判」及「至正印造元寶交鈔」等字樣，確有「許多的『寶』字」。

《看錢奴》提供的元代貨幣資訊還不只這些，該劇元刊本第二折中周榮祖指斥賈仁利用解典庫（當鋪）重利盤剝的一段唱詞：

【滾繡球】典玉器有色澤你寫沒色澤，解金子赤顏色寫著淡顏色。你常安排著九分廝賴，把雪花銀寫做雜白。解時節將爛鈔揣，贖時節將料鈔抬，恨不得十兩鈔兒先除了折錢三百，那裡肯周急心重義疏財……

【脫布衫】那一個開解庫的曾受宣牌？這是你自立下條劃，你做的私倒金銀買賣，子是打劫我小民山寨……

曲中所謂「解時節將爛鈔揣，贖時節將料鈔抬」，是指賈仁將價值低廉的「爛鈔」給付典當者，而在對方贖取典當物時，收取價值高的「料鈔」。「爛鈔」又稱「昏鈔」，是指流通日久、字跡模糊的破舊紙鈔；「料鈔」則指以絲料為合價標準的紙鈔，在此意為足額新鈔。《元典章．鈔法．昏鈔》規定，可「以昏鈔易換料鈔」，然價值上須打折扣。至於「十兩鈔兒先除了折錢三百」，則反映了元時紙鈔貶值，收取時要扣除「折錢」的現象。此段唱詞還可以佐證金銀等貴金屬在元代一般不直接進入流通領域，只可作為貴重物品，在「解典庫」中抵押，而「私倒金銀」則被視為犯法行為。

元代普遍使用紙鈔的情況，還可以從外國文獻中得到印證。一是元時來華的義大利人馬可波羅，在其《行紀》「敘州」一節中記錄說：「沿河行此十二日畢，抵一城，名風古勒……彼等善戰，而用紙幣。自是以後，吾人遂在使用大汗紙幣之地矣。」⓫此後作者每至一地，總要不厭其煩地記述「使用紙幣」、「臣屬大汗，使用紙幣，不用其他貨幣」……這裡的「使用紙幣」、「不用其他貨幣」等語，將元代的幣制情況描述得再清楚不過。

另一件外國文獻是二十世紀末韓國發現的「原本」《老乞大》，這是一部供朝鮮人學習漢語之用的實用性書籍。⓬該書在朝鮮版本頗多，然據學者研究，此「原本」當撰於元代。書中展示了一位高麗商人與中國商人結伴來華所經歷的種種日常生活場景。不但內容豐富生動，而且採用了活潑的對話體，以純正的中國北方官話記述。書中保存了大量元代語彙及經濟文化資訊。試摘取其中敘述馬匹交易的一段對話，來看當時的貨幣使用情況：

你這馬，好的歹的，大的小的，相滾著要多少價錢？

一個家說了價錢，通要一百二十定鈔，你說這般價錢怎麼？

……

罷，罷，咱們則依牙人的言語成了者。既這般時，價錢哏虧著俺。只是一件，爛鈔不要與俺，好鈔那般者。

爛鈔也沒，俺的都是好鈔。

……

我寫了這一個契也，我讀你試聽：遼陽城裡住人王客，今為要錢使用，別無得處，遂將自己元買到赤色騸馬一疋……賣與直南府客人張五永遠為主。兩言議定，價錢中統鈔七定……成交已後，各不許番悔；如先悔的，罰中統鈔一十兩與不悔之人使用無詞……[13]

以上引文，真實生動地展示了元代經濟生活中使用紙鈔的狀況。儘管元代後期，因政府濫發紙幣而引起社會混亂，且直接導致經濟崩潰及元朝覆亡；然而紙鈔輕便易攜的特點，仍得到百姓尤其是商賈的肯定。以致明初朝廷欲恢復使用銅錢，竟遭到民間抵制：「商賈沿元之舊習用鈔，多不便用錢」[14]。

仍回到話本誕生年代的話題。筆者以為，從元代的貨幣使用史實可知，《十五貫》產生於元代的可能性最大。故事的原創者生活在一個不用銅錢，唯使紙鈔的時代，在講說故事時，正無須就十五貫的幣制形態多作解釋；讀者（聽眾）也都心中了然，不致產生誤解。而這樣的時代，除了元代，別無他選。然而這一故事流傳至明代，尤其是到了明後期，貨幣環境已發生重大變化，彼時的話本整理者如馮夢龍輩，根據當時的幣制狀況對小說中的錢幣形制妄加「竄改」，也便可以理解。

史載，明洪武七年（一三七四年），朝廷承元制頒行鈔法，欲以寶鈔為主幣。然因措置不當，結果寶鈔甫一發行，鈔值便一路下跌。至嘉靖（一五二二至一五六七年）初年，已是「鈔久不行，錢亦大壅，益專用銀矣」[15]。這種情況，至馮夢龍編輯「三言」的晚明之世，一直不曾改變。

通俗小說的編纂者不是經濟史專家，其對二百多年前的勝朝貨幣制度懵然無知，是無足深怪的。他無從得知一篇元代話本中的「十五貫」錢，乃指當年通行天下的紙鈔，而非今時使用的銅錢。何況當今市面上的銅錢，多半為零用，數額稍大者統用白銀，這很容易令改編者忽視大宗銅錢的重量和體積。於是原創故事中一疊輕盈易攜的紙幣，在明人的筆底便被想當然地描述成十數貫銅錢，沉重地壓在小說人物肩上。幾百年來，沒有哪位讀者就此提出疑問，這也說明，此種情況確實是極易被忽視的。

設若原始故事中十五貫確實是紙鈔，這同時也可以解釋為什麼故事中劉官人和崔甯的錢款竟能巧合無間，「一文不多，一文不少」。紙幣以「貫」為單位，本身是整數，兩人同時擁有相同數目的紙鈔，這種巧合的機率是很大的。崔寧身上即便還攜有零散川資，亦可不計在內。但若換為銅錢，則很難湊巧到一文不差。人們往往對《十五貫》故事的真實性抱有懷疑，原因也正在這裡。

儘管行文至此，我們已對《十五貫》的疏漏成因作出較為合理的解釋，並為該作始創於元代提供了較為充足的證據，但仍不能避開這樣的質疑：你的結論悉皆出於推理，而此類因朝代更替、幣制變換而在文獻中「改竄」貨幣形態的事例，在實際的文本嬗遞中究竟有無旁例？例證恰恰有一個，仍來自前面提到的朝鮮漢語教科書《老乞大》。如前所敘，《老乞大》在朝鮮有多個版本，然在「原本《老乞大》」發現之前，人們所見到的，多半是經後人翻譯、注音的整理本。在這些晚起版本中，原本中的語言辭彙、名物制度多有改變。即以朝鮮中宗年間（約與中國明正德年間同時）由該國學者崔世珍注音翻譯的本子為例，同樣是那段馬匹交易的文字，已被改為如下面貌（按：圓括號內是原本《老乞大》文字，方括號內是明本所增文字，尖括弧內是原本有而為明本刪除的文字）：

你這馬，好的歹的，大的小的，相滾着（著）要多少價錢？

一個家說了價錢，通要一百四十兩銀子（一百二十定鈔），你說這般價錢怎麼？

……

罷，罷，咱們則依牙家（牙人）的言語成了罷（者）。既這般時，價錢還（哏）虧着我（著俺）。只是一件，低銀子（爛抄）不要與我（俺），好銀子（好鈔）那般與我些（者）。

〔咳〕，低銀（爛鈔）〔我〕也沒，我（俺）的都是細絲官銀（好鈔）。

……

我寫了這一個契了（也），我讀你〈試〉聽：遼東（遼陽）城裡住人王某（王客），今為要錢使用，〈別無得處，〉遂將自己元買到赤色騸馬一疋……賣與濟南府（直南府）客人李五（張五）永遠為主。兩言議定，〔時值〕價錢白銀十二兩（中統鈔七定）……成交已後，各不許番悔；如先悔的，罰官銀五兩（中統鈔一十兩）與不悔之人使用無詞……16

在此晚起本中，一切使用紙幣的痕跡都被抹去，代之以明代通行的貨幣——白銀。一種可能是，後世的整理者已不知「中統鈔」為何物，因此徑將原書中的「錠」、「兩」理解為白銀，並根據時價，在數額上作出相應改動；另一種可能是，雖然整理者對元代寶鈔的使用情況略知一二，但《老乞大》作為語言、文化教科書，具有時效性與實用性，這樣的改動，才能對學習者發揮符合現實的指導作用。

這一解釋同樣適用於話本小說。且不說小說的整理、編纂者可能壓根兒不了解元代幣制情況，即便了解，似乎也沒必要離開緊張的情節主線，對興味正濃的讀者滔滔然大談其元明貨幣沿革史。而最簡易、最經濟的改編手法，無過於將原創故事中的紙鈔，換作銅錢。在市民讀者眼中，一堆黃燦燦、沉甸甸的銅錢，遠比十來張輕若無物的紙幣更具世俗的美感和誘惑力。

於是在眾多理由的合力作用之下，元代故事中的十五貫紙鈔，就此化作十五貫青銅錢。雖然不盡合理，卻為後世的說部及舞臺，留下一個久演不衰的故事，也為破解小說的身世之謎，留下一點難得的線索。

原載於《中國古代小說研究》第二輯（二〇〇六年）

註釋：

❶胡士瑩《話本小說概論》（中華書局，一九八〇年）第七章「現存的宋人話本」第四節論及《錯斬崔寧》，認為從《醒世恆言》該篇中「卻說故宋朝中有一個少年舉子」等語，可以看出「明人竄改的痕跡」。見該書第二〇六頁。

❷孫楷第《小說旁證》（人民文學出版社，二〇〇〇年），第二〇六—二〇七頁。

❸若據實物測定，則宋錢枚重多在三克以上。如宋仁宗至和年間（一〇五四至一〇五六年）所鑄「至和元寶」、「至和通寶」重三點四克，嘉祐年間（一〇五六至一〇六三年）所鑄「嘉祐元寶」、「嘉祐通寶」重三點六克；宋徽宗崇寧年間（一一〇二至一一〇七年）所鑄「崇寧通寶」最輕，也有三點二五克。參見郭彥崗，《中國歷代貨幣》（商務印書館，一九九八年），第八十五頁。南宋銅錢更輕些，然亦不少於三克，已見前述。

❹郭彥崗，《中國歷代貨幣》，第七十六頁。

❺參見汪聖鐸，《兩宋貨幣史》（社會科學文獻出版社，二〇〇三年），第八二五—八九一頁。

❻參見汪聖鐸《兩宋貨幣史》，第六八八—六九〇頁。

❼《南村輟耕錄》卷三十「銀錠字號」。

❽參見郭彥崗，《中國歷代貨幣》，第一一七頁。

❾參見吳晗，《元代之鈔法》，載吳晗，《讀史劄記》（生活·讀書·新知三聯書店，一九五六年），第二七一—三〇二頁。

❿〔明〕臧晉叔，《元曲選》（中華書局，一九八九年重排版），第一五九五頁。

⓫馮承鈞譯，《馬可波羅行紀》（上海書店出版社，二〇〇〇年），第三一三—三一五頁。中文譯者認為，本引文中的風古勒，當指四川戎州。

⓬本文所引《老乞大》的資料，參考〔韓〕鄭光主編，《原本老乞大》（外語教學與研究出版社，二〇〇二）。

⓭〔韓〕鄭光主編，《原本老乞大》，第一八〇—一八四頁。

⓮《明史》卷八十一，「食貨」五。

⓯《明史》卷八十一「食貨」五。

⓰劉堅、蔣紹愚主編，《近代漢語語法資料彙編（元代明代卷）》（商務印書館，一九九五年），第二七八—二八〇頁。

附錄二

疑《水滸傳》前半部撰於明宣德初年——試從小說中的貨幣資訊加以推斷

今本《水滸傳》很可能是在一個水準不高但尚稱完整的早期版本基礎上翻新改造而成，對此，筆者曾撰文予以討論（參見拙著《水滸源流新證》第四十九節，華文出版社，二〇〇二年）。拙文還推測，《水滸傳》最精彩的前半部（大致為前四、五十回），當由一位才華橫溢又憤世嫉俗的下層文人獨立創寫。小說不同凡響的思想藝術成就，也是由這前半部書奠定的。至於小說後半部的續寫整理，則很可能如某些學者所說，是由郭勳門客之流接筆完成，時間當在嘉靖初年，要遲於天才作家的早期創寫。本文擬在此基礎上，進一步探索天才作家創作小說前半部的具體時間。所選擇的切入點，是小說中透露出的貨幣資訊。

粗看上去，《水滸》中常見的貨幣有兩類，一類是金銀等貴金屬，多用「錠」、「兩」來計算；另一類是銅錢，例以「貫」、「文」來計算。在金銀類中，又以使用白銀的例子最多，人們購買什物、沽酒割肉、打尖住店乃至行賄送禮、買兇殺人，多以白銀支付。用銅錢的例子也可舉出一些。如第十二回為了驗證楊志的寶刀鋒利，潑皮牛二特從州橋下香椒鋪中「討了二十文當三錢」來，即是顯例。

然而小說中的某些細節，卻又令人迷惑不解。如第九回林沖發配滄州，途次柴進莊上，莊客將林沖當作一般配軍「齎發」：「……一個盤子，托出一斗白米，米上放著十貫錢，都一發將出來。」按中國元明衡制推算，一斗米合十二斤，明代一斤換算成今制約為五百九十克，則一斗米約重七千克，合今制七公斤。至於銅錢，依明制「生銅一斤鑄小錢百六十」（《明史．食貨志五》，下簡稱《食貨志》），則十貫銅錢約合今制三十六點八七五公斤。一斗米加上十貫錢，重達四十四公斤，此禮不可謂不「重」，但不知荷枷戴鎖的林沖如何負擔得了？又小說第二十五回，鄆哥向武大通報潘金蓮與西門慶通姦消息，武大感激道：「既是如此，卻是虧了兄弟！我有數貫錢，與你把去糴米。」武大賣炊餅為生，每日挑擔出門，身邊卻要攜帶數貫銅錢，哪怕只有兩、三貫，也有一、二十斤的分量，這顯然也不合情理。此外，小說第十六回寫楊志押解生辰綱至黃泥崗，眾軍卒湊了五貫錢買酒解渴。五貫銅錢重三、四十斤，身服苦役的軍卒「擔子又重，無有一個稍輕」，卻還要腰纏銅錙，增加多餘的負擔，似乎也難以承受。筆者據此推斷，林沖、武大以及楊志麾下軍漢所收授、攜帶的錢貫，可能不是銅錢，而是紙鈔。

紙鈔本屬信用證券，在唐代已見使用；宋金時則廣泛用於商貿活動，始稱「交子」，後又有「錢引」、「關子」、「會子」、「交鈔」等種種變稱。至元代，政府承宋金舊制，繼續施行鈔法。元代貨幣有錢、銀、鈔三種；然錢不常鑄，用銀亦少，官俸、稅課及民間交易，主要用紙鈔（參看吳晗《元代之鈔法》，載《讀史箚記》，生活．讀書．新知三聯書店，一九五六年）。至明初，朱元璋於洪武七年設寶鈔提舉司，明年詔中書省造「大明寶鈔」，面值仿銅錢設為一貫、五百文、四百文等共六等。有明一代，大明寶鈔始終是官方強力推行的法定貨幣之一，如官俸的發放，在很長一段時期內即以鈔為主。也就是說，《水滸傳》無論創作於元末還是明前期，作者都無法迴避社會經濟生活中使用紙鈔這一事實。

即如前面所說，柴進莊客齎發林沖的「十貫錢」，多半應是紙鈔。否則林沖以荷枷之身，還要平添八、九十斤重負，則無異於刑外加刑，有違柴大官人愛惜好漢的初衷。而武大用來饋贈鄆哥的，顯然也應是懷中所揣的幾張紙幣。至於楊志押解生辰綱時，眾軍卒在黃泥崗上湊了「五貫足錢」買酒，想來也只能以紙幣「會鈔」。否則，白勝收取七、八十斤銅錙，也決不會步履輕鬆地唱著山歌下崗去。

由於小說的虛構性質所決定，一位元明作家在擬寫前代故事時，不必鑽入故紙堆中去詳考前代的典章制度、生活習俗；多數時候，他們只須將當下的世態人情、生活細節移用到小說中，便足以應付讀者。小說家取此創作方針，很可能是無意識的，他大概壓根兒沒想過宋代貨幣形態與元、明有何不同。然而事實上，貨幣的種類、計量的方式及其購買力等等，全都是代有不同的變數。在金融形勢不穩的年代裡，貨幣實際價值的波動週期，甚至可以縮短到以年為單位。因此，透過小說中的貨幣資訊來判定小說的創作背景、撰著年代，也便成為可能。

無須多論，從《水滸》中多用白銀的情形來看，小說的寫作背景顯然不是專用紙鈔的元代，我們的目光自然順延到明代。那麼，明代鈔法在民間經濟活動中的實際貫徹情況又如何？承元代紙鈔貶值之弊，明代鈔法自頒布之日起，即陷入不能自拔的貶值漩渦。大明鈔法於洪武七年制訂時，寶鈔一貫與銅錢一貫、白銀一兩等值；鈔法並「禁民間不得以金銀物貨交易，違者罪之」，唯「以金銀易鈔者聽」（《食貨志五》）。然而政府卻又自壞法令，於賦稅中收取銀、錢。當時學者即指出：「（政府）宴賞路費，皆給鈔貫；而各處課程，或專收銀兩，或兼收錢、鈔。只此一事，有利者皆歸於官，無用者皆及下人。」（《續通考》引陸容《菽園雜記》）「寶鈔」價值由此一落千丈，信譽大失，導致民間交易多以金銀為等價物。至英宗即位，因民間以白銀交易的潮流如水決堤，勢不可擋，朝廷也只好「弛用銀之禁，朝野率皆用銀，其小者乃用錢」。及至嘉靖初年，由於「鈔久不行，錢亦大壅，益專用銀矣」（《食貨志五》）。

在《水滸傳》所展示的生活圖景中，白銀作為強勢貨幣，於是成為主貨幣主流，而銅錢、紙鈔地位相對低下，這正是明代前期（嘉靖以前）貨幣流通的重要特點。仍舉林沖的例子：先是柴進莊客拿林沖當作一般配軍看待，以紙鈔斗米隨意打發。及至林沖成為柴進座上客，柴進則先後贈以二十五兩一錠「大銀」。銀、鈔之間，衡量出林沖身價的大起大落。不過紙鈔是明政府的法定貨幣，故小說中凡遇官府懸賞以及民間大額交易，仍以鈔貫計算。如華陰縣要捉拿朱武等人，由官府懸賞「三千貫」（第二回）；魯提轄打死鎮關西，州中也「出賞錢一千貫」海捕捉拿（第三回）。民間的交易，也多以鈔貫定價。如林沖買刀，楊志賣刀，均開價三千貫。不過值得注意的是，林沖買刀時，幾番討價還價，講定一千貫，及至付錢，卻是「將銀子折算價貫，准還與他」（第七回）。而這類看似瑣細無謂的描寫，正清晰勾勒出經濟生活難以虛擬的時代特徵，為我們保留了鑒別小說創作年代的難得證據。

《水滸》人物使用紙幣，已毋庸置疑。如果小說作者真的生活在明前期，他信手拈來的物價，自然也應反映出明代「寶鈔」貶值的情況。事實是否如此？仍以黃泥崗買酒為例。白勝挑兩桶酒上崗來賣，張口要價「五貫足錢一桶，十貫一擔」。然而以洪武鈔法推算，「每鈔一貫准錢千文、銀一兩；四貫准黃金一兩」，則五貫錢鈔相當於白銀五兩或黃金一兩二錢五分，對於幾個窮軍漢，這無異於「天價」消費！而據宋人沈括《夢溪筆談》卷三記述，製酒之法「每粗米二斛，釀成酒六斛六斗」，則米的出酒率約為一比三點三。白勝的一擔村酒至重不過四、五十斤，用米不過一、二十斤，即使因釀造而增值，一擔酒也不過抵得二、三十斤米價。而據《食貨志二》載洪武九年公布的稅糧價格，一石米折銀一兩，鈔一貫。如此推算，十貫錢在洪武初年可買米十石，合一千兩百斤。白勝一擔村酒竟賣出了一千兩百斤米的價格，可謂暴利驚人。然欲解此惑，則應從明代紙鈔貶值這一金融現象上尋求答案。

明代紙鈔貶值的速度相當驚人。據《明史》記錄，「洪武時，官俸全給米，間以錢鈔兼給，錢一千，鈔一貫，抵米一石」（《食貨志六》）。然至洪武十八年「天下有司官祿米皆給鈔，二貫五百文准米一石」（《食貨志五》）。即是說，鈔法頒布十年，寶鈔已貶值五分之三。成祖朱棣即位，百官俸祿或支米，或「米鈔兼支」，「其折鈔者，每米一石給鈔十貫」（《食貨志六》）。即鈔法頒行不到四十年，鈔價已貶值百分之九十。又過了二十年，仁宗朱高熾即位，「官俸折鈔，每石至二十五貫」，一貫鈔的購買力，已由五十年前的一百二十斤米，跌至不足五斤，這還是官方的「霸王」比率；在民間，紙鈔的實際購買力又遠在其下。至成化七年，「是時鈔法不行，一貫僅值錢二三文」（《食貨志六》）。即是說，鈔法施行未及百年，寶鈔已貶值至三百分之一至五百分之一。明王朝所構築的紙鈔貨幣體系，至此已瀕於崩潰。

弄清明代寶鈔的貶值歷史，我們不妨試著對《水滸傳》中的鈔值作一估算，以推測小說前半部的寫作年代。

小說第十七回的一個例子，引起筆者注意。何濤奉命捉拿劫取生辰綱的強人，正沒奈何處，得知弟弟何清掌握著重要線索，於是何濤「慌忙取一個十兩銀子放在桌上」，要何清快講，並說：「銀兩都是官司信賞的，如何沒三五百貫錢？」按照小說中的一般規律，官府捉拿罪犯，賞金常例為一千貫至三千貫，也有多至萬貫者。劫取生辰綱一案涉及權傾當朝的蔡京，至少也應懸賞三、五千貫。此刻何濤口稱「如何沒三五百貫錢」，顯然不是指官府懸賞的全額，而是指桌上這「十兩銀子」的價值。「十兩銀子」與「三五百貫」等值，這一銀、鈔比價大致為一比三十至一比五十。就一般語言習慣而言，取一比五十，更符合當時語境。

這一銀、鈔比價，還可透過第三十七回的例子得以印證。宋江發配江州，於揭陽鎮渡江時，險些吃了船火兒張橫的「板刀面」。事後張橫自曝強梁伎倆，說是「（擺渡價格）本合五百足錢一個人，我便定要他三貫」。據此可知，當時（自然指小說家寫作時）的擺渡費用通常是每位五百文，即紙鈔半貫。若按前推一比五十的比值，這點錢可買一斤多米，大致符合實際物價水準。而張橫強求三貫，雖是乘人之危敲竹槓，卻也考慮到被劫者的承受能力。此段情節的創作背景顯然不是鈔法初行的洪武初年，那時五百文合白銀半兩，可買六、七十斤米；三貫鈔則可購糧三石，足供一人全年的口糧。張橫若開價如此，恐怕大多數渡客都難過鬼門關了。

再複推斷，黃泥崗上一桶村釀討價「五貫足錢」，照一比五十的比價，相當於十幾斤米的價值，與前文的核算（兩桶酒約與二、三十斤米等值）大致吻合。在另外的例子中，武大將身上帶的「數貫錢」交付鄆哥去「糴米」，也合乎武大的經濟地位。假如是三貫紙鈔，相當於五、六十枚銅錢，這正符合鄆哥四處尋覓主顧，要賺「三五十錢」的期待。在第七回中，林沖最終以一千貫購得寶刀，依一比五十的比價，合白銀二十兩。成化年間「三大營副將、參、遊、佐員，每月米五石，巡捕營提督、參將亦如之」（《食貨志六》）。林沖身分若可與此輩類比，則月俸五石米可折銀五兩；二十兩銀子相當於林教頭四個月的薪俸，林沖自可當場「拍板」、就地還錢。然若以明初比價計算，一千貫折銀一千兩，等同於林教頭十六、七年的薪水，則怕林沖也只有望「刀」興歎的份了。

如上所說，多用白銀而兼用錢、鈔，是明代前期貨幣流通的典型特徵，那麼此一時段中究竟有沒有銀、鈔比價為一比五十的階段？十分幸運，史籍為我們提供了頗為精確的統計數字，證明那應是明代宣德初年的貨幣比價。據《明史．食貨志五》記載：

> （洪武二十六年）時兩浙、江西、閩、廣民重錢輕鈔，有以錢百六十文折鈔一貫者，由是物價翔貴，而鈔法益壞不行……至宣德初，米一石用鈔五十貫，乃弛布帛米麥交易之禁。

據此可知，銀、鈔比率為一比五十的時刻，正是宣德初年，亦即西元一四二六年之後的幾年間。這一時段應是十分短暫的，因為「寶鈔」貶值的速度十分驚人，四、五十年後的成化年間，已貶值至「一貫僅值錢二三文」甚至「鈔一貫不能值錢一文」了。那顯然已經遠離了小說所反映的生活背景。若小說創作遲至斯時，則白勝准定不肯以一、二十文銅錢（合紙鈔十貫）的低價拋售他的一擔酒漿，而張橫兄弟也不會為每位三五文（三貫）的微利，在江邊演出苦肉計了。

《水滸》前半部創作於宣德初年的結論，從明代中後期的貨幣發展趨勢，也可得到印證。史載至嘉靖初年，由於「鈔久不行，錢亦大壅，益專用銀矣」。再到隆慶時，「寶鈔不用垂百餘年，課程亦鮮有收鈔者」（《食貨志五》）。自隆慶前推「百餘年」，白銀在貨幣流通中已佔主導地位，而寶鈔還勉強與銀、錢並行，那正應是宣德、正統時期。

不錯，今本《水滸傳》的最後成書出版，極有可能是在明嘉靖前期，大概還與武定侯郭勳的指使、襄贊有關。筆者贊同這一結論，並曾撰文予以論證。不過筆者同時又指出，郭勳指使門客編撰《水滸傳》，是一種急功近利的政治投機之舉，他當然沒有足夠耐心等待門客對小說作從容不迫的精心結撰。故小說的最後加工與出版，應是十分匆促草率的（參見《水滸源流新證》第四十九節）。對小說前半部的成稿，最後的寫定者亦無暇細加推敲，只是隨手刪去一些不入時的字眼兒（如「十貫鈔」中的「鈔」字），略作整飭而已。小說前半部中的紙鈔痕跡，是不是在這最後的潤飾中被信筆抹掉的呢？

原載於《文學遺產》二〇〇五年第五期

從西門慶讀懂有錢人
看金瓶梅中的經濟百態

作者／侯會

主編／林孜懃
特約編輯／張毓如
編輯協力／陳懿文
封面設計／謝佳穎
行銷企劃／鍾曼靈
出版一部總編輯暨總監／王明雪

發行人／王榮文
出版發行／遠流出版事業股份有限公司
臺北市南昌路 2 段 81 號 6 樓
電話／（02）23926899　傳真／（02）23926658　郵撥／0189456-1
著作權顧問／蕭雄淋律師
□ 2018 年 3 月 1 日　初版一刷

定價／新臺幣 300 元（缺頁或破損的書，請寄回更換）

ISBN 978-957-32-8221-1

遠流博識網 http://www.ylib.com　E-mail: ylib@ylib.com
遠流粉絲團　https://www.facebook.com/ylibfans

原著名：食貨金瓶梅——晚明市井生活
本書中文繁體字版由中華書局（北京）授權出版

國家圖書館出版品預行編目(CIP)資料

從西門慶讀懂有錢人：看金瓶梅中的經濟百態／
侯會著．-- 初版．-- 臺北市：遠流，2018.03
面；　公分

ISBN 978-957-32-8221-1（平裝）
1. 金瓶梅 2. 研究考訂

857.48　　107001177